여자의 결혼

|

결혼을 앞둔 여자라면
반드시 알아야 할 56가지 이야기

여자의 결혼

발행일   2018년 3월 23일

지은이   편 해 성
펴낸이   손 형 국
펴낸곳   (주)북랩
편집인   선일영   편집   권혁신, 오경진, 최예은, 최승헌
디자인   이현수, 허지혜, 김민하, 한수희, 김윤주   제작   박기성, 황동현, 구성우, 정성배
마케팅   김회란, 박진관, 유한호
출판등록   2004. 12. 1(제2012-000051호)
주소   서울시 금천구 가산디지털 1로 168, 우림라이온스밸리 B동 B113, 114호
홈페이지   www.book.co.kr
전화번호   (02)2026-5777   팩스   (02)2026-5747

ISBN   979-11-6299-032-2 03810(종이책)   979-11-6299-033-9 05810(전자책)

이 도서의 국립중앙도서관 출판예정도서목록(CIP)은 서지정보유통지원시스템 홈페이지(http://seoji.nl.go.kr)와
국가자료공동목록시스템(http://www.nl.go.kr/kolisnet)에서 이용하실 수 있습니다.
(CIP제어번호 : CIP2018009192)

결혼을 앞둔 여자라면 반드시 알아야 할
5 6 가 지 이 야 기

여자의 결혼

편해성 지음

현직 법무법인 사무국장이
말하는 현명한 여자들의 선택

다양한 경험을 통해 남자를 선택하고
대화와 소통을 통해 행복한 결혼을 유지하며
혹 이혼하더라도 상처받지 말고
앞으로 나아가라!

북랩 book Lab

서문
여자의 결혼

예전에 〈화려한 싱글〉이라는 제목의 노래를 부른 가수가 있었다. 노래 가사의 내용은 '결혼은 미친 짓'이라는 것이었다. 노래 가사처럼 결혼은 정말 미친 짓일까? 독일의 철학자 괴테(Johann Wolfgang Von Goethe)는 "결혼만큼 본질적으로 자기 자신의 행복이 걸려 있는 것은 없다. 결혼 생활은 참다운 뜻에서 연애의 시작이다."라고 결혼의 정의에 관해 이야기했다. 괴테의 말처럼 결혼은 행복하려고 하는 것이다. 불행하려고 결혼을 하는 사람은 아무도 없다. 그렇기 때문에 결혼은 모든 이에게 대단히 중요하다.

이 책을 쓰게 된 동기는 한 가지다. 이혼이 너무 많다. 지금까지 살아오면서 직업에서, 지인들에게서, 주변의 여러 모임에서 너무 많은 이혼을 보았다. 쉽게 말하면 돌싱(돌아온 싱글)들이 너무 많았다. 그래서 이혼 경험담을 써보기로 했다. 어떻게 하면 좋은 남자를 만나서 행복할까? 바로 이것이 『여자의 결혼』을 쓰게 된 이유이다. 여자들이 이 책을 읽고 조금이라도 불행을 줄이고 행복하면 좋겠다는 생각뿐이다.

불행하려고 태어난 여자는 없다. 하지만 요즘 시절은 어떤가? 돌싱이 넘치고, 자기 신세를 한탄하는 여자들이 차고 넘친다. 뭐가 잘못되었을까? 남자를 잘못 만나서 자기의 삶을 불행하다고 생각하는 사람들이 너무 많다. 그리고 어떻게 살아야 불행한 삶보다 행복한 삶을 살 수 있는지를 잘 모른다.

그래서 여자들은 항상 고민해야 한다. 어떻게 하면 인생에서 좋은 남자를 만날 수 있을지 말이다. 그런 지혜를 얻는 방법을 수단을 가리지 말고 알아내야 한다. 독서를 통해서든, 주변에 경험담을 통해서든 깨달음을 얻어야 한다. 노력도 하지 않고 좋은 남자를 만날 수는 없다. 행복은 노력하지 않으면 절대로 내 옆에 오지 않는다. 이 책은 진정으로 결혼에 대해서 다루고자 하는 책이다. 저자도 시중에서 결혼에 대한 경험담이 있는 책을 많이 읽었지만, 진심이 느껴지지 않았다.

그래서 저자가 살아오면서 지켜본 많은 경험담을 직접 써보기로 했다. 저자의 결혼 생활은 17년이다. 그리고 법률 계통

스텝으로 일한 지도 어느덧 16년 차다. 40대 후반의 지금 나이까지 살아오면서, 주변의 삶을 다양하게 지켜보았다. 그래서 그런 여자들의 불행한 삶을 써보기로 했다.

저자의 책을 통해서 여자들의 행복을 찾을 수 있다면 좋겠다. 이 책 속의 다양한 이혼 사유를 읽고 삶의 지혜를 얻길 바란다. 물론 그들의 이혼 사유를 자세히 소개할 수는 없지만, 책 속에서 이를 요약 및 약간의 변형을 통하여 최대한 다양한 사례를 보여주고자 하였다. 이런 불행한 사례 정도는 알고 남자를 만나야 한다. 그런 사례도 참고하고 결혼을 해야 한다. 인생에서는 "몰랐다."는 말은 핑계나 변명일 뿐이다.

돈이 많아도, 권력이 있어도 불행한 삶을 사는 사람이 많다. 그 불행의 바탕에는 불행한 가정이 있다. 가정은 인간의 삶에서 행복의 근원이다. 결혼해서 가정을 꾸리고 행복하게 사는 건 쉬운 일이 아니다.

1970년대 스웨덴의 세계적 혼성 그룹으로 아바(ABBA)라는 가수가 있다. 나는 가끔 삶의 흥이 떨어지면 아바의 노래를 즐겨 듣는다. 그들이 음악을 즐기듯이 흥에 겨워서 신나게 노래를 하는 모습을 보면서 참으로 행복하게 산다는 생각을 한다. 하지만 사실 아바의 멤버 아그네사(Agnetha Faltskog)와 비요른(Bjorn Ulvaeus)은 결혼 후 아이 문제로 이혼했다. 서로 사랑했고 음악이라는 공감대도 있었음에도, 아이 양육에 대한 이견異見을 좁히지 못했다. 결국, 사랑했지만 아이 양육 때문에 헤어진다는 이혼 발표를 했다. 그리고 각자의 삶을 살았다. 서로 공감이 되고 사랑하는 결혼을 하더라도, 각자의 '다른 의견'으로 이혼할 수도 있다. 그만큼 행복한 결혼 생활은 어렵다.

행복하고자 했던 결혼이 고통으로 이어지면서, 불행하게 인생을 마감할 수도 있다. 확실히 이혼하고 혼자 사는 사람들이 주변에 넘쳐나고, 이혼이 부끄러울 것도 없는 시대가 왔다.

이혼의 원인은 다양하다. 성격 차이, 시댁과의 갈등, 부부 갈등, 직장, 아이 양육, 경제적 원인 등. 점점 결혼에 대한 부정적인 측면이 부각되면서, 요즘의 여론은 그냥 혼자 살아야 한다는 분위기로 사회적 분위기를 몰아간다. 결혼을 꼭 해야 하는 사회적 제도로 보지 않는 것이다.

한국 사회에는 남자들이 아내를 소유물로 생각하는 경향이 있다. 아내를 동동한 배우자로 대접하지 않는다. 내가 마음대로 함부로 할 수 있는 존재로 본다. 지금도 한국 사회에서는 남자는 직장 중심의 생활을 하면서 술이든, 담배든, 취미 생활이든 당연하게 마음대로 할 수 있다고 생각한다. 심지어 일부에서는 남자의 불륜은 당연시하는 경향도 있다. 그렇지만, 여자는 워킹맘(Working mom)이라도 집안에서 살림을 전담하고 남편의 내조까지 해야 한다고 당연히 받아들인다. 남성 우월주의는 많이 사라졌지만, 그래도 여전히 한국 사회에 남아 있다.

그래서 『여자의 결혼』을 집필할 결심을 했다. 결혼을 해야 하는지, 결혼하면 어떤 남자를 만나야 하는지 그리고 이혼의 원인은 무엇인지, 이혼하게 되면 어떻게 대처해야 하는지, 어떻게 하면 행복해야 하는지 정리해 보았다. 전업 작가는 아니지만, 여자들의 불행을 한번 집필해 보겠다고 결심을 했다. 그래서 시작했다. 꼭 하고 싶은 말도 많았지만, 글쓰기는 생각했던 만큼 쉽지 않았다. 하지만 이 책을 읽고 단 한 명의 여자라도 불행이 줄어든다면 나는 만족한다. 책을 비판해도 좋다. 진실되고 솔직하게 책을 쓰려고 했다는 진심만을 이해해 주고 저자의 책을 읽어주면 좋겠다.

지난 1년간 책을 집필하면서 행복했다. 글을 쓰면서 사람들에게 행복을 줄 수 있다는 사실을 알았다. 다양한 이혼 경험담에서 여자들이 놓치기 쉬운 실제로 있었던 사실에 바탕을 두고 집필했다. 다만, 그들의 프라이버시가 있기 때문에 자세하고 구체적으로 내용을 쓸 수는 없는 아쉬움이 있고, 조금의 변형도 있었다. 혹여 이 책 때문에 마음이 불편한 분들이 있다면, 여자들 모두가 행복하면 좋겠다는 집필 동기의 순수성을 이해해 주었으면 한다. 그런 분들에게는 깊은 사과의 뜻을 전한다. 이 책을 쓰면서 내 인생도 다시 잘 정리가 되었다. 더욱 가치가 있고, 의미 있게 살아야겠다는 다짐을 할 수 있었다. 1년간 책 집필을 도와준 아내와 딸에게 감사함을 전한다.

마지막으로 세상에 하고 싶은 말이 있다.

"남자들이여. 여자들을 행복하게 해주자. 여자들이 행복한 세상이 오면, 세상이 전부 행복해진다. 절대로 여자들을 함부로 대하지 말자."

"여자들도 남자들을 많이 사랑해주자. 많이!"

"그리고 서로에게 가슴 아픈 상처를 주지 말자."

2018년 2월
편혜성

content

서문

<u>PART 1</u> 결혼을 해야 할까, 하지 말아야 할까

01 남자는 신중을 기해 선택해라 … **14**
02 오랜 연애로 남자의 정체를 파악해라 … **26**
03 좋은 엄마가 될 준비를 해라 … **43**
04 결혼에는 정답이 없다는 사실을 명심해라 … **50**
05 행복이 무엇인지 알고 결혼해라 … **54**
06 결혼계약서에 대해 의논해라 … **61**
07 인문학 독서로 남자의 심리를 파악해라 … **67**

<u>PART 2</u> 여자들이여, 이런 남자를 만나라

01 독서하지 않는 남자와의 섹스는 재미없다 … **74**
02 여행의 행복을 아는 남자는 매력적이다 … **83**
03 남을 배려하는 인성을 가진 남자가 좋다 … **89**
04 나와 가치관을 공감하는 남자가 행복하다 … **95**
05 사랑이 무엇인지 아는 감성적인 남자와 사랑하자 … **99**
06 요리하는 남자와 같이 살자 … **103**
07 운을 부르는 남자를 가까이하자 … **106**
08 좋은 관상觀相을 지닌 남자를 구분하자 … **115**
09 돈을 여자만큼 사랑하는 남자를 만나자 … **124**
10 속궁합이 맞는 남자와 결혼 생활이 오래간다 … **130**

PART 3 여자들은 왜 불행한 남자들 곁으로 갈까

01 경제적 능력을 여자에게 의지하는 남자 … 138

02 불륜의 마지막은 비극 … 141

03 중독의 문제 … 146

04 이유 없이 헤어지는 젊은 부부들 … 150

05 섹스리스sexless 부부의 이혼 … 154

06 발기부전 남성의 문제 … 157

07 여자를 신용불량자로 만드는 남자 … 160

08 고쳐지지 않는 병, 의처증疑妻症이 심각한 남자 … 163

09 남편의 폭력에 자살을 시도한 여자 … 169

10 고학력 여자, 저학력 남자 … 172

11 나이 차이가 큰 부부의 문제 … 174

12 한량閑良으로 일생을 사는 무책임한 남자 … 180

13 결혼 후에 알게 된 남편의 정체 … 182

14 아내를 성 노리개로 생각하는 남편 … 184

15 절대로 무시할 수 없는 인성 … 187

16 기러기 부부와 주말 부부의 비극 … 190

17 딸을 버리고 아들을 얻고자 했던 남자의 비극 … 193

18 사기 결혼 … 195

19 며느리와 시댁의 관계는 남편 하기 나름 … 199

20 1년 살아보고 혼인신고와 아이 출산 결정하기 … 205

21 배우자의 메신저 내용은 비밀 … 207

22 부부간에도 성관계 동영상 촬영은 절대로 하지 않기 … 210

23 아내의 화장 … 213

24 남자의 장래성 … 217

25 위기의 부부들 … 219

26 동거인이 아니라 가족 … 223

27 회식의 불편한 진실 … 227

28 부부싸움의 승자와 패자 … 231

PART 4 인연이 아니면 이별을 받아들여라

01 이혼에 대해 철저하게 준비하기 … **236**
02 과감하게 먼저 이별 통보하기 … **245**
03 또 다른 인생 행복하게 살기 … **248**
04 잘못 살아온 인생은 없다. 자책하지 않기 … **253**
05 불행한 운명을 행복으로 바꾸기 … **258**

PART 5 그럼에도 행복은 당신이 만들어야 한다

01 자존감과 꿈을 만들어라 … **264**
02 홀로 여행해라 … **269**
03 고전古典 독서로 마음을 치유해라 … **273**
04 글쓰기로 행복한 인생을 만들어라 … **278**
05 행복한 사람, 좋은 사람 그리고 친구를 멘토mentor로 두어라 … **282**
06 버킷 리스트bucket list 10가지를 작성하고 실천해라 … **286**

부록

PART 1

결혼을 해야 할까,
하지 말아야 할까

남자는
신중을 기해
선택해라

—

러시아의 대문호 톨스토이(Lev Nikolayevich Tolstoy)는 "싸움터에 나갈 때는 한 번, 바다에 나갈 때는 두 번, 결혼할 때는 세번 기도하라."라고 하였고, 중국 속담에는 "결혼은 경험의 부족, 이혼은 이해의 부족, 재혼은 기억력의 부족."이라는 말이 있다. 아마 결혼은 그만큼 신중해야 한다는 말일 것이다. 그만큼 배우자를 선택할 때는 신중에 또 신중을 기해 선택해야 한다. 평생을 같이 살 배우자에 대하여 신중하게 선택한다고 해서 전혀 나쁠 것은 없다.

나는 야구선수 이승엽 선수를 참으로 좋아한다. 야구도 잘하지만, 인성도 좋고, 무엇보다 자기관리가 철저하다. 야구에 대한 사랑, 프로의식, 자기관리 그리고 가족 사랑이 대단하다. 그리고 이승엽 선수의 아내, 이송정! 둘은 참으로 잘 만났다는 생각이 드는 부부이다. 서로 배우자를 잘 만나서 이승엽은 세계적인 야구선수로 크게 성공할 수 있었다. 그의 아내 이송정은 모범적인 내조를 지혜롭게 잘했다고 본다. 이들은 서로 잘 만나서 행복과 성공을 동시에 가지게 된 부부이다. 이처럼 서로 배우자를 잘 선택을 해서 조화가 잘 되면 서로 행복할 수 있다.

경험상, 사람들이 태어나면 가족으로 인해 생기는 복福이 세 가지가 있다고 본다. 부모 복, 배우자 복, 자식 복이 그것이다. 복이 무엇인가? 인간이 삶에서 누리는 좋은 에너지, 행운, 기운, 행복이 바로 복이다. 유교에서는 오복五福이라고 하는 다섯 가지의 복을 이렇게 설명한다. 첫 번째, 장수하고, 두 번째, 물질적으로 넉넉하게 살고, 세 번째, 몸이 건강하고 마음이 편한 것이다. 네 번째, 도덕 지키기를 좋아하는 것이고, 다섯 번째는 제 명대로 살다가 편히 죽는 것이다. 나는 오복에 배우자 복을 추가해도 좋다고 본다. 배우자와 화합이 되지 않으면 오복에서 말하는 몸과 마음이 편하게 살 수 없다. 그래서 배우자 복, 자식 복, 부모 복 중에서 배우자 복은 중요하다. 배우자를 잘못 만나면 편하게 살다가 죽지 못한다. 악연惡緣이 되면서 사는 것 자체가 고통이 된다. 결국, 남녀 모두 배우자를 잘못 만나면 불행하다.

물론 세 가지 복이 모두 있으면 가장 행복한 복일 것이다. 그렇지만 어디 세상사가 그런가? 누구는 부모 복은 좋지만, 남편이나 여자를 잘못 만나서 평생 고생만 하는 팔자도 있다. 그래서 세 가지 복중에서는 그래도 음양의 조화에 관점에서, 즉 남자와 여자가 만나서 친구처럼 행복하게 사는 것이 제일 좋다. 남편의 사랑을 받으면서 사랑스러운 아들, 딸과 별다른 고민이 없이 산다면 그게 제일 행복하다. 저자 역시도 살아보니, 평범하게 아무 일 없이 사는 인생이 사실 제일 쉽지 않다는 것을 알 수 있었다.

요즘 세상은 먹고 사는 게 참으로 어려운 세상이다. 부모가 경제적인 능력이 좋은 자식들을 금수저, 그렇지 않으면 흙수저라고 하는 슬픈 신조어가 생겼다. 부모 잘 만난 자식은 대학 졸업할 때까지도 등록금 걱정 한번 없이 학교에 다닌다. 아르바이트로 등록금을 마련해야 하는 대학생들은 부모 잘 만난 인생이 제일 부럽다고들 한다. 맞는 말이다. 부모를 잘 만난 금수저 자식들은 최소한 결혼 전까지는 걱정 없이 살아간다. 그렇지만, 금수저들도 배우자를 잘못 만나서 인생을 망치는 경우가 의외로 많다. 이혼까지 하게 되면서 자책하는 경우도 있다. 재벌가의 자녀들, 위세가 대단한 권력가의 자녀 중에도 그런 불행한 삶을 사는 경우가 많다. 이들은 사회적 위치가 있어도 행복하게 살지 못한다. 그런 모습을 보면 연민의 정도 생긴다. 돈이나 권력이 있어도 행복한 결혼 생활을 하는 건 아닌 것 같다.

그런 일들을 지켜보면 세상이 공평하다는 것을 알 수 있다. 아무리 부모 복이 좋아도 배우자를 잘못 만나면 불행해질 수 있고, 부모 복이 없어도 행복해질 수 있다. 그래서 때로는 부유한 집안의 자식들이 부럽지 않은 것이다.

부모 복은 좋지 않은데 남편을 잘 만나서 행복하게 사는 여자들을 의외로 많이 볼 수 있었다. 알코올 중독자 아버지를 두었던 한 여자는 어린 시절 정말 불행했다. 그녀는 아버지의 따뜻한 보살핌도 없이 유년기를 보냈다. 보살핌은 고사하고 매일 밤 아버지의 술주정을 봐야 했다. 그렇지만 지금은 남부럽지 않게 살아간다. 아들과 딸도 좋은 학교에 진학했고, 소유하고 있는 건물에서 많은 월세도 받으면서 행복한 삶을 살고 있다. 게다가 아무런 말썽 한 번 피우지 않는 남편의 사랑을 가득 받고 큰소리치면서 살아간다.

이 여자는 남편 복도 좋고, 자식 복도 좋은 경우이다. 이런 경우는 자식이 부모의 노후까지 잘 지켜줄 것이다. 그 여자는 언제나 주변에 후덕하게 잘 베풀었다. 그러니 사람들이 그녀를 좋아할 수밖에 없다. 전형적으로 남자를 잘 만나서 불행을 행복으로 변화시킨 경우이다.

반면에, 어떤 여자는 부모 복도 없고, 남편 복도 정말 없다. 부정적인 넋두리를 입에 달고 산다. 그 여자는 "부모 잘못 만나서 평생 고생하고, 남편 복도 정말 없고, 왜 이 모양으로 평생을 사는지 모르겠다." 이런 하소연을 매번 한다. 얼굴에 웃음도 없다. 입에 부정적인 말을 달고 사니까 오는 복도 달아난다. 하루하루가 지겹다. 남은 인생도 결코 순탄해 보이지 않는다. 그런 사람에게는 어디 '나무에서 감이 뚝 떨어지듯' 갑자기 좋은 남자가 나타나는 것도 아닐 것이다.

더군다나 이런 여자는 자식들이 사고치고 속 썩이면 그야말로 불행의 늪에서 절대로 헤어나지 못한다. 인생 전체가 참으로 상처투성이의 불행한 삶이 된다. 지금 같은 세상은 가난이 대물림되는 세상이다. 개천에서 용이 난다는 시절은 이미 지났다. 예전처럼 사법고시와 같은 시험에 합격해서 신분을 상승시키는 시대는 지났다. 그래서 미혼 때 장래성이 있는 남자를 잘 만나야 부부가 행복하게 살 수 있다.

남자를 선택할 때는 신중에 또 신중을 기해야 한다. 동정이나 즉흥적으로 하는 결혼은 절대로 금물이다. 실연의 아픔으로 전 남자 친구에게 복수하듯이 하는 즉흥적인 결혼은 필연적으로 후회만 불러올 뿐이다. 결혼에 대충이란 없다. 대충하는 결혼은 축구로 치면 자살골과 같다. 중매나 소개 만남은 더 조심해야 한다. 상대에 대하여 전혀 알지도 못하면서 소개해준 사람의 집요한 권유로 하는 결혼은 파탄에 이르기 쉽다. 남자를 쉽게 판단하지 말자. 매우 위험한 일이다. 내 인생을 남에게 맡기지 말자. 소개해 주는 사람에게 내 운명을 맡긴다는 것은 얼마나 어리석은 일인가? 결혼할 남자는 나에게 확신이 있어야 한다. 쉽게 말하면, 느낌이 와야 한다. 느낌이 오지 않으면 살아도 재미가 없다. 이 세상에는 어쩔 수 없이 사는 부부들이 넘친다. 선택에 대한 후회도 내가 하는 것이다. 이 남자 정도면 내가 모든 걸 감수할 수 있다는 생각이 들어야 한다. 부모나 남자를 소개해준 사람이 내 인생을 책임져 주지는 않는다. 결국, 가수 민해경의 〈내 인생은 나의 것〉 노래 가사처럼 내 인생은 나의 것이다. 후회해도, 내가 결정을 해서 나 스스로 판단해야 한다.

조남주의 소설 『82년생 김지영』은 대다수의 여자에게 공감대를 일으켰다. 물론 저자도 재미있게 읽었다. 활동적으로 살던 주인공 김지영은 결혼으로 인해 자기가 가지고 있던 직장인의 꿈을 잃어간다. 경력 단절녀가 된 것이다. 단절된 경력을 뒤로하고 다시 사회에 복귀를 시도하지만 쉽지 않다. 이 소설은 한국 사회에서 직장 여성들이 결혼하면서 겪는 고통을 잘 묘사한 소설이다. 여자 직장인들의 가슴에 와닿는 소설이다. 『82년생 김지영』은 여자들이 왜 결혼을 기피하는지, 왜 결혼을 머뭇거리는지에 대하여 깊이 공감하는 작품이다.

이 시대의 여자들은 『82년생 김지영』의 주인공 김지영처럼 결혼으로 인해 경력 단절녀가 되어서 자기의 꿈을 잃고 결혼을 아픔이나 상처로 받아들이는 경우가 많다. 이 소설이 여자라는 성별을 떠나서 많은 이의 공감을 받는 건 직장 여자들의 결혼

이후 출산까지의 삶을 정확하게 묘사, 지적했다는 데에 있다. 잘 나가던 직장 여자들이 결혼하면서 자기의 인생이 없어진다는 사실, 그걸 당연시하는 남편, 오히려 그걸 요구하는 사회, 우리 사회의 남성 중심적인 세태를 잘 지적한 것이다. 그나마 소설에서는 남편이 아내의 심정을 조금 이해라도 한다. 그러나 현실은 항상 이와 같지는 않다. 설상가상으로 남편까지 잘못 만나면 어떻게 해야 하는지에 대한 대책이 없다.

남자는 정말 신중하게 만나야 한다. 그렇지 않으면 자신의 삶을 후회하게 된다. 아니, 인생이 고통이 되어버린다.

요즘 시대는 많이 변했다. 주변의 권유로 억지로 결혼하는 여자는 없다. 결혼도 빨리하지 않는다. 더욱이, 자기 인생에 확고한 목표가 있고, 성취감을 이루겠다는 신념이 확실하다면 혼자 사는 것도 좋다. 저자는 여자들이 "혼기가 다되어서"라는 주변의 강요에 의해 서둘러 하는 결혼은 반대이다. 그런 결혼을 해서 후회하고, 자책하고, 상처받는 여자들을 너무 많이 보았기 때문이다.

결혼에서 '대충 이 정도 조건이면'이라는 건 없다. 적당한 조건의 결혼은 절대로 없다고 생각해라. 이런 경우도 정말 많다. 성공 가도를 달리는 한 직장 여자가 있다. 승진을 목전에 두고 있고 모든 사람에게 한창 인정받고 있다. 그런 여자가 사랑보다는 남자의 외부적인 조건이 좋다는 이유로 서둘러 결혼했다고 가정해 보자. 직장에서의 성취감을 뒤로하고 주변의 강요로 남자의 학벌, 직장, 집안, 외모만을 보고 결혼했다. 그런데 탈이 났다. 남자의 됨됨이를 보지 못한 것이다. 서로 간에 삶의 방식이 너무나도 다르다. 후회가 밀려오지만 때는 늦었다. 이런 결혼이 과연 행복할까?

신중하지 않은 이런 결혼은 너무나도 많다. 결혼이 신중해야 하는 이유다. 분명한 것은 이 여자는 직장, 결혼 모두를 후회할 것이다. '이 남자를 만나서 직장의 신망도 잃고, 내 인생도 잃었다.' 이런 후회로 남편과의 다툼, 갈등이 매일 반복될 수 있다. 남편도 아내에게 비슷한 불만이 생길 것이고, 부부는 대립한다. 그리고 갈등이 생기고, 결국 둘은 심각한 상황에 이르게 될 것이다.

분명한 것은, 결혼과 직장 모두 성공하기란 쉽지 않다는 것이다. 자기가 하는 일이 좋고 이루고자 하는 꿈이 명확하다면 억지로 결혼하지 말자. "혼기가 찼다." 이런 말에 급하게 자기 인생을 함부로 살지 말자. 결혼하지 않고도 성공적인 인생을 사는 여자들이 많다.

최근에 결혼 소식을 전해 준, 여행가이자 작가인 한비야는 싱글의 전형적인 삶을 보여주었다. 한비야 작가의 삶이 "성공이다, 성공이 아니다."의 평가를 떠나서, 그녀는 싱글만의 자신감 있는 인생을 살았다.

나와 가치관, 삶의 방식이 맞지 않는 결혼이 얼마나 힘든 삶이 되는지는 주변에서 흔하게 볼 수 있다. 그래서 결혼은 신중해야 한다. 미혼 여자들은 남자를 잘못 만나면 결혼하는 과정보다도 이혼하는 고통도 만만치 않게 따른다는 사실을 잘 알아야 한다.

남편을 잘못 만나 도망자로 사는 여자가 있다. 남편의 폭력을 피하여 도망자로 살았던 그 여자는 주소까지 말소되면서 세상에 없는 여자가 되었다. 완전한 도망자로 살게 되었다. 아들이 있었지만, 어머니의 불행을 애써 아버지와 어머니의 문제로 치부하고 관심이나 도움을 주지 않았다. '그냥 어머니의 팔자' 정도로 생각하는 아들이 참으로 기가 막힐 뿐이다. 그 중년의 여자는 폭력적인 남편의 불행의 덫에서 절대로 벗어날 수 없다. 여전히 그 남편은 지금도 그 여자를 찾아서 전국을 다니고 있을 것이기 때문이다. 우리는 의외로 이렇게 사는 여자들이 많다는 사실을 알아야 한다. 그래서 여자는 남자를 잘 만나서 결혼해야 한다.

이 중년의 여자는 중매로 만나는 과정에서 주변의 권유로 너무 쉽게 결혼을 했다. 여자의 판단이나 의사는 존중되지 않왔다. 중매결혼이 전부 불행하다고 할 수는 없지만, 남자에 대한 확신은 자기만의 확신이 있어야 한다. 잘 되면 내 탓이지만 잘못되었다고 누구를 원망할 수도 없는 노릇이기 때문이다.

내가 아는 그 여자는 부유한 집안에서 성장해서 좋은 학벌의 남자를 만났다. 그런데 결혼한 지 얼마 되지 않아서 이혼했다. 이혼의 사유는 잘 모른다. 아무리 봐도 왜 이혼했는지 추측이 되지 않았다. 친정도 부유하고, 성격도 차분하고, 남에게 피해를 줄 그런 여자로 보이지는 않았다. 무엇인가 부부만의 이별의 사연이 있을 것이란 막연한 추측만 했지, 아무리 생각을 해봐도 이혼 사유는 추측되지 않는다. 단지 그런 생각이 들었다. 부모 복과 남편 복은 분명히 다르다는 걸! 그녀는 좋은 부모를 만나서 성장했지만, 남편의 사랑을 받지 못하는 삶을 스스로 힘들어 했을 것이다.

이혼했다고 불행한 건 아니지만, 결혼하고 너무 어린 나이에 이혼하면 주변에 이상한 남자들이 접근한다. 이혼녀를 노리고 덤비는 속칭 '시정잡배, 양아치 같은' 남자들이 있다. 그런 남자들에게서 또 상처를 받을 수 있다. 그래서 이혼 이후 3년간은 매사에 더욱 조심해야 한다. 여자들은 이혼하게 되면 그 외로움에 자기 몸을 함부로 학대한다. 돌싱의 삶을 받아들이지 못하고 세상에 버림받거나 소외된 것처럼 자기 자신을 벼랑 끝으로 몰고 간다. 절대 그렇게 살 필요 없다. 자기 나름의 중심을 잡고 자기 인생을 살면 된다.

　　이상한 남자와 결혼을 해서 삶이 지옥처럼 느껴져 이혼을 선택했다고 하더라도, 헤어지는 과정을 잘 견디어 내야 한다. 그런 남자는 반드시 헤어질 때도 고통을 준다. 참으로 아프게 고통을 준다. 헤어지는 과정에서 폭언과 폭행 같은 깊은 상처를 준다. 이혼의 상처로 트라우마를 겪고 남자들과 아예 관계를 단절하는 여자들도 많다.
　　인터넷이나 언론에는 결혼에 대한 부정적인 뉴스가 주를 이룬다. 친자식까지도 유기하는 경우가 일상화되어 간다. 참 무섭다. 그 바탕에는 이혼이라는 원인이 있다. 부모가 헤어지면 아이들의 고통이 제일 심각하다. 그래서 결혼할 남자는 신중에 신중을 기해야 이런 불행을 줄일 수 있다. 사랑하고, 존경하고, 신뢰와 믿음이 가고, 함께 성장할 수 있는 남자…. 그런 소통과 공감이 될 수 있다는 확신이 오는 남자와 결혼을 해야 한다. 현실적으로 외모, 직장, 학벌, 집안도 무시할 수 없지만, 먼저 사람의 됨됨이가 더 우선되어야 한다. 인간성이 됨됨이가 된 남자는 여자를 인격적으로 대우한다. 동등한 위치에서 대등한 결혼이 되어야 행복하다. 결혼에서는 '갑'도 '을'도 없다. '주종의 관계'도 없다. 평등해야 한다.

    남자도 성공하려면 좋은 여자를 만나야 하지만, 여자도 좋은 남자를 만나야 행복하고 안정된 인생을 살 수 있다. 남자를 선택할 때 꼭 신중에 신중을 기하자. 굳이 조화되지 않는 남자와 억지로 결혼을 하는 건, 하지 않는 것보다 못하다는 사실을 반드시 명심해야 한다.

02

오랜 연애로
남자의 정체를
파악해라

—

드라마나 영화를 간혹 보면 "그 사람의 정체는 뭘까?", "도대체 정체불명이냐, 뭐 하는 사람인지 알 수가 없어."라는 대사를 자주 듣는다. 실제 주변에 그런 사람도 있다.

도대체 그 정체라는 게 뭘까? 2002년도에 미국의 유명 영화배우 레오나르도 디카프리오(Leonardo DiCaprio)와 톰 행크스(Tom Hanks) 주연의 〈캐치 미 이프 유 캔(Catch Me If You can)〉이라는 영화가 인기를 끈 적이 있다. 주인공 프랭크(레오나르도 디카프리오)는 부모의 이혼으로 인해 가출한다. 어린 시절부터 자신이 남을 속이는 천재적 재능이 있다는 사실을 알았던 그는 자신의 정체를 교묘하게 감추고 가는 곳마다 기상천외한 방법으로 천재적인 사기꾼 재능을 발휘한다. 이 희대의 사기꾼은 미국 최고의 수사기관인 FBI(Federal Bureau of Investigation)까지 농락한다.

그런데 재미있는 점은 이 영화가 1960년대에 미국에 실존

했던 천재 사기꾼 프랭크 애버그네일(Frank Abagnale)의 실화를 다룬 영화라는 사실이다. 이 천재적인 사기꾼은 교묘하게 자신의 정체를 감추면서 수많은 사기 행각을 벌였다. 실제로 어떻게 이런 일이 일어났는지도 참 놀랍다. 사람을 이렇게 속일 수 있는 재주가 있다는 사실이 말이다. 그가 사칭한 직업도 다양하다. 물론 여자들이 환심을 살 수 있는 직업이 대부분이다. 의사, 변호사, 교수, 조종사… 정확하게 알려지지는 않았지만, 프랭크의 사기 행각의 중심에는 '돈'이 있었을 것이다. 사기행각으로 번 돈은 쉽게 쓰기 마련이다. 그 돈으로 얼마나 많은 여자의 환심을 사면서 사기행각을 벌였을까? 정신적·물질적인 피해는 얼마나 주었을까? 프랭크 애버그네일이 이렇게 교묘하게 희대의 사기 행각을 벌이고도 여전히 지금도 잘살고 있다는 사실이 잘 믿기지 않는다.

이를 통해 알 수 있듯이, 정체는 쉽게 말하면 사람의 본심이라고 볼 수 있다.

한국에도 희대의 사기꾼 프랭크 애버그네일과 같이 본심을 감추고 여자들을 만나는 사기꾼들이 여전히 많다. 지금도 넘친다. 그들은 자기의 신분을 여자들에게 교묘하게 속이는 과정에서 쾌감과 희열을 느낀다. 속아주는 여자들을 얼마나 조롱하고 있을까. 사람은 한 번 거짓말을 하면, 계속 거짓말을 밥 먹듯이 하게 된다. 심지어 우리는 주변에서 흔히 '유부남인데 총각 행세를 하는' 경우를 볼 수 있다. 이런 경우는 참으로 많다. 아마 지금도 여전히 그런 수작을 하는 남자는 있을 것이다. 그리고 유부남 사기꾼들의 고전적인 사기 멘트인 "아내와 사이가 좋지 않아서 곧 이혼을 할 것이다."는 말에 속아 결혼을 미끼로 농락당하는 미혼 여자들도 많다. 얼마 전 신문 기사에서는 자신이 미혼이라고 여자를 속이고 아예 결혼을 한 유부남에 대해서 보도한 적도 있다. 그렇게 버젓이 이중생활을 하는 것이다. 자기의 정체를 철저하게 감추면서 이중적인 삶을 사는 사기꾼들, 그들의 목표 대상은 바로 여자들이다. 그들은 미혼, 기혼, 청소년 등 대상을 가리지 않는다. 지금도 여전히 여자들은 사기를 당한다.

〈캐치 미 이프 유 캔(Catch Me If You can)〉 같은 영화는 해피엔딩으로 끝나지만, 현실은 다르다. 실제로 이런 일을 당하면 회복될 수 없는 상처를 입게 된다. 여자들은 이런 영화를 영화로만 생각하지 마라. 절대로 오판이다. 사람을 만날 때 늘 의심할 수는 없지만, 사람에 대해 최소한의 경계는 해야 한다.

제1차 세계대전 당시에 독일과 프랑스를 오고 가면서 정보를 팔았던 여자 이중간첩 마르하레타(Margaretha Geertruida Zelle, 일명 마타하리)라는 사람이 있다. 마타하리는 철저하게 이중간첩 생활을 하면서 자기의 신분을 속였다. 마타하리가 시대의 희생양인지 간첩인지에 대해서는 아직도 미스터리로 남아있다. 어쨌든, 마타하리의 피해자는 남자 고급 장교, 정부 관료였다. 마타하리 같은 이중간첩을 보면 정체를 속이는 건 여자나 남자나 똑같다는 것을 알 수 있다. 돈이 되는 것이라면, 이익이 되는 것이라면 누구든지 범죄의 대상이 된다는 사실을 말이다. 우리는 명심하고 또 명심하고 살아야 한다.

우리는 주변에서 심심치 않게 자기 남편의 정체를 모르고 살았다는 여자들의 이야기를 의외로 많이 들을 수 있다. 남편의 직업이 무엇인지, 직장이 어디에 있는지, 분명히 남편은 아침에 나가서 밤에 들어오는데, 아내는 그가 뭘 하는지 직업도 모른다. 그가 보이스 피싱 총책인지, 조직 폭력배 집단의 하수인인지, 사채를 하는 양아치인지, 남편의 정체를 모른다. 그렇게 남편의 정체를 속고 사는 아내들이 많다.

남자들이 여자들을 상대로 사기를 치는 행각은 앞으로도 쉽게 끝나지 않을 것이다. 왜 그러냐고? 여자들이 너무 쉽게 속아 주니까 그렇다. 여자들을 무시할 의도가 아니다. 그러나 여자들은 여전히 속고 있다. 이런 유형의 범죄에서 여자 피해자들이 여전히 많다는 사실을 잘 생각해보자. 성폭행 범죄, 묻지마 살인, 금전과 관련된 사기 피해도 대부분 그 피해자는 여자들이다. 특히 이런 스마트폰, SNS(Social Network Service) 시대에는 계속 그 피해가 더 늘어날 것이다. 분명히! 그래서 더 조심해야 한다.

철저하게 확인하고 또 확인해야 한다. 범죄자인지, 알코올 중독자인지, 조직 폭력배인지, 마약중독자인지, 정신병 환자인지, 신용불량자인지. 유부남인데 미혼이라고 속이고 결혼하는 남자들이 의외로 너무 많다. 정체를 속였던 남자와 살다가 자식이라도 생기면 나중에는 이혼도 할 수 없다. 이혼해야 할지, 살아야 할지, 아무런 판단도 못 하는 기구한 팔자가 되어 버리는 것이다. 누구를 원망하지도 못하니, 죽고 싶다는 말이 저절로 나오게 된다. 인생이 비참하게 꼬여 버린 것이다. 악연을 끊기도 절대로 쉽지 않다. 악랄한 남자는 정글의 하이에나처럼 한번 잡은 여자를 쉽게 놓아주지 않는다는 사실을 명심하라. 유흥업소의 여자들이 양아치 같은 남자들에게 엮여서 평생 유흥업소의 세계에서 벗어나지 못하는 걸 보면 알 수 있다. 과연 그게 사람이 사는 인생인가.

결혼을 생각할만한 남자를 만나도 정확하게 그 남자를 알 때까지 경계심을 늦추면 안 된다. 성관계, 금전 관계도 함부로 하지 말아라. 모든 것을 함부로 주면 안 된다. 요즘 같은 시대는 정말이지 자기를 감추고 남을 속이기 좋은 시대이다.

요즘 유행하는 페이스북, 카카오스토리, 인스타그램 등의 SNS는 자기 자신을 포장하기 좋은 수단이다. 즉, 남에게 자신을 속이는 것이 너무 쉬운 세상이다. 이 또한 여자들이 남자들을 경계하면서 사귀어야 하는 이유이다.

　만약 지금 사귀는 남자를 직장, 학교에서 만났다면 평판이나 대인 관계 등 기본적인 정보는 정확하게 알 수 있다. 그러나 남녀가 꼭 직장이나 학교에서만 만남이 이루어지는 것은 아니다. 우리는 소개로 만나든, 우연히 모임에서 만나든, 온라인상에서 만나든 서로 간에 호감을 느끼고 사귈 수 있다. 그리고 이런 경우에도 조금씩 속임의 문제가 발생할 수 있다. 자기 과시나 허풍 등이 그 예다. 조그마한 것도 버젓이 과장해서 거짓말로 표현된다. 이를 조심해라. 그러나 문제는 의외로 거기에 여자들이 잘 넘어간다는 사실이다. 그런 남자 중에서는 범죄자들도 많다.

　검사, 장교, 의사, 교사… 사회적으로 좋은 직업을 가지고 있는 것처럼 여자들을 속이는 사기꾼들도 많다. 그들은 결혼을 약속하면서 여자를 안심시킨다. 그러면서 자연스럽게 여자들한테 돈도 빼앗고, 성적으로도 농락한다. 이런 사건을 겪은 피해 여성들은 신고도 제대로 하지 않는다. 왜 신고도 하지 않을까? 바로 수치심 때문이다. 그리고 왜 이런 일이 계속 발생할까? 한마디로 말하면, 너무 사람의 겉모습만 보고 사귀려는 경향이 있다고 할 수 있다. 이런 여자들이 피해를 보는 패턴은 항상 똑같다.

남자의 학벌, 직업, 인물… 어느 것 하나 빠지지 않는다면, 여자들은 그 남자에게 혹한다. 남자의 정체를 더 깊게 알아보지 않고 외부적인 모습에 속아서 쉽게 몸도 허락한다. 그리고 반드시 따라오는 금전 피해… 이것은 분명히 범죄다. 그래서 여자는 그 사람이 누구든지 정체를 알아보는 연습을 끊임없이 해야 한다. 그렇다고 이 이야기가 세상을 불신하라는 이야기는 아니다. 합리적인 의심을 하라는 것이다. 이성적인 판단 말이다.

모태 솔로가 자랑인 시대는 지났다. 세상 물정 모르고 남자를 만나면 불행을 자초한다. 말 그대로 지옥문이 열린다. 평상시에 속물적인 음흉한 남자를 감별할 수 있도록 기본적인 남자의 성향, 주변의 불행한 사례 등을 머릿속에 담고 있어야 한다. 그런 훈련이 되어야 한다.

그래서 다양하게 많은 경험을 해야 한다. 다양하게 이 남자, 저 남자를 알아야 한다. 그래서 남자를 감별하는 법에 대한 자기만의 '노하우'가 있어야 한다.

이름만 들으면 다 아는 유명 여성 방송인이 있다. 외모와 지성을 겸비하였다. 그 똑똑함에 비추어 행복하고 화목한 결혼 생활을 하는 줄 알았다. 언론 보도를 보고 참으로 믿기지 않았다. 결혼 기간 동안 지속된 남편의 폭행. 이혼남이라는 사실을 모르고 결혼을 한 사실! 뭐랄까, 마음이 아팠다. 지식은 있지만, 삶에 지혜가 없다고 느껴졌다. 사회적으로 직업이 좋아도 결혼만큼은 뜻대로 되지 않는 경우가 많다. 그래서 제대로 그 사람의 주변을 잘 알아봐야 한다는 것을 새삼 다시 느꼈다. 그만큼 결혼은 쉽지 않은 것이다.

경기대학교 심리학과 이수정 교수의 『사이코패스는 일상의 그늘에 숨어 지낸다』는 범죄 기록에 관한 책이다. 이 책은 사회적 흉악범에 대하여 잘 묘사했다. 이 책에는 여자들에게 범죄자들의 섬뜩함을 경고하는 내용이 많다.

책에서는 정신적인 문제가 있는 남자들의 유형을 잘 설명한다. 사이코패스, 정신병자, 우울증, 성도착증 환자 등…. 정신적으로 문제가 있는 여러 유형의 사람이 다양하게 소개된다. 우리는 그런 남자를 어떻게 구분해야 할 것인가.

사람들은 스트레스가 많은 시대에 살면서 자기의 내재적 감정을 잘 풀지 못한다. 주변과의 소통이 부족하다. 서로 간에 공감하는 대화가 잘 이루어지지 않는다. 이로 인해 나타나는 우울증, 분노 조절 장애, 공황장애 등 여러 가지 정신 질환을 가진 남자들이 너무 많다. 그리고 이런 정신 질환을 가진 남자들이 힘이 약한 여자들을 상대로 범죄를 저지르는 경우가 많다. 이 중에는 끔찍한 살인사건도 있다. 그래서 요즘처럼 여성 대상 범죄가 많은 시대에는 여자들이 이런 유형의 범죄 사례와 관련한 책들을 일독一讀하는 것이 좋다.

　2016년도에는 세상을 떠들썩하게 했던 살인 사건이 강남역 부근에서 발생했다. 노래방 건물의 남녀 공용화장실에서 30대 남성이 20대 여성을 아무 이유도 없이 흉기로 살해했다. 이유도 없는 '묻지마 살인사건'의 단적인 사례이다. 아무 이유도 없이 한 여자가 생명을 잃었다. 이 사건에 대해 모든 여론이 분노로 들끓었다. 그러나 문제는, 우리는 분노만 하고 근본적인 해결책을 마련하지 못한다는 사실에 있다. 이런 사건이 빈번하게 발생하는데, 여자들에 대한 사회적인 안전장치가 너무 부족하다. 언론이나 정치권에서도 여론이 들끓을 때는 거침없는 기사를 쓴다. 하지만 그때뿐이다. 여전히 이런 범죄가 지금도 발생하지만, 정치권, 언론에서는 구체적인 해결책을 제시하지 못한다. 그래서 여자들 자신의 안전은 스스로가 지켜야 한다. 남자를 사귀는 것도 조심해야 하지만, 이런 유형의 묻지마 사건을 보고 어떤 상황에서도 조금의 '경계심'을 가지는 것은 나쁘지 않다. 이런 우발적인 사건을 예방한다는 것은 솔직히 쉬운 일은 아니다. 그래도 이런 사례들을 조심하고 위험한 상황은 미리 조심하자. 경계해야 한다.

　여자들에게 진심으로 당부하고 싶은 말이 있다. 절대로 남자를 함부로 쉽게 사귀지 말아야 한다. 남자의 정확한 정체를 알아야 한다. 반드시 명심해야 한다. SNS에서 알게 된 남자의 겉모습만 보고 사귀는 경우가 있다. 만나는 것까지는 본인의 자유지만, 쉽게 결혼을 하는 건 진짜 위험한 일이라고 말하고 싶다. 심부름센터에 의뢰해 대역 가족까지 세워서 사기 결혼식을 하는 세상이다. 결혼에는 충분한 시간과 신중한 판단이 필요하다. 남자에 대하여 알아보고 또 알아보아야 한다. 합법적인 방법을 다 동원해서 최대한 알아보아야 한다. 사귀는 남자의 과거의 SNS 활동을 통해서도 의외로 그 남자의 성향을 알 수 있다. 정체까지도 알 수 있다. 사진이나 게시글 등을 보면 남자의 성향을 조금이라도 알 수 있다. 한 번 이상한 인간과 불행한 인연을 맺으면 다시 헤어나기 힘들다.

SNS, 카카오톡, 페이스북의 시대는 자기를 쉽게 홍보할 수 있다는 긍정적인 면도 있다. 반면에, 모르는 사람들에게 신상이 쉽게 노출이 된다는 부작용 또한 있다. 1:1 메신저 대화 등을 이용해 여자들에게 교묘하게 의도적으로 접근하는 지능적인 남자들이 있다. 이들은 자기의 신분을 교묘하게 포장을 한 채 접근한다.

저자가 법률사무소에 일한 경험을 토대로, 전형적인 사기꾼들의 유형을 대략적으로 정리해 보았다. 이런 남자들은 다시 한번 고민을 해보고 만나야 한다.

● 전형적인 사기꾼들의 유형 ●

◈ 직업 : 일단 직업을 속이는 사례는 매우 많다. 이들을 보면, 명함은 그럴듯하지만 실제로는 껍데기만 있는 법인의 대표이사인 경우가 많다. 명함을 100% 신뢰하지 말자. 그 사람과 진지한 만남을 가지고 싶다면 직접 회사를 가보고, 회사로 직접 전화를 걸어 보아야 한다.

◈ 학벌 : 학벌을 속이고 결혼을 하는 사례도 많다. 이들을 보면, 서울 소재 유명대학교 출신이라고 하지만 실제로는 그렇지 않은 경우가 많다. 특히나 특수 대학원 출신이면서 마치 학부과정도 같은 대학교에서 졸업한 것처럼 거짓으로 속이는 경우도 있다. 학번, 학과 등에 대하여 자세히 물어보고 확인해야 한다.

◈ 유부남 : 유부남이면서 미혼으로 속이는 사례이다. 이들은 들통나면 눈물을 흘리며 먼저 결혼했던 여자와는 이혼할 것이라고 감성으로 호소한다. 이혼남이면서 초혼인 것처럼 속이는 유형도 있다. 전형적인 사기꾼이다. 여자를 이용하려고 접근하는 경우이다. 신뢰가 무너진 결혼은 결국에는 파국이라는 사실을 명심하자.

◈ 집안의 배경 : 이들은 대단히 유명한 사람과 찍은 사진을 보여 주면서, 마치 자기 집안이 재벌이나 사회 유명 인사와 연관이 있는 것처럼 행동한다. 그러나 실제로는 아무런 연관이

없고, 결혼을 빙자해서 돈을 요구하는 경우가 많다. 이들을 보면 실제로 집안에 든든한 배경이 있는 경우는 드물다. 설사 있다고 해도 아무런 도움도 되지 않는 그냥 단순히 아는 사이 정도이다.

◈ 신분증 위조 : 신분 등을 위조해서 검사, 의사, 군 장교, 항공사 조종사 등으로 여성을 속이는 사례는 이미 언론에서도 많이 보도되었다. 신분증 위조는 컬러복사기 등으로 매우 쉽게 가능하다. 인터넷에서 위조 신분증을 쉽게 구하기도 한다.

◈ 부모 : 부모가 재산이 많다고 속이는 사례도 있다. 집안이 좋다고, 부모가 대단하다고 자랑하는 남자들은 꼭 사기꾼이 아니라도 결혼해도 피곤할 스타일의 남자다. 부모 재산은 말 그대로 부모의 재산일 뿐이다.

◈ 허풍 : 지금 어디에서 대단한 사업을 하고 있다, 곧 큰돈이 들어온다고 큰소리치지만 실제로는 허풍인 유형도 있다. 이런 사람은 전형적인 사기꾼 유형이다. 이들의 사업에는 실체가 없다. 있어도 과장되고 허풍, 거짓이다.

◈ 시험 합격 : 예전에는 사법 고시 1차에 합격했다고 여자를 속이는 남자가 참으로 많았다. 지금도 여전히 그런 남자들은 존재한다. 이들은 여자들의 환심을 사기 위해 고위 공직 시험, 대기업 입사 시험에 최종 합격이 아니라 1, 2차에 합격했다는 거짓말을 상습적으로 한다.

◈ 양다리 교제 : 속칭 '양다리'를 걸치고 여자를 농락하는

남자들도 있다. 애인이 있으면서 없다고 거짓으로 접근하는 남자, 진심으로 여자를 사랑하지 않으면서 여자와의 육체적인 관계만 목표로 하는 남자 등이 이에 해당한다. 이런 인간의 정체를 알면 상처만 남게 될 뿐이다.

이처럼, 요즘 시대에는 이런 사기를 치는 남자들이 넘친다는 사실을 알아야 한다. 사기꾼도 문제지만, 여자들도 제발 이런 남자들은 잘 알아보고 사귀어야 한다.

사랑했지만 서로 간에 인연이 아니어서 헤어지는 건 어쩔 수 없다. 하지만, 여자를 기만해서 속이고 금전적인 이익을 취하거나, 성적인 농락을 하는 건 범죄란 사실을 알아야 한다. 이런 일을 당하면, 여자들은 당했다는 생각에 스스로 깊이 자책한다. 세상에 대한 피해의식으로 방황하기도 한다. 심각한 스트레스를 받기도 한다. 깊게 사귀는 연인이 되어도 주민등록번호, 집 주소와 같은 개인 정보는 쉽게 알려주지 말아야 한다. SNS 등에서 너무 많은 개인 정보를 공유하는 것은 좀 심각해 보인다. 요즘은 SNS에서 사진 속 가족들, 집, 자기의 여가 생활, 취미 등 모든 걸 보여주는 경우가 많다. 이는 위험한 일이다.

그리고 진짜 조심해야 할 일이 있다. 요즘 시대에 흔하게 일어나는 일이다. 남자와 여자가 사랑하면 자연스럽게 성관계를 할 수 있다. 그런데 여자와 다르게 남자는 훗날의 이별을 대비한다. 여자가 떠날지도 모른다는 계산을 하고, 이 여자가 영원히 떠나지 못하게 하려 한다. 그것도 나의 속박에서 벗어나지 못하게 하려는 비열한 방식을 통해서 이를 이루려 한다. 여자들은 남자들의 이런 예상치 못한 행동을 조심해야 한다.

남녀의 성관계가 이루어질 때, 이러한 남자들은 휴대폰으로 성관계를 몰래 촬영한다. 이것이 바로 요즘 문제가 되는 '성관계 동영상 촬영'이다. 감언이설로 너를 사랑하니까 동영상 촬영을 하자고 여자를 설득하는 남자도 있다. 결국, 이것은 '여자에 대한 소유욕'에서 기인한 행동이다. 그러나 이는 정말 축구에 비유하면 자살골과 같은 행동이다. 촬영하게 되는 순간, 훗날 헤어날 수 없다. 언론에 심각하게 보도된 동영상 몰카(몰래 카메라) 피해자들의 인터뷰를 보아도 극명하게 알 수 있다. "죽고 싶다.", "자기 삶이 파괴되었다."와 같은 인터뷰들이 대부분이다. 심지어 자살을 생각하는 여자들도 있다. 정말 안타깝지만 아무런 방법이 없다. 후회해도 소용없는 일이다.

남자가 사랑한다고 동영상 촬영을 제안하면 단호히 거부하고 앞으로의 만남을 거절해라. 동영상 촬영은 죽음보다 더한 고통이 기다리고 있다는 사실을 알아야 한다. 분명히 '파멸', '파괴된 삶'만이 기다린다. 명심해라. 남자가 사랑이라는 핑계로 동영상 촬영을 하자고 해도 단호하게 거절해라. 지금이 아니더라도, 앞으로 남자 친구가 생기면 동영상 몰카는 범죄가 될 수 있다고 분명히 의사 표시를 해라. 그런 행위는 단호한 어조로 하지 말아야 한다고 인식시켜야 한다. 범죄가 될 수 있다는 사실을 명확하게 이야기해야 한다. 몰래 촬영, 촬영본 유포, 촬영본 인터넷 업로드 등은 형사처벌의 대상이다.

사귀는 남자의 정체를 정확하게 알기 위해서는 자기만의 합리적인 기준을 가지고 있으면 좋다.

예를 들어, 남자의 학력, 직장, 성격, 친구, 가족관계, 취미, 장단점, 사랑에 대한 기준, 건강, 도박, 정신건강 상태, 종교, 은행 대출, 채무 등의 기본적인 항목에 대해 체크리스트(check list)를 만들어 보자. 여기에 자기만의 기준을 추가로 더하고 사귀는 남자의 친구들도 함께 만나 보자. 여럿이 모여서 만나보면 남자 친구의 성향을 알 수 있다. 유유상종類類相從은 맞는 말이다. 친구들이 천박하고 예의가 없고 배려가 없다면, 남자 친구도 일단 의심을 해 보아야 한다. 친구가 전혀 없는 남자, 아예 가족 이야기는 전혀 하지 않는 남자도 무언가 문제가 있다. 그래서 남자는 아주 잘 알아야 한다. 아주 꼼꼼하게 알아야 한다. 적당히는 없다.

인터넷 사이트에서 상담 게시판 등에 올라온 글을 보면 남자에게 속아서 사기 결혼을 당했다는 이야기가 넘쳐난다. 우리 주변에서도 마찬가지이다. 학력을 속이고 여자들을 농락하고 금품을 갈취하는 사기 사건이 넘쳐난다. 명문가 집안을 사칭하였지만, 시댁 부모를 포함하여 전부 사기꾼인 집안도 있다. 부자 집안의 딸은 결혼할 때 중매쟁이를 통해서 상대 남자에 대하여 은밀히 알아보는 경우도 있다고 한다. 여자를 농락하는 사기꾼들이 워낙 많은 시대이기에 심정적으로 이해가 간다.

법률 계통에서 오랫동안 일하면서 대략 의심이 가는 사람들에게는 어떠한 유형이 있다는 사실을 알았다. 교묘하게 사기를 치는 사람들은 대부분 자기의 정체를 노출을 시키지 않으려고 절대로 자기의 신분, 주소를 노출하지 않는다. 이런 유형의 사람들은 주변에 넘친다. 사실 페이스북이나 카카오톡 등 SNS 시대에는 그럴싸한 사진 등으로 여자들을 유혹하는 것이 아주 쉽다.

저자의 경험을 바탕으로 의심스러운 유형을 정리해 보면 다음과 같다. 일단 이런 유형은 의심하는 것이 좋다.

● 의심스럽거나, 일단 확인이 필요한 남자의 유형 ●

〈휴대폰을 2개 이상 가지고 있는 남자, 남의 이름으로 된 휴대폰을 가진 남자, 주민등록초본의 나이에 비해 이사를 수도 없이 다닌 남자, 여자 친구에게 이름(명의)을 빌려 달라는 남자,

통장을 개설해달라는 남자, 여자 친구의 계좌를 빌려서 낯선 사람들에 돈을 입금받는 남자, 보증을 요구하는 남자, 급하다고 돈을 수시로 빌려 달라는 남자, 여자 친구 앞에서 몰래 숨기듯이 전화를 받는 남자, 법적인 문제가 많은 남자, 가족에 관한 이야기를 전혀 하지 않는 남자, 법조계에 인맥이 많다고 허풍떠는 남자, 페이스북이나 카카오스토리 등 SNS상의 모습과 현실의 행동이 전혀 다른 남자, 친구들이 전혀 없는 남자, 나이에 비하여 고급 차를 타고 다니는 남자, 카드 돌려막기를 하는 남자, 정확한 주거지가 어디인지 불명확한 남자〉

이런 유형의 남자는 연예할 때도 조심해야 하지만, 평생 조심해야 할 유형이다. 직업이 무엇인지, 어떤 성향의 사람인지 참으로 정체가 궁금하다. 돈을 빌려 달라는 남자는 결혼해도 골치 아프다. 자기 통장을 쓰지 못한다는 건 신용불량자일 가능성이 높다. 휴대폰을 몇 개씩 가지고 다니면서 수시로 휴대폰을 바꾸는 남자는 정체가 탄로 나면 안되는 남자다. 뭔가를 감추려고 하는 남자이다. 경계해야 한다.

자기가 결혼을 할 남자가 어떤 남자인지 정확한 본심, 정체도 모르고 결혼해서 후회하는 여자들이 많다. 꼭 결혼이 아니더라도 조심한다고, 알아본다고, 노력한다고 해서 손해를 보는 인생은 없다. 행복하려면, 행복해지려는 준비를 무조건 철저히 해야 한다. 남자의 정확한 정체를 알아야 한다.

03

좋은 엄마가
될 준비를
해라

—

근래 들어 미혼모의 아기 유기 사건이 자주 발생한다. 갓 20대 초반의 나이에 결혼해서 아이를 키우다가 아이를 학대, 폭행, 심지어 사망에 이르게 하는 문제들이 발생한다. 어린아이를 방안에 혼자 방치해서 배고픔에 사망하게 하는 경우도 있고 심지어 아이를 폭행하고 생명을 빼앗기까지 한다. 참 섬뜩하다. 여자들은 아이에 대한 모성애가 강하다. 모성애란 무엇인가. 모성애는 인간뿐만 아니라 거의 모든 동물이 지닌 본능에 가까운 '정'이다.

그런데, 현대 사회에서는 어떻게 이런 참혹한 일이 반복해서 일어날까? 쉬워도 너무 쉽게 일어난다.

한 가지 확실한 것은 그들은 아이를 키울 준비가 전혀 안 되었다는 것이다. 엄마가 되고자 한다면 아이에게 애절하고 간절한 마음이 있어야 한다. 경제적으로 먹고살기 힘들다고 아이를 함부로 대하면 안 된다.

몇 년 전 댄스 그룹 '클론'의 멤버 강원래와 배우자 김송 부부가 아이를 출산했다. 많은 네티즌이 이들 부부를 진심으로 축하했다. 알다시피 강원래는 교통사고 후유증으로 장애인이 되었다. 그렇게나 활동적이었던 가수가 하루아침에 남의 도움 없이는 움직일 수 없다는 장애인이 된 것이다. 자신의 삶에 얼마나 좌절하고 비관했을까? 배우자인 김송과는 결혼을 했지만, 아이가 없었다. 임신이 되지 않았다. 인생이 얼마나 절망스러웠을까? 낙담하던 이들 부부에게 드디어 축복받은 아이가 생긴 것이다. 인터넷에서 정말 많은 축하의 댓글이 있는 걸 보았다. 정말 감동스러운 일이다. 이렇게 강원래, 김송 부부처럼 아이를 가지고자 하는 마음은 간절해야 한다. 아니, 간절함을 넘어서 애절해야 한다. 그들 부부의 정성이나 마음 씀씀이는 참으로 지극했던 것으로 알고 있다. 이에 하늘도 감동했는지 임신을 했고 건강한 아이를 출산할 수 있었다. 이 정도의 진심 어린 마음이 있어야 엄마가 될 준비, 아빠가 될 준비가 되었다고 할 수 있다.

이에 반해, 요즘 젊은 부부들은 너무 준비 없이 아이를 출산한다. 결혼도 쉽게 한다. 아이에 대해서, 양육방법에 대하여 어떻게 해야 하는지에 대한 준비가 없다. 아이에 대한 소중함도 인식이 없다. 심지어 아이를 버리는 경우도 있다. 참으로 안타까운 결혼이 많다. 준비도 없이, 대책도 없이 아이를 낳아서 큰 사고가 발생하는 것이다. 참 안타깝다. 결혼한 부부에게 아이가 얼마나 축복의 선물인가? 단언컨대, 최고의 축복이다.

결혼 후 아이가 있는 가정과 아이가 없는 가정은 분명히 다르다. 아이가 있으면 행복하다. 사람 사는 정이 느껴진다. 아이는 순수하고 때 묻지 않은 존재이다.

　　요즘은 아이가 없는 부부도 의외로 많다. 아이를 잘 낳지 않는다. 경제적으로 힘든 문제로 아이의 출산을 미루는 경우가 잦아진다. 그렇지만 아이를 출산하는 일은 절대로 미루지 말아야 한다. 맞벌이든, 경제적인 문제든 아이를 출산하는 것도 때가 있다. 때를 놓치면 나중에는 원한다 해도 진짜로 아이가 안 생기는 수도 있다.

　　아이가 안 생겨서 병원에 엄청난 돈을 들이면서 부부간에 말 못 할 고통을 느꼈던 한 친구가 있다. "아이 때문에 돈도 많이 들어가지만, 너무 힘들다. 나한테 왜 이런 시련이 오는지 모르겠다. 아내가 너무 힘들어 한다."는 말도 하였다. 인위적으로 임신하는 인공수정 등의 과정은 여자가 더 힘들다고 한다. 물론 부부의 고통은 똑같을 것이다. 여하튼 너무 괴롭고 힘들다는 그 친구는 지금은 아이가 생겼지만, 부부간에 아이가 없는 고통은 정말 말로 표현을 할 수 없다고 했다.

　　결혼해서 아이가 탄생하면 참으로 행복하다. 여자는 엄마라는 소리를 들을 때 가장 행복하다고 한다. 아이는 웃음을 주고 삶의 활력소가 된다. 가족들이 모여도 아이들이 있으면 재미

있다. 집안의 썰렁한 분위기도 아이들이 밝게 만든다. 아이가 있는 부부의 삶은 행복지수가 분명히 높다고 장담한다. 아이가 없는 부부들이 허전함을 달래기 위하여 애완견을 키우는 이유도 여기에 있다. 아이가 없는 허전함을 채우려는 지극히 본능적인 마음일 것이다.

그래서 여자들은 임신 전에 엄마가 되려는 준비가 되었는지 스스로 곰곰이 생각해 보아야 한다. 단순히 엄마라는 소리가 듣고 싶어서 임신하는 것은 안된다. 20대 초반의 부부 중에서는 세상 물정 모르고 속칭 '사고 쳐서' 결혼한 부부도 있을 것이다. 아이가 생긴 것이다. 당부하건대, 이런 무책임하고 무계획적인 결혼은 절대로 하면 안 된다. 부부의 인생만 망치는 것이아니라 자칫하면 아이의 소중한 삶을 모두 빼앗을 수도 있다. 만약 이런 상황에 직면하여 결혼하게 될 경우에는 결혼 생활에 대한 경험이 많은 주변 사람들에게 도움을 요청하자. 육아 방법에 대해 도움을 구하자. 우유 먹이는 법, 아이가 아플 때 해결해야 하는 방법 등 다양한 상황에 대한 조언을 얻어야 한다.

어쩔 수 없이 일찍 결혼해서 아이가 생겼다면 꼭 도움을 받자. 일찍 결혼해서 아이가 생겨서 미혼을 즐기지 못하는 여자들은 우울증도 많다는 보고도 있다. 너무 어린 나이에 세상 물정 모르고 아이를 낳았다고 후회하는 것이다. 아이 때문에 내 인생이 망가졌다는 생각에까지 이를 수도 있다. 엄마가 될 준비가 되어 있는지는 반드시 스스로 알아야 한다.

요즘은 결혼을 일찍 하는 시대가 아니지만, 1980, 1990년 대에 대학을 졸업한 여자들은 일찍 결혼하던 시절이 있었다. 물론 20년이 지난 지금은 시대가 변했다. 그 시절에는 아이에 대한 출산을 항상 어느 정도 염두에 두고 있었다. 즉, 어느 정도 준비를 한 것이다. 그때는 아이 양육에 대한 독서를 하고, 주변에 아이 양육을 하는 친척이나 지인들에게 미리 노하우도 들어보고, 경험담도 숙지하는 방식으로 준비하였다.

언론에 보도된 아동 유기 사건 중에서는 이런 사건들이 많다. 20대 초반에 결혼한 어느 부부가 피시방에서 게임을 하고 와보니 아이가 사망했다는 뉴스 등이 그것이다. 아이를 혼자 두고 부부가 외출한 것이다. 이들이 수사기관에 출석하면서 하는 인터뷰를 보면 참 기가 막힌다. "피시방에서 게임하고 왔어요.". 이런 일이 생길지 몰랐다는 것이다. 심지어 어떤 미혼모는 "친구 만나고 왔어요.", "술 마시느라 아이를 혼자 두고 외출을 했어요.". 참 이런 변명은 말도 되지 않는 변명이다. 부모가 되려면, 아이를 아껴주고 사랑을 줄 수 있는 충분한 준비가 되어 있는지 조용히 스스로를 점검해야 한다. 아이는 좋은 부모에게서 정서적인 안정을 찾는다. 내가 낳은 자식이라고 해서 아이를 함부로 방치하고 학대하면 안 된다. 어린 시절의 정서적인 불안정

속에서 성장한 아이들은 결코 잘 될 수 없다. 부모에게 사랑을 받지 못한 아픈 상처를 가지고 어떻게 세상을 따뜻하게 살아갈 수 있을까. 주변과 공감하지 못하고 불안정하게 사는 불행한 인생이 될 수 있다.

유명 여성 방송인이 아이를 출산해서 언론의 집중 보도 대상이 된 일이 있다. 아이의 아빠가 누구인지 많은 언론에서 호기심과 관심을 가졌다. 유명 방송인은 "기증받은 정자로 아이를 출산했다."고 당당하게 밝혔다. 싱글맘(single mom) 선언이었다.

'정자를 기증받아서 임신했다.'라는 사실에 언론에서 관심을 많이 가진 듯하다. 여자들은 아이를 낳고 싶다는 모성애를 가지고 있다고 한다. 아마 아이를 가지고 싶었던 모성애 때문에 기증을 받아서라도 아이를 가지고 싶었던 게 아닐까? 지금은 엄마로서 아이와 당당하게 행복하게 살아가는 그 방송인의 용기가 참으로 대단하게 느껴진다.

주변 여자 중에서 "결혼은 하고 싶지 않은데, 아이는 가지고 싶다."는 이야기를 가끔 듣게 된다. 결혼은 하고 싶지 않지만, 아이를 낳고 "엄마"라는 소리를 듣고 싶어 하는 것이다. 유명 방송인도 마찬가지였을 것이다. 기혼이냐, 미혼이냐를 떠나서 여자들이 아이를 출산하고 싶은 모성애는 다 있다고 본다. 나는 아이를 낳고 함께 살고 싶은 그 유명 방송인의 마음을 솔직히 이해할 수 있다. 법이나 윤리라는 그런 고리타분한 이야기를 떠나서 그녀가 아이와 행복하게 살 수 있도록 도와주어야 하지 않을까 싶다.

결혼도 하지 않는 시대이지만, 경제적인 이유로 아이도 낳지 않는 시대이다. 가족이라는 의미가 점점 사라지고 있다.

그렇지만, 나를 닮은 사랑하는 아이를 출산했다는 상상을 해보자. 나를 닮은 분신 같은 아이에게 예쁜 옷도 입혀주고, 장난감도 사주고, 패밀리 레스토랑에서 맛있는 음식도 함께 먹는 상상을 해보자. 그리고 아이의 행복한 웃음소리를 들으면서 남편과 함께 살아간다면 얼마나 행복할까.

결혼해서 아이가 생기면서 삶에 안정감을 찾고 행복을 느끼는 사람들이 많다. 아무리 결혼에 대한 부정적인 인식이 사회에 만연하지만, "아빠", "엄마" 소리를 들으면서 자연스럽게 살아가는 게 우리 인생이다. 아이가 생기면서 가족을 이루어간다. 얼마나 감격스럽고 벅차고 소중한가. 그런 행복함을 잃어가면 안 된다.

엄마가 되고 싶다는 마음이 간절하면 결혼을 생각해도 된다. 대신, 어떻게 하면 아이와 행복하게 살 수 있는지 나름의 계획을 세우자. 미리 꼼꼼하게 기록하면서 어떻게 좋은 엄마가 될지 구체적인 준비를 하자. 아이는 축복이자 행복의 원천이다. 아이를 많이 사랑하자.

04

결혼에는
정답이 없다는
사실을 명심해라

—

고대 그리스의 철학자 소크라테스(Socrates)는 "결혼하는 편이 좋은가, 아니면 하지 않는 편이 좋은가를 묻는다면, 나는 어느 편이나 후회할 것이라고 대답하겠다."라고 했다. 결혼은 해도 후회하고 하지 않아도 후회한다. 나 역시도 해보니까 그렇다. 우리의 인생을 어떻게 살아야 하는지에 대한 정답은 없다. 결혼 생활도 어떻게 살아야 하는지에 대한 정답은 없다. 다만 분명한 것은 남에게 보이기 위한 결혼 생활을 하면 불행해질 수밖에 없다는 점이다. 이웃, 친구, 동창들과 비교하는 삶은 불행에 빠지게 된다. 주변을 보면 남에게 보이기 위하여 가식적인 결혼 생활을 하는 사람들이 많다. 오로지 남이 자기를 어떻게 판단해 주는지, 평가해 주는지에 끊임없이 집착하고 몰입하는 부부들이 있다. 자기들만의 인생을 사는 것이 아니라, 주변 사람들에게 잘 보이기 위해 사는 인생은 불행하다.

『철학의 힘』의 저자 김형철 교수는 다음과 같이 이야기한다. "타인과 비교할 때 불행해진다." 사회생활을 해 보면 이 말이 정답임을 알 수 있다. 주변 사람들이 조금이라도 잘되어서 살아가는 모습을 보고, 때로는 좌절하고 의기소침해질 때가 있다. 그럴 필요가 없는데도 말이다. 이렇게 비교하는 것이 습관이 되면 불행해진다. 죽을 때까지 자신보다 잘된 사람과 비교하면서 사는 것이다. 결국, 불행해질 수밖에 없다. 남과 비교하지 않아야 한다. 그냥 나로서 살아야 한다.

행복의 기준은 사람마다 다르다. 정답이 없다. 그래서 남에게 보여주기 위한 결혼 생활은 부부간에 갈등만 유발할 뿐이다. 부부 갈등은 경제적인 부분에서 기인하는 것도 있지만 대부분 '비교'에서 시작된다. "누구 남편은 승진했다.", "누구는 50평대의 아파트를 샀다.", "누구 자식은 어느 대학에 갔다.", "누구는 이번에 해외여행을 갔다.". 계속되는 비교 과정에서 사람은 좌절하면서도 끊임없이 비교한다. 비교하는 삶 때문에 스트레스를 받고 불행해진다. 한국 사회에서 왜 매일 50명에 가까운 사람이 스스로 삶을 마감할까. 뭐가 아프고 힘들어서 이렇게 스스로 삶을 마감할까. 우리는 곰곰이 행복을 돌아봐야 한다.

주변을 돌아봐라. 어떤 부부는 부유하지만, 아이가 없다. 어떤 부부는 부유하지 않아도, 자식이 많다. 그래서 세상은 공평하다. 내가 소유하고 있는 걸 다른 사람은 소유하지 못하고 있다는 사실을 알자.

'친구가 SUV 차량을 사니까 나도 산다.', '친구가 유럽여행을 가니까 나도 간다.', '친구가 명품 가방을 사니까 나도 산다.', '남들이 강남에 사는 것이 부의 상징이라고 하니까 은행에 대출을 받아서 강남에 산다.'. 이렇게 남에게 잘 보이기 위해 자기과시에 가득 찬 삶은 죽을 때까지 불행하다. 자기의 인생은 없고 오로지 남의 인생만 있기 때문이다.

남에게 보이려고 강남에 산다고 이야기하는 사람들을 많이 봤다. 감당하지 못할 은행 대출을 받아서 강남에 사는 부부들…. "강남에서 살면 강남 프리미엄이 있어. 그래서 강남에서 살려는 거야." 이런 말을 하는 강남 주민들을 많이 보았다. 그러나 살아보면 강북에 살든, 강남에 살든 사는 건 똑같다. 물론 강남 사는 사람들은 다르다고 이야기한다. 그러나 자기 분수에 맞지 않게 산다면 행복이 아니다. 남에게 잘 보이기 위해 사는 인생은 불행하다.

독일의 철학자 쇼펜하우어(Schopenhauer)는 "남이 자기를 판단해 주는 기준에 따라 사는 사람들은 결국 이웃의 노예에 불과하다."고 이야기하였다. 우리는 비교하지 않는 삶을 살아야 한다. 여자들은 '결혼하면 행복에 정답이 없다.', '비교하지 않으면 행복하다.'는 사실을 빨리 알아야 한다. 남과 비교하는 순간에 불행의 덫에 빠진다. 그래서 행복에 대한 정답도 없다. 행복은 절대적으로 획일적이지 않다.

대형 마트에서 남편과 정겹게 장을 보고 시식코너에서 시식 음식을 맛보면서 행복을 느끼는 주부들이 많다. 화려한 강남의 백화점에서 고급 옷을 사면서도 불행하다고 생각하는 사람들도 의외로 많다. 그래서 주변과 비교하지 않으면 행복할 수 있다.

결혼은 현실이다. 영화 속의 시나리오처럼 짜여진 삶을 살 필요가 없다. 그래서 결혼에는 정답이 없다. 자기 기준으로 편하게 살면 된다. 인생에 정답이 없듯이 결혼에도 정답이 없고, 행복에도 정답이 없다는 걸 알면 된다. 그리고 철저하게 주변과 비교하지 말고 살면 된다. 당신이 가장 아끼고 사랑해야할 사람은 바로 당신이다. 정답이 없는 결혼 생활에서는 남들이 만든 획일적인 삶으로 들어가지 않으면 된다.

결혼 생활에는 정답이 없다는 사실을 결혼하기 전에 미리 깨달아야 한다.

05

행복이
무엇인지 알고
결혼해라

—

　나는 살면서 행복이 무엇인지 늘 궁금했다. 어떻게 살아야 행복할까? 돈, 좋은 직장, 좋은 집이 있다는 것이 행복한 것인가? 도대체 행복의 기준이 무엇인지, 그 의문이 채워지지 않았다. 그래서 정신적 행복도가 세계 최고라는 부탄(Bhutan)으로 여행을 갔다. 그러나 여행하면서 그들이 진짜 행복한지 느끼기는 쉽지 않았다. 그들이 느낀다는 행복은 내 피부에 와닿지 않았다. 그곳은 술집도, 음식점도, 마트도, 지하철도, 자가용도, 아파트도 부족했다. 한국보다 모든 것이 부족했다.

　그런데 그들은 왜 행복할까? 여행의 끝에서 조금은 느낄 수 있었다. 그들은 욕심을 내지 않는다. 그들은 '착한 일을 하면, 다음 생에도 좋은 사람으로 태어난다.'는 신념을 가지고 주어진 삶에 만족한다. 여행 중에는 부탄 사람들의 선한 눈빛 덕분에 마음이 늘 여유로웠다. 인구가 100만 명도 되지 않는 작은 나라이다 보니 출퇴근에 쫓기는 삶이 아니었다. 여유롭다. 뭔가 부족해도 그들이 가난하게 느껴지지 않았다. 매일 지하철에서 쫓기듯이 살았던 서울과 너무 비교되었다.

물론 최근 부탄에도 자본주의가 유입되면서 자살자가 점점 늘어난다고 한다. 솔직히 좀 안타깝다. 이는 부탄인들이 점점 외부세계를 꿈꾸면서 생기는 부작용이라고 한다. 그들이 주어진 삶보다 바깥에 문명화된 세상을 알고, 이를 비교하면서 문제가 생긴다. 그런 걸 보면 어디든지 절대적인 행복은 없다는 생각이 든다.

공지영 작가는 그의 베스트셀러 소설, 『무소의 뿔처럼 혼자서 가라』에서 "누군가와 더불어 행복해지고 싶다면, 누군가가 다가오기 전에 스스로 행복해질 준비가 되어 있어야 한다."고 했다. 참 좋은 말이다. 행복해지려면, 먼저 행복해져야 한다.

미국의 버크셔 해서웨이(Berkshire Hathaway Inc.)의 워런 버핏(Warren Buffett) 회장은 전 세계에서 세 번째로 꼽히는 부자이다. 그의 재산은 거의 100조 원에 달하는 것으로 추정된다. 이런 천문학적인 부자가 믿기지 않게도 미국 오마하(Omaha)시의 외곽에 위치한 이층집에서 검소하게 살고 있다. 집의 시가는 한국 돈으로 7억 원 정도이다. 우리나라처럼 강남 3구에 살아야 부를 과시하는 나라에서는 도저히 이해가 되지 않을 것이다.

많은 사람이 묻는다. 왜 수백 억 원 규모의 저택으로 이사를 하지 않느냐고. 그는 그런 질문에 "다른 곳으로 이사해서 더 행복해진다면, 벌써 이사했을 것."이라고 간단하게 답한다. 워런 버핏 회장은 비싼 아파트나 대저택에 산다고 해서 결코 행복한 것만은 아니라는 사실을 정말 잘 보여준다. 그가 60년 동안 그 집에 살고 있다는 것은 참으로 존경스러운 일이다. 그는 자기만의 행복에 대한 정의를 명확하게 가지고 있다. 물질을 추구하지만, 결코 물질에 지배받지 않은 행복한 삶을 살고 있다. 워런 버핏의 이런 마인드가 진정한 행복이다. 그는 스스로 행복한 법을 알고 있다. 대단한 인물이다.

요즘 젊은이들은 너무 자신감이 없다. 얼굴이 밝지 않다. 쉽게 말하면, 기성세대의 잘못으로 불행한 젊은 날을 보내고 있다고 여겨진다. 대학 졸업 후에 취업이라는 숨이 막히는 경쟁체제에서 살아가는 젊은이들은 어떤 것이 행복인지를 모른다. 지금의 현실은 젊은이들이 결혼을 아예 꿈도 꾸지 못하게 만들었다. 그런 상황에서는 행복이 무엇인지, 어떻게 하면 행복해지는지에 대해 알기 힘들다. 도대체 삶에 여유가 생기지 않는다.

그렇다 하더라도, 행복해지려면 스스로 행복해져야 한다. 스스로 불행하다고 생각을 하는 사람이 결혼하면, 행복해질 수 없다. 어떻게 살아야 행복인지도 모른다. 최소한 결혼을 생각한다면 행복에 대한 구체적인 개념은 스스로 곰곰이 생각해 보아야 할 것이다.

쇼펜하우어는 "행복의 90%는 건강에 좌우되고 있다."고
했다. 물질적인 재산이 아무리 많아도 건강하지 못하면 불행할
수밖에 없다는 이야기이다. 왜 그럴까? 아파서 병원에 가야 하
고, 돈을 쓰고 싶어도 몸이 안 좋고, 힘이 없어서, 움직이는 것
조차 귀찮고 힘들기 때문이다. 그래서 항상 먼저 건강함에 감사
하고 행복하다고 생각해야 한다.

20대나 30대에는 대체로 몸이 건강해서 건강의 소중함을
모른다. 그러나 모든 것은 내 몸이 아프면 아무런 의미가 없다.
그런데 우리는 오로지 먹고사는 취업 문제 때문에 건강이라는
최고의 행복을 스스로 무시하는 경향이 있다. 건강한 삶을 먼
저 감사하자. 건강이 기본적으로 갖추어지고, 그다음 우선순위
로 무엇이 인생에 중요한지를 조금씩 알아야 한다. "건강한 거
지가 병든 왕보다 행복하다."는 말이 있다. 건강은 행복의 가장
기본 조건이다.

그러면서 동시에 행복을 끊임없이 쟁취하고 행복해지려고
노력하는 자세를 가지고 있어야 행복해진다. 행복도 마찬가지이
다. 결혼하기 전에 스스로 행복이 무엇인지를 곰곰이 생각해 보
아야 한다. 그리고 결혼하기 전에 미리 행복에 대한 구체적인
순위를 정해야 한다.

언어학자 헬레나 노르베리 호지(Helena Norberg-Hodge)의 『오래된 미래』에서 라다크의 노인들은 이렇게 말한다.

"보리 떡과 죽밖에는 없지만 나는 행복하다. 당신들은 좋은 옷을 입었지만, 많은 불행이 있다고 나는 들었다."

기자가 그 불행의 이유에 관해 묻자 노인은 이렇게 답했다.

"당신들이 불행한 것은 주는 것보다 빼앗는 것이 더 많기 때문인지도 모르겠소."

결혼하기 전에 행복이 무엇인지도 모르고 결혼하는 것은 대단히 위험하다. 라다크의 노인이 얘기한 것처럼 행복과 불행이 무엇인지 분명히 알아야 한다.

행복이란 무엇인가, 내 인생에서 어떻게 살면 행복할까, 이런 것에 대하여 전혀 생각도 해보지 않은 여자들은 결혼하면 행복할 수 없다. 더군다나 결혼을 도피처로 생각해서 결혼한다면 그것은 더 큰 오판이다. 결혼하면 모든 미혼 때의 근심스러운 문제가 해결될 것이라고 생각하면 그 또한 잘못된 생각이다.

결혼을 고민한다면, 결혼하기 전에 미리 행복에 대한 개념을 잘 정리해야 한다. 결혼해서 어떻게 하면 행복할 수 있을지 미리 구체적으로 생각을 해보고 행복하게 살아갈 방법을 알아야 한다. 그래야 결혼해서 남편과 행복하게 사는 방법을 알게 된다.

김수영 작가의 『멈추지 마, 다시 꿈부터 써봐』는 젊은 여자들에게 인생을 어떻게 살아야 하는지 그 방향을 잘 제시했다. 저자도 재미있게 읽었다. 김수영 작가는 자기만의 인생을 살기 위해 매 순간 과감하게 결단을 내린다. 가난하게 불행하게 살아온 삶을 뒤로하고 당차게 세계여행을 하면서, 하고 싶은 꿈을 하나하나 실천하는 여성이 책 속에 나타나 있다. 멋있다. 그녀는 한 번밖에 없는 자기만의 인생을 유쾌하게 살아간다. 김수영 작가는 행복이 무엇인지 분명하게 알고 있다. 또한, 불행을 행복으로 바꾸는 방법도 알고 있다. 최근에 김수영 작가가 결혼했다는 소식을 들었다. 문득 그녀가 누구와 결혼을 했을까 궁금해졌다. 아마 결혼 전에 어떻게 사는 삶이 행복한지를 잘 아는 김수영 작가는 자신의 가치관을 공유할 수 있는 남자를 만나지 않았을까. 그들은 행복한 결혼 전의 삶을 바탕으로 결혼 후에도 아마도 행복한 부부로 살 것이다. 그리고 그들만의 인생을 잘 살아갈 것이다.

미혼 때 어떻게 살면 행복인지를 알아야 한다. 어떤 게 행복인지를 모르면서 무작정 결혼하면 안 된다.

"새는 알을 깨고 태어난다. 알은 새의 세계이다. 태어나
고자 하는 자는 하나의 세계를 깨뜨리지 않으면 안 된다."

행복하기 위해서는 스스로 자각을 해야 한다. 어떠한 상
황에서도 경이롭게 다가오는 헤르만 헤세(Hermann Hesse)의 말
을 되새겨 보자.

06

결혼계약서에
대해
의논해라

—

결혼계약서가 무엇인가? 여자들은 이런 말을 해서는 안 된다. 여자는 사랑하는 남자가 생기면 결혼을 고민하게 된다. 이런 시기에 여자들이 남자친구와 아주 진지하게 짚고 넘어가야 할 문제들이 있다. 결혼 생활과 관련되는 내용이다. 결혼하기 전에 반드시 결혼계약서를 써야 한다는 건 아니다. 그렇지만, 결혼을 하면 가장 많은 의견 충돌이 생기는 문제들에 대하여는 '매도 미리 맞는다.'는 심정으로 미리 의논해야 한다. 이런 고민도 하지 않고 결혼을 하면 반드시 갈등이 따라온다. 이혼을 한 많은 부부에게서 나타나는 공통점이다.

이런 의논을 할 때는 심각하게 남자와 이야기를 나누어봐야 한다. 남자의 태도도 지켜보면서 남자가 어떤 반응을 보이는지 유심히 살펴보자. 아무리 서로 사랑하는 연인이라도 결혼하면 매일 지겹도록 봐야 하는 부부가 된다. 사사건건 부딪치게 되는 일이 생긴다.

남자들은 결혼하기 전에는 여자들을 온갖 달콤한 말로 유혹한다. "결혼하면 공주처럼 대접하겠다." 등의 말이 그렇다. 그러나 일단 결혼하면 남자는 '어항 속의 고기가 되어 버렸다.' 고 내 여자임을 확신하고 함부로 한다. 아내를 마음대로 할 수 있다고 쉽게 판단한다. 남자들은 그렇다.

결혼 생활을 해 보아라. 매일 24시간 동안 한 공간에서 얼굴을 부딪치면 현실적으로 공주 같은 대접을 받을 수가 없다. 연애 때는 서로 좋은 모습만 본다. 맛있는 레스토랑이나 놀이동산을 다니면서 달콤한 사랑을 속삭이지만, 막상 결혼하면 그렇게 되지 않는다. 로맨틱하게 살고 싶어도 그럴 수가 없다. 일단 남편과 매일 반복되는 생활을 해야 하니까 의견 충돌이나 대립이 발생한다. 이런 상황에서 갈등은 필연적이다. "양말을 왜 여기 벗어놓았냐?", "아침에 해장국 좀 끓여라!", "음식이 맛이 없다.", "세탁물 좀 맡겨라.", "세탁물 찾아와라." 등 시시콜콜한 대화가 오고 가면서 의견 대립이 생긴다. 그러다가 심하면 목소리를 높이고 싸움에까지 이르게 된다. 대립이 심각해질수록 이런 일이 반복된다.

그리고 진짜 중요한 문제가 한 가지 더 있다. 아무리 핵가족 시대라고 하지만 결혼하게 되면 당연히 시댁 식구들과 친정 식구들이 생긴다. 양 집안의 경조사, 명절, 가족 행사에 참석하게 되면 자연히 의견 충돌이 생길 수밖에 없다. "왜 친정에는 소홀하냐.", "시댁에서 내가 왜 설거지를 다 해야 하냐.", "짜증 난다.", "지겹다." 등. 이런 일이 현실로 다가온다.

남편이 돈도 잘 벌고 원하던 딸, 아들도 낳고 시댁과도 갈등이 없다면 금상첨화다. 더군다나 시어머니와 사이도 좋고, 시부모도 건강해서 병원에 갈 일도 없으면 좋은 일이다. 하지만 세상사가 어찌 그런가. 좋은 일이 있을 때는 갈등이 없다. 갈등은 나쁜 상황에서 온다. 그리고 갈등이 극에 달하면 참을 수 없는 분노로 두 사람이 점점 불행해진다.

그래서 결혼 전에 여기 있는 결혼계약서의 내용으로 미리 의견을 나누어 보자. 꼭 결혼계약서를 쓰지 않더라도, 이 정도의 의견 나눔은 필히 해두는 것이 좋다. 이 과정에서 남자친구와 극심한 갈등이 생기거나 의견 차이가 심각하다면 결혼을 진지하게 다시 생각해야 한다.

결혼하면 이런 문제는 반드시 닥친다. 미리 남자친구와 의견을 조율을 해 보고 협조를 구해야 한다. 다음의 결혼계약서에 있는 내용은 결혼기간 동안에 계속 부딪히게 될 문제들이다. 이런 갈등으로 이혼에 이르게 된다는 사실을 명심하자. 자, 그럼 어떤 내용으로 결혼계약서를 써야 할까?

● 결혼계약서 미리 써보기●

💎출산과 양육 - 아이는 몇 명을 낳을 것인지, 양육은 어떻게 누가, 어떤 방식으로 할 것인지 미리 이야기가 되어야 한다. 아이 양육은 여자와 남자가 50:50으로 공평하게 양육을 책임져야 한다고 의사표시를 해라.

💎시댁, 처가 경조사 - 양 집안의 경조사는 어떤 방식으로 할 것인지, 공평하게 해야 한다고 구체적으로 이야기를 나누어 보자.

💎명절, 제사 - 남편에게 명절 때 시댁과 친정 방문 일정에 대하여 어떤 생각을 하고 있는지 물어보자. 명절이나 시댁의 행사는 처가와 공평하게 해야 한다. 명절 제사를 지내고, 친정에는 언제 갈 것이고, 제사에 대하여 아내의 역할과 남편의 역할에 대하여 의견을 나누자.

💎종교 - 남편과 아내의 종교가 다르면 힘든 결혼 생활이 될 수 있다. 종교가 다를 경우에 종교 생활은 어떻게 하는지에 대하여 이야기를 나누어 보자. 종교가 다르면 결혼을 진지하게 한 번 고민해 보아라. 종교 갈등은 누구도 해결해 주지 못한다.

💎요리/주말 식사, 청소 - 가사家事에 대하여, 남편이 어느 정도까지 협조하면서 아내를 만족시켜 줄 것인지에 대하여 이야기를 나누어 보자. 여자는 밥해주는 사람이 아니다. 남자도 요리를 해야 한다.

◈ 재산관리, 명의 등 - 지금은 맞벌이 시대이다. 남녀 모두 재산은 각자 관리하고, 부동산 등에 대하여는 공동명의를 활용하는 것이 좋다. 훗날이라도 분쟁이 생길 경우에 서로 간에 공동명의가 되어 있으면 힘이 된다. 모든 재산은 공동명의 원칙에 따르고 일정 부분의 생활비를 각자 지급하면서 분담하는 생활은 어떠한가. 그리고 맞벌이 부부 각자의 소득은 각자 관리해야 한다. 공통 경비는 각 수익에 맞게 매월 공평하게 부담한다.

◈ 치매(시부모, 처가 부모) - 중요한 부분이다. 며느리가 병에 걸린 시어머니를 간병한다는 기사는 다들 많이 보았을 것이다. 시부모가 병원에 장기 입원할 경우에 병간호는 어떻게 해야 할지 구체적인 답을 얻어라. 물론 그런 시대는 지났지만, 여전히 대부분의 남자는 며느리가 당연히 시부모 병간호를 해야 한다고 생각한다. 결국, 시부모 병간호는 절대로 며느리가 전담하지 않는다. 중병이 생기면 각자 부모를 각자가 챙기자는 내용의 계약서라도 의논하자. 냉정한 것 같지만, 현실이다.

◈ 폭력 - 남편이 폭력적인 경우에는 뒤도 돌아보지 말고 이혼해라. 쉽게 용서를 할수록 폭력적인 습관은 반드시 반복된다. 데이트 폭력, 가정 폭력에 대한 여자들의 초기 미온적인 대처는 남자들의 상습 폭행으로 이어진다는 사실을 명심하자.

◈ 배우자 중심의 결혼 생활 - 결혼하면 어떤 경우에도 남편은 아내, 아내는 남편 위주의 결혼 생활을 해라. 시댁, 처가는

결혼과 동시에 멀리해라. 친정에 의지하고 본가에 의지하는 삶을 살 것 같으면 아예 절대로 결혼하지 마라. 반드시 이혼으로 이어진다. 시댁과 처가는 적당한 정도의 관계만 유지해야 한다.

예전에는 며느리가 시어머니를 10년 혹은 20년 동안이나 병상 간병했다는 기사들이 언론을 통해 많이 보도되었다. 대부분의 사람들은 "효부상을 주어야 한다.", "그런 며느리가 어디 있느냐.", "참으로 대단하다."고 하면서 병간호를 하였던 며느리를 칭찬하였다. 그러나 지금 시대는 다르다. 그런 결혼은 서로 간에 불행만을 가져온다. 냉정하게 들릴 수도 있지만 이런 며느리는 앞으로 나타나지 않는다. 그런 삶을 살기 위해 여자들이 결혼하는 시대는 지났다.

결혼계약서라는 것이 야박하게 보일 수도 있다. 그러나 결혼계약서를 꼭 써야 하는 건 아니지만, 이 정도의 의견 조율도 없는 결혼은 위험하다. 이러한 이야기에 대하여 남자가 거부한다면 그 결혼은 다시 한번 진지하게 고민을 해보는 것도 좋다. 이 정도 내용에 대하여는 꼭 진지하게 의논을 하자.

07

인문학 독서로
남자의 심리를
파악해라

—

한때 우리 사회에 인문학 독서 열풍이 불었던 적이 있다. 아니, 사실은 지금도 서점에 가보면 인문학 독서와 관련한 책들이 넘쳐난다. 나 역시도 인문학 독서를 지금도 열심히 한다. 도대체 인문학이 무엇이기에 이렇게 사방에서 인문학, 인문학 하는 걸까?

인문학은 인간과 인간사의 근원문제, 인간의 사상과 문화에 관해 탐구하는 학문이다. 한마디로, 인간에 대한 모든 것을 다루는 학문이라고 보면 된다. 나는 이러한 인문학의 매력에 빠졌다. 인간 내면의 심리가 어떻게 돌아가는지 알고 싶어서 지금도 여전히 인문학과 관련된 책을 많이 읽고 있다. 인문학 책을 읽고 기억에 남는 글이 있다. "과연 인간이 삶 속에서 얻고자 하는 것은 무엇이며, 성취하고자 하는 것은 무엇인가?"라는 질문에 프로이트(Sigmund Freud)는 "아무런 의심할 여지도 없이 그 해답은 바로 행복이다."라고 했다. 인문학 독서를 통하여 명언을 얻는 것은 이처럼 인간에게 깨달음을 준다. 결국, 좋은 명언은 삶에 영향을 주는 힘을 지니고 있다고 봐야 한다.

결혼을 앞둔 여자들은 특히 독서를 많이 해야 한다. 특히, 인문학 책을 많이 읽고 행복해져야 한다. 수천 년 동안 쌓여온 학문인 인문학에는 남자들의 내면에 대한 심리가 잘 정리되어 있다. 남자들은 원초적으로 여자들에게 속물적인 근성도 있다.

직장 회식 자리에서 대부분의 남자 상사나 동료들은 여자 직원들에게 술을 권한다. 그들이 여자들을 술 취하게 하는 목적은 한 가지이다. 여자들이 술 취한 모습에서 약점을 잡고자 하는 것이다. 그리고 여자가 방심하면 때로는 성적 탐닉도 한다. 이런 문제는 요즘 한국 사회에서 일상화되어 지금도 계속 언론에 보도되고 있다. 그 문제는 매우 많고 심각한 수준이다. 그래서 독서로 남자의 나쁜 심리를 알아야 한다. 독서를 많이 하면 남자들한테 내가 쉬운 여자가 아니라는 걸 보여줄 수 있다. 독서를 많이 한 여자는 남자들이 절대로 함부로 대하지 못한다.

슈테판 볼만(Stefan Bollmann)의 저서 『여자와 책』에서는 토머스 하디(Thomas Hardy)가 1891년에 발표한 소설 『더버빌가의 테스』를 소개한다. 소설에는 이런 내용이 나온다.

소설 속의 주인공 테스는 어머니에게 이렇게 퍼부었다.

"양갓집 아가씨들은 무엇을 조심해야 하는지 알고 있어요, 그런 속임수들이 나오는 소설을 읽었기 때문이죠."

소설 속의 내용이지만, 참으로 여자들이 새겨서 읽어야 할 내용이다. 결국, 인생의 경험을 책을 통해 미리 간접적으로 경험해보고 남자들을 만난다면 남자의 음흉함을 미리 알 수 있지 않을까. 소설을 통해 사랑, 섹스, 연애 그리고 삶에 대하여 잘 알게 된다면 남자를 만날 때 어떻게 대처하는지 잘 알게 될 것이다. 어떻게 대응하는지 책을 통해 미리 배우고 실제로 남자들을 만날 때 경계하면 된다. 왜 여자들이 인문학 책을 읽어야 하는지에 대한 답은 여기에 분명하게 나타나 있다.

마릴린 먼로(Marilyn Monroe)는 미국의 유명한 배우이다. 그녀는 미국을 넘어 세계적인 섹스 심볼로 인정받았다. 그러나 그런 섹스 심볼도 미혼모의 자식으로 태어나서 버림받는 인생을 살았다. 미국의 케네디(John Fitzgerald Kennedy) 대통령과의 염문을 뿌렸음에도 비극적이고, 불우한 인생을 살았던 마릴린 먼로! 그녀가 독서를 많이 했다고는 알고 있지만, 결혼 전에 남자들 내면의 심리에 관련된 책들을 좀 더 많이 읽어보았다면 어떠했을까 하는 생각이 든다. 결혼에 실패하고 남자에게 버림받은 불행한 그녀의 삶을 보면서 느낀 생각이다. 이처럼 결혼을 하기 전에 여자들은 인문학 독서로 여러 가지 간접 경험을 미리 해보아야 한다. 책을 읽지 않고 사고와 의식 수준을 향상시킬 수 있는 방법은 없다. 남자와 관련된 인문학 책을 많이 읽어라. 인문학 독서를 100권 정도만 하면 남자에 대한 안목이 생기지 않을까. 최소한 남자가 어떤 속물인지, 어떤 음흉한 생각을 가지고 당신을 만나는지 알 수 있게 되지 않을까?

결혼 전에 많은 인문학책 독서를 통해 남자의 심리를 제대로 알자. 그래야 불행한 삶을 미리 방지할 수 있다.

PART 2

여자들이여,
이런 남자를
만나라

마흔두 살의 나이에 삶을 마감한 여성이 있었다. 서른네 살의 나이에 이혼해서 혼자 불행하게 삶을 살다가 어느 날 다가온 말기 암… 그녀는 그렇게 외롭게 병마와 투병하다가 세상을 떠났다. 의사는 그녀에게 "3개월 이상은 살지 못한다."라고 이야기했다. 의사가 사람의 운명을 어느 정도 알고 있다는 걸 그때 처음 알았다. 그리고 의사가 이야기하였던 것처럼, 그녀는 3개월이 채 되지 않은 어느 날 세상을 떠났다. 이혼 후에 그렇게 보고 싶어 했던 아이 두 명과 짧은 만남의 시간을 뒤로하고, 한 많은 삶을 마감했다. 이혼 후 10년 동안 불행했던 삶, 아이들과의 이별, 그리고 암, 힘든 투병, 다가온 죽음…. 그녀는 그렇게 마흔두 살의 젊은 나이에 쓸쓸하게도 삶을 마쳤다.

아는 지인의 슬픈 소설 같은 이야기를 가까이에서 지켜보면서 너무나 슬펐다. 그리고 이를 계기로 이혼하고 사는 여성들의 불행에 대하여 많은 관심을 가지게 되었다. 왜 그녀는 그렇게 불행하게 삶을 마감하게 되었을까. 그런 불행을 줄일 방법은 없을까.

그리고 직업적으로 지켜본 수많은 여성의 불행도 있었다. 화려한 결혼식 속에서 많은 축복과 축하를 받을 때는 세상의 공주가 된 것 같았는데, 왜 계속 공주 대접을 받지 못할까? 도대체 왜? 어떤 남자를 만나야 행복할까.

분명한 사실은 행복하게 살려면 일단 좋은 남자를 선택하는 안목이나 기준이 있어야 한다는 것이다. 좋은 남자를 만나는 방법은 아무도 가르쳐 주지 않는다. 스스로 노력해야 한다. 책을 읽든, 주변에 행복하게 사는 인생 선배들에게 조언을 구하든, 어떤 방법을 동원해서라도 행복한 인생이 무엇인지 알 수 있는 방안을 모색해야 한다. 그리고 친구 같은 좋은 남자를 어떻게 만나야 할지에 대해서도 늘 준비해야 한다. "놀던 여자들이 시집을 더 잘 간다."는 말도 아주 틀린 말은 아니다. 동창회 같은 모임에 가보면 가끔 놀던 여자들이 남편을 잘 만나서 떵떵거리고 사는 걸 실제로 볼 수 있다. 남편을 잘 만난 여자들은 가족 모임이든, 동창회든 자신감이 넘친다. 밥도 사고, 커피도 사면서 자기가 시집 잘 가서 행복하다는 것을 과시한다.

불행한 가정에서 살았다고 해서 끊임없이 불행한 미래, 불행한 결혼만 상상하면 결국 불행한 인생으로 이어진다. 뇌는 현실과 상상을 구분하지 못한다는 이야기도 있다. 끊임없이 행복을 상상해라. 그래야 행복이 나에게 다가온다.

또한, 그러면서 인생의 선배들이 제시하는 기준을 잘 음미해 보아야 한다. 그런 기준이 맞는지 아닌지에 대하여 스스로의 좋은 남자에 대한 기준을 만들어 보면 어떨까. 그리고 그런 남자를 만나는 안목을 키우고 고민해보자. 행복을 꿈꾸는 자만이 행복할 권리를 얻을 수 있다.

01
독서하지 않는
남자와의 섹스는
재미없다

—

"누군가의 집에 갔는데 책이 없다면 그 사람과는 섹스하지 마라." 영화 제작자 존 워터스(John Waters)가 한 말이다. 책도 없고, 그럴싸한 책장도 없는 집에 사는 남자나 여자는 인생의 철학이나 삶의 이치, 진솔함이 없다는 것을 표현한 문장이다. 독서는 세상을 인식하는 행위라고 한다. 그러니 워터스는 책을 읽지 않는 남자나 여자는 매력적이지 않다고 보았을 것이다. 그런 표현을 좀 자극적으로 한 것이다.

40대 후반이 되어보니 주변에 이혼한 여자들을 정말 많이 보게 된다. 직업적으로도 여자들의 불행을 자주 경험했다. 그러면서 여자들은 결혼을 잘해야 행복해질 수 있다는 것을 느끼게 되었다. 어떤 남자를 만나야 하고 어떤 기준으로 남자를 선택해야 할까. 그 첫 번째 기준은 독서다. 사회적인 흉악범들이 독서광이었다는 이야기를 들어본 적이 있는가? 단언하지만 없다. 설사 있다고 하더라도 지극히 예외적인 경우이다. 반면 독서로 성공한 사람들은 얼마나 많은가? 가까운 서점에 가보지 않더라도 인터넷에서 검색해보면 셀 수 없을 정도로 많다는 것을 알 수 있다. 우리는 주변에서 책으로, 독서로 인생을 변화시키고, 자기의 인생을 행복하게 사는 사람들을 어렵지 않게 볼 수 있다. 그렇다면 여성들이 남자를 선택할 때 어떤 남자를 선택해야 하는지에 대한 첫 번째 기준은 정해진 게 아닐까.

왜 독서를 많이 한 남자를 선택해야 할까?

책은 앞서간 사람들의 지혜가 담긴 보고寶庫이다. 책에는 다양한 인생이 담겨 있다. 우리는 책을 통해서 인생이 무엇인지 미리 배우고, 사색하고, 꿈을 키우고, 삶의 목표와 방향, 행복에 대하여 알 수 있다. 그런 지혜가 담긴 책을 읽지 않는 남자, 다양한 책이 없는 남자의 방은 무엇을 의미하겠는가.

그런 책이 없는 남자의 집을 마주했다면 당신이 처음 받는 인상은 어떨까. 독서는 책과 사람이 만나는 마음의 통로다. 책 속에는 얼마나 많은 새로운 세상이 펼쳐져 있는가. 그런 세상의 이치를 배우기 위해 늘 독서를 하는 자들의 생각은 얼마나 행복한 생각으로 가득할까. 일생 1,000권 정도의 좋은 책을 섭렵해서 읽는다면, 인생의 지혜를 어느 정도 알 수 있다. 평생의 동반자가 재테크 서적이라도 100권을 읽었다면, 분명한 건 돈이라도 많이 벌 수 있는 지식을 습득했을 것이고, 여행 서적을 100권을 읽었다면 여행이 인생의 또 다른 행복이라는 것 정도는 알 것이다. 그리고 미래 관련 서적을 100권을 읽었다면, 미래의 세상이 어떤지도 알 것이다. 그래서 나와 함께 평생을 살 남자라면 독서를 하는 남자를 선택해야 한다.

지금은 변화의 속도를 따라가는 것이 너무 힘든 4차 산업혁명 시대이다. 1년에 책 한 권조차 읽지 않는 남자는 정보력 부재로 살아남기 힘든 시대이다. 독서를 하지 않는 남자는 정보력, 시대의 흐름, 미래를 보는 능력, 인생의 지혜 등 모든 면에서 뒤처진 삶을 살 수밖에 없다. 무명의 오바마(Barack Obama)는 독서를 통해 인생을 바꾸고 미국의 대통령까지 나아갔다. 이런 인생 역전, 변화의 사례는 너무나 많다. 정확하게 다시 이야기하면, 독서를 하지 않는 남자는 만나지 마라. 스쳐 가는 만남 정도만으로 만족하고 인생의 동반자로서는 절대 만나지 않는 게 맞다.

꿈이 있을까, 상상이 있을까. 현실과 이상의 경계를 오가면서 무한한 지혜를 독서에서 얻는 남자를 선택해라.

여자들에게 결혼을 고민하는 남자가 생긴다면 책을 사준다는 핑계로 대형서점에 함께 가보는 것을 권한다. 그리고 서점 분위기를 좋아하는지, 책을 대하는 태도, 책을 선별하는 안목, 편안한 마음으로 책과의 대화를 즐기는 스타일인지 유심히 지켜보면 된다. 서점에 왔을 때 짜증이나 내고 빨리 나가자고 하는 남자도 있다. 한 번은 그럴 수 있다. 하지만, 두 번, 세 번… 계속 서점에 갔을 때도 똑같은 태도를 보이면 그냥 그쯤에서 더 이상의 만남을 고민해야 한다. 독서로 운명을 바꾼 사람은 수도 없이 많다. 하지만 책을 읽지 않는 남자들은 이런 4차 혁명 시대에는 미래를 대비하는 능력이 부족하다고 봐야 한다. 적당히 먹고 살 정도의 남자는 되겠지만, 큰 꿈을 준비할 남자의 그릇은 되지 않는다.

가끔 서점에서 젊은 남녀가 데이트하는 모습을 본다. 책도 선물하고 책에 대하여 서로 간의 생각도 공유하고, 의견도 나누는 모습은 참 아름다워 보인다.

또 가끔은 다투는 커플도 있다. 남자 친구가 여자에게 "술이나 먹으러 가자."고 말하든지, "피자나 먹으러 가자."고 말하든지, "답답한 서점에 왜 왔느냐."는 불평을 하는 남자도 보았다. 그런 젊은이를 보면 독서의 부재로 변화가 없는 인생을 살 것으로 예측할 수 있다. 사회적으로 인지도가 있는 사람들이 모두 자기의 인생을 잘 살았다고 할 수는 없다. 하지만 독서를 생활화하고 자기의 인생 목표, 계획, 실천을 하면서 인생을 준비했던 남자들은 차고 넘친다.

독서나 책을 구입하는 데 전혀 관심이 없는 남자와 살아간다면 재미없다. 불행한 인생이 파노라마처럼 펼쳐질 것이다. 남자와 교제하게 되면 독서에 대해 관심이 있는지, 감명 깊게 읽은 책은 무엇인지를 물어봐라. 아무런 답을 못하는 남자도 있을 것이다. 왜 물어보냐면서 귀찮아한다든지 아니면 저급한 성적인 소설책이나 이야기하면서 대화에 대해서 진정성이 없는 남자도 있을 것이다. 그렇다면 과감하게 연애로 만족해라. 이런 남자와는 평생 같이 살아도 큰 변화가 보이지 않는다.

주변에 1년 열두 달 동안 책을 한 권도 읽지 않는 남자, 서점에 한 번도 가지 않는 남자들이 많다. 그런 남자들은 세상이 어떻게 변화하는지 전혀 감을 잡지 못한다. 은행원의 미래를 장담하지 못하는 모바일 뱅크 시대, 블랙체인의 시대, 그리고 가상화폐가 등장해서 앞으로 미래가 어떻게 바뀔지 전혀 모르는 시대이다. 남자를 만날 때는 그가 독서하는 남자인지 잘 살펴보아라. 만약 헤어지지 못하겠다면 그 남자가 독서에 관심을 가지도록 만들어야 한다. 술 먹고 방탕한 생활을 하는 남자 중에 독서에 심취한 남자가 있다는 이야기를 들어 본 적은 없다.

그래서 독서하지 않는 남자와는 미련을 가지지 말고 과감하게 헤어져야 한다. 불행을 원천적으로 차단해야 한다. 그것이 현명하다. 경험상으로 봤을 때, 그들은 별 가능성이 없다. 앞으로도 적당히 세상과 타협하면서 사는 그런 인생을 살 것이다. 어떻게 해야 행복한지를 모른다. 살아도 돈이나 물질에 갇혀서 당신에게 아마도 권위적이기만 할 것이다. 책을 읽으면서 좋은 문장이나 가슴에 다가오는 감동적인 말들을 반복적으로 읽다 보면 어느새 자신도 그렇게 동화되어 간다. 그렇기 때문에 사람은 독서를 해야 한다.

어떠한 경우에도 책을 읽지 않는 자들이 성공하거나, 인생의 큰 행복을 당신에게 줄 수 없다는 불편한 진실이 여기에 있다.

남미의 혁명가 체 게바라(Che Guevara)는 전쟁터에서도 괴테(Johann Wolfgang von Goethe)의 전기傳記를 읽었다. 그리고 알렉산더(Alexandros) 대왕, 나폴레옹(Napoleon)도 전쟁터에서 책을 읽었다. 당장 내일의 목숨도 장담할 수 없는 그 급박한 순간에서 왜 그들은 책을 읽었을까. 그들은 위험한 전쟁터라 해도 책에서 여전히 지혜를 얻을 수 있다는 사실을 알았다. 책은 이렇듯 위험한 전쟁터에서도 그것을 읽게 하는 매력이 있다. 역사에 이름을 남긴 위대한 이들은 분명히 책과 독서에 대한 믿음이 있었다.

인생의 방향을 정하고, 나를 행복하게 해 줄 남자를 만나고 싶다면 반드시 독서를 일상화한 남자를 만나야 한다. 독서를 통해서 성공한 사람들이 얼마나 많은가. 그리고 그들은 자기의 인생을 얼마나 위대하게 변화시켰는가.

워런 버핏(Warren Buffett), 스티브 잡스(Steve Jobs), 버락 오바마(Barack Obama), 빌 게이츠(Bill Gates)···. 자신을 변화시키고, 자신만의 삶을 이룬 이들의 바탕에는 독서가 있다. 독서하는 남자와 결혼을 해야 인생이 행복할 수 있다는 것은 이렇듯 분명하다.

나와 사귀는 사람, 나와 결혼을 할 사람이 한 권의 독서도 하지 않는 남자라면 긴 인생을 같이 살아도 재미없다. 고통스러운 삶이 될 것이다. 인생의 방향을 어디로 가야 할지 어느 곳에서 지혜를 얻고, 답을 구할 수 있을 것인가. 재테크 서적 한 권 읽지 않는데 어떻게 돈을 벌 것인가. 아이 육아와 관련된 책 한 권 읽지도 않는데 어떻게 육아에 도움을 줄 것인가. 심리학책 한 권도 읽지 않으면서 조직 생활에서 대인관계는 어떻게 할 것인가. 결혼에 대한 답은 어떻게 구할 것인가. 그런 남자에게서는 어떠한 변화도 기대하기 어렵다.

인터넷 시대에 검색이 자유롭다고 해서 책값은 아끼고 술값이나 골프 같은 취미 생활에 아낌없이 투자하는 남성들에게는 미래가 없다. 자기 분수도 되지 않으면서 비싼 골프채, 비싼 양주, 비싼 옷, 비싼 차를 구입하면서 1년에 책 10권조차 구입하지 않는 남자는 당신의 미래를 보장할 능력도, 자격도 없다. 남자를 만나면 반드시 그가 독서를 하는지, 한다면 1년에 몇 권이나 읽는지를 꼭 알아봐라. 자기계발 서적 한 권도 제대로 읽지 않는 남자가 직장에서 성공한다는 건 변화가 빠른 4차 산업혁명 시대에서 도태 1순위란 사실을 항상 명심해야 한다.

또, 책은 부부간의 갈등이나 고민도 해결하는 힘을 가지고 있다.

지하철에서 얼굴은 매력적인데 이야기하는 수준을 보면 천박한 스타일의 남자들이 많다. 이야기를 들어봐도 시종일관 내용이 없는 잡담이 전부다. 잡담을 좋아하는 남자는 몇 번은 만나고 싶을지 몰라도 계속 만나도 별로 배울 게 없어 점점 만나고 싶지 않아질 것이다. 대학교수처럼 박사급의 지적 수준까지는 아니더라도, 그와 교양이 있는 대화는 거의 이루어지지 않을 것이다. 그런 남자와는 오래 사귀고 싶다는 생각이 들지 않게 된다. 여자들이 이런 남자와 평생을 산다면 참으로 불행할 것이다.

가장 최악의 비극은 독서하지 않은 사람끼리 결혼해서 사는 것이다. 그것이야말로 불행으로 가는 지름길이다. "우리 부부를 불행하게 해주세요!"라고 세상에 외치는 꼴이다. 책을 읽지 않으니 부부가 삶, 행복, 성공, 가치관 등에 대하여 분명한 답을 가지고 있지 않다. 행복에 대한 의미를 전혀 모른다는 것이다. 그러면서 주변에 자기보다 좀 더 좋은 물질적인 면모를 갖추고 있는 가정과 비교만 하면서 평생을 불행하게 살게 될 것이다.

독서를 통해서 인생의 목표를 정하고 성공이 무엇인지, 행복이 무엇인지, 결혼이 무엇인지, 책에서 지혜를 구하는 남자와 결혼을 해라. 그런 남자는 가치 있고, 의미 있게 세상을 사는 방법을 안다. 반드시 당신을 행복하게 해 줄 것이다.

그런 남자와의 섹스도 얼마나 낭만적일까. 독서하지 않고 독서에 대한 아무런 계획도, 실천 방안도 없는 남자와는 섹스도 재미없을 것이다. 절대 결혼하지 마라. 분명한 건 그런 결혼은 당신을 불행하게 한다는 것이다. 당신은 자기의 불행한 운명을 독서로 변화시켜서 행복하게 사는 사람들이 이미 세상에 많다는 것을 명심해야 한다.

나는 지금도 "훗날 결혼을 생각하는 사람이 나타나면, 먼저 독서를 습관처럼 하는지를 확인을 해야 한다."고 딸에게 수시로 이야기한다. 독서에 관심도 없고, 읽은 책도 없고, 변화의 움직임도 보이지 않으면 과감하게 만나지 말아야 한다고 이야기한다. 그런 남자와는 살아도 적당한 행복만 있을 뿐이다. 그리고 분명한 것은 그는 인생의 큰 그림이 없다. 그냥 집에서 TV 리모컨만 조작하는 휴일을 보내면서 당신을 슬프게 할 것이다.

결혼을 생각하는 남자를 만나면, 첫 번째로 반드시 그 남자가 독서를 습관화하고 책을 통해서 세상과 소통하고 호흡을 하고 있는지 확인해라.

큰 성공은 아니지만, 나름대로 자신의 분야에서 성공을 한 사람은 그래도 책을 가까이하면서 세상의 자본주의 체제에 대한 원리를 이해하였다. 그리고 그 속에서 살아남을 수 있는 지혜를 터득하면서 이겨내는 방법을 얻었다는 사실을 여자들은 명심해야 한다.

지적인 독서의 수준이 되지 않는 남자와의 섹스, 그런 남자와 평생을 사는 인생은 당신에게 불행만을 준다.

02

여행의 행복을
아는 남자는
매력적이다

—

　여름 휴가철이 다가오면, 직장인들은 서로 어디로 휴가를 가는지에 대해 이야기 나눈다. 그러면서 서로 농담도 한다. "이번 여름 휴가는 어디로 가냐?", "응. 나는 방콕으로 갈 거야.", "오호! 태국 가는구나. 좋겠다.", "아니. 방안에 콕 처박혀 있을 거야. 하하."와 같은 이야기를 주고받는다. 이런 농담을 하는 여름 휴가철은 어디론가 떠날 수 있다는 점에서 그래도 즐겁다.

　여행은 참으로 우리를 설레게 하고, 행복하게 한다. 여행 가기 전에 여행지를 알아보는 일, 짐을 싸는 일, 공항 면세점에서 향수도 하나 사는 일, 여행지에서 맛있는 커피를 음미하는 일, 사람들이 살아가는 모습을 상상하는 일… 여행 출발을 기대할 때 일상은 행복해진다. 그리고 여행에서 돌아오면 추억도 남는다. 집 떠나면 고생이라고 해도, 일단 갔다 오면 많은 추억이 남는다. 여행의 추억이 많은 사람은 자기 삶을 후회하지 않는다. 여행을 많이 다닌 부부라면 추억이 많다. 그 추억 때문에 억울해서라도 헤어지지 않는다.

어떻게 살면 행복한 인생일까. 어떻게 하면 행복한 결혼 생활을 하는 것일까. 남편이 어떻게 하면 나를 행복하게 해주는 것일까.

인생을 살면서 자기 인생의 내면을 들여다보고 자신이 어떤 사람인지, 세상 사람들은 어떻게 살고 있는지 호기심이 생긴다면 여행을 떠나야 한다. 그러면 행복해질 가능성이 높다. 인천공항에서 수많은 젊은이가 여행을 떠나고 개인 블로그에 글을 올리는 걸 보면서 당신은 어떤 생각이 드는가.

브하그완 S.라즈니쉬는 여행은 세 가지의 유익함을 준다고 했다. 첫째는 세상에 대한 지식, 둘째는 집에 대한 애정, 셋째는 자신에 대한 발견이 그것이다.

맞는 말이다. 여행은 이렇게 세상을 알게 해주고 애정을 채워주며 자신에 대하여 새롭게 알게 해주는 다양한 행복을 준다. 이러한 여행의 행복을 알고 배우자와 수시로 여행을 떠나는 부부도 있지만, 일생 돈만 벌고 오로지 일만 하면서 여행 한번 가지 않는 부부도 얼마나 많은가…. 그들은 이구동성으로 이야기한다. "돈만 벌면서, 여행 한 번 하지 않은 그동안의 인생이 후회스럽다." 이 말이 공감된다. 여행은 다닐 수 있을 때마다

가자.

인생이란 무엇인가. 내일의 운명은 아무도 알 수가 없다. 눈을 떠서 내일 살아 있다고 장담을 할 수 있는 사람이 누가 있는가. 그런데도 그런 행복을 나중이라는 말로 계속 미루고 산다는 건 어리석은 일이다. 더군다나 여행은 사람의 행복지수를 최고로 높여준다고 하지 않던가.

여행은 행복 만족도 최고의 또 다른 삶이다.

여행의 진정한 의미를 알고, 여행을 사랑하는 남자는 배우자를 행복하게 해 줄 수 있다. 결혼해서 여행이 왜 행복지수를 높여주는지에 대한 정확한 이해를 가지고 있는 남자를 배우자로 선택하면 당신은 행복해질 것이다. 골프를 주된 목적으로 여행 다니는 남자, 동남아시아로 유흥, 향락 관광이나 다니는 남자, 과시의 목적으로 여행 다니는 사람들은 절대로 순수한 여행이라고 할 수 없다. 그런 여행을 구분해서 다니는 남자라면 진정한 여행의 의미, 행복한 여행의 의미를 알 것이다.

오로지 돈만 벌고, 시간이 없다는 핑계로 여행하지 않는 자린고비 남자와의 결혼은 다시 한 번 고려해야 한다. 그런 남자는 가족의 인생이 아닌, 돈이 목적인 자기만의 인생을 살 가능성이 높다.

시대가 많이 변했다. 돈이 없어서, 시간이 없어서 여행을 가지 못했다고 아무도 알아주지 않는다. 주변에 나이가 들고 건

강도 좋지 않아서 여행을 가지 못하는 분들도 많이 있다. 그분들은 똑같은 이야기를 한다. "건강이 좋을 때 여행을 떠나지 않은 게 후회스럽다."고 말이다.

어린 시절에는 좋은 대학을 가고, 좋은 대기업에 취업하고, 아이를 낳아 결혼시키고, 강남에 살고, 좋은 자동차를 타고 다니면서 사는 인생이 제일 행복한 인생인 줄 알았다. 그러나 이제 돌아보니 우리는 너무 획일화된 인생에서 여행 한번 편하게 떠나지 못하는 불행한 인생을 살고 있다.

한때는 최고 권력과 부를 누렸지만, 지금은 병원에 누워서 내일의 운명을 알 수도 없는 어느 재벌 총수의 인생을 보아라. 그래서 저자 역시 틈만 나면 떠난다. 여행을 떠나지 않았으면 인생이 불행하지 않았을까 생각하면서… 그리고 가족들과도 떠났던 여행의 추억이 그래도 지금까지 행복의 추억을 준 것이라 생각한다.

서울대학교 심리학과 최인철 교수는 이렇게 이야기한다. "경험을 위한 소비는 더 크고, 더 오랜 행복감을 느끼게 한다.", "경험을 위한 소비는 이야깃거리를 만든다." 그래서 나의 여행의 추억은 이렇게 자꾸 기억에서 꺼내어서 이야기하는 것만으로도 행복감을 준다.

"자동차 소유를 위한 소비는 소유했을 때는 잠시 행복하지만, 그 소비에 스토리가 없다. 경험을 사는 소비는 행복을 만든다." 나는 최인철 교수의 강의에 공감한다. 그런 경험을 사는 소비가 바로 여행이다. 여행에 적극적이면서 경험을 사는 소비에 대하여 긍정적인 남자라면 당신에게 매력적인 인생의 행복을 줄 것이다.

아는 지인이 있다. 사업을 하면서 독서도 열심히 한다. 이분은 틈만 나면 여행을 떠난다. 인생에서 행복은 여행이 최고라는 이야기를 하면서, 주변에 지인들과도 수시로 떠난다. 그리고 가족들과도 수시로 떠난다. 남미, 유럽, 일본, 미국… 세계 각지로 떠난다. 가족들의 행복 만족도는 최상이라고 한다. 여행을 통해서 행복의 만족도를 가질 수 있는 사람이면 여자를 행복하게 해 줄 것이다. 그리고 자녀들도 부지런히 떠나게 한다. 수시로 떠나는 가족들의 행복 만족도는 어떨까… 아마 매우 행복할 것이다.

나는 딸아이가 중학교 1학년일 때 스위스와 이탈리아로 같이 여행을 떠났다. 아이가 그때 행복했던 모습을 결코 잊지 못한다. 세월이 흘러도 아이에게 그때 둘만의 여행에서 행복한 추억을 많이 만들어 주었다는 생각을 하면 나 역시도 행복하다. 그리고 그 다음 해에 아내와 딸과 떠났던 동유럽 5개국…. 그런 가족 여행이 사람의 행복지수를 끌어 올린다.

그때 알았다. 돈이 많이 들었지만, 여행은 행복한 추억을 만들고 가족들의 행복지수를 높여준다는 것을 말이다. 여행의 추억이 있는 사진을 자주 들여다볼수록 현실의 고난이나 슬픔도 이겨내는 힘이 생긴다. 그래서 나는 여행의 소비가 행복을 준다는 최인철 교수의 〈행복론〉에 공감한다.

행복의 기준을 여행을 통해서 깨달은 남자라면 당신을 행복하게 해 줄 것이다. 여행에 인색하고, 부정적인 남자는 돈만 보고 인생을 사는 남자는 아닌지 다시 한번 잘 생각하자. 또 과시욕으로 여행을 하는 사람과도 구분해야 한다. 여자는 남자를 만나면 여행과 가족 여행에 대하여 어떠한 생각을 하고 있는지 확인하면서, 나를 행복하게 해 줄 배우자인지를 심각하게 고민해야 한다.

주변에 시간이 없다는 핑계로, 돈이 없다는 핑계로, 부부 사이가 좋지 않다는 핑계로, 나중에 가겠다는 핑계로 여행을 가지 못하는 사람들이 있다. 여행하지 않는 가족들은 행복 만족도가 부족하다. 그리고 불행하다는 사실을 쉽게 알 수 있다. 떠나라. 떠나는 가족들이 행복하다. 그런 남자를 결혼 전에 잘 선택하자. 물론 그렇다고 해도 분수에 넘치는 지나친 소비는 금물이라는 사실도 명심해야 한다.

03

남을 배려하는
인성을 가진
남자가 좋다

—

　나는 『좋은 이별』이라는 책을 쓴 김형경 작가를 좋아한다. 그녀는 인간 내면의 솔직함, 슬픔, 상처, 치유에 대하여 심리학적으로 이해도가 탁월하다. 정신과 의사보다도 더 인간의 정신세계를 잘 아는 것 같다. 참 대단하다는 생각이 든다. 작가의 또다른 책 『사람풍경』에서는 '인성이 형성되는 시기'를 이렇게 표현한다.

> "우리 삶의 중요하면서도 어처구니없는 비밀 한 가지는
> 우리 대부분이 세 살까지 형성된 인성을 중심으로 여섯
> 살까지 배운 관계 맺기 방식을 토대로 하여 살아간다는
> 점이다. 정신분석가들은 인간 정신이 생후 3년에 이르기
> 까지 60%, 여섯 살까지 아주 중요하다고 말한다."

　이 말을 곱씹어 보면 세 살 버릇 여든까지 간다는 말은 정

답이다. 어린 시절에 형성된 인성은 변하지 않는다. 주변 경험을 들어보아도 이렇게 형성된 인성은 변하지 않는다는 것을 알 수 있다. 특히 인생에 있어서 중대한 변곡점變曲點이 없다면, 나쁜 인성은 절대 좋은 인성으로 변하지 않는다. 그런 사실은 세상을 살아보니 알 수 있었던 사실이다.

20대부터 포커를 좋아하던 친구는 지금도 여전히 포커를 좋아한다. 사이버 게임, 카지노도 좋아한다. 여자 꽁무니를 졸졸 따라다니면서 좋아하던 어느 지인은 지금도 여전히 여자를 좋아하고 불륜을 즐긴다. 대부분의 이런 습성은 늙어서 힘이 없어질 때까지 변하지 않는다. 아니, 늙어서도 여전히 그런 모습을 보인다.

종합편성 방송국 tvN 프로그램의 〈어서와 한국은 처음이지〉에서 독일인 방송인 다니엘(Daniel)을 유심히 보게 되었다. 독일을 여행했던 추억도 있었고, 우연히도 보게 된 프로그램에서 그의 일거수일투족, 말투, 매너 등이 가식적이지 않고 평상시 습관처럼 보였다. 한국을 처음 방문한 자국 친구들에 대한 배려, 나중에 알게 된 봉사하는 모습에서도 많은 것을 느낄 수 있었다. 다니엘은 평상시에 사람을 배려하는 인성이 습관화되어 있다. 이런 좋은 인성은 어린 시절에 형성되어 성장하면서도 잘 변하지 않는다. 한 번 형성된 이렇게 좋은 사람의 인성은 잘 변하지 않는다. 반전이 있는 큰 계기가 없다면 말이다.

그래서 공부만 잘하면 모든 걸 쉽게 용서해 주는 한국 사회의 인성 교육의 문제는 바야흐로 심각하다. 황당하고도 어처구니가 없는 여성 학대 사건이 쉽게 일어나는 이유는 바로 한국 사회의 인성 교육 시스템의 문제점에서 기인한다. 공부를 잘한다고 모든 게 용서가 되면 안 된다. 공부를 못해도 인성이 좋으면 대접해야 한다. 하지만, 우리 사회는 공부를 못한다는 슬픈 이유만으로 그 사람을 무시한다. 요즘 한국 사회를 보라. 영어, 수학만을 잘해서 대학에 입학하고, 좋은 직장에 다니고, 고시에 합격해서 정치하는 사람들의 한심한 인성 수준이 다 드러났다. 그들의 밑바탕에는 천박한 인성이 깔려 있다. 쉽게 말하면 사람에 대해 무시하고 배려, 공감이 없는 모습을 보여주는 그들의 인성이 다 노출되었다.

그래서 다니엘이 돋보인다. 파란 눈의 선진국 독일인이 어떻게 한국에서 이렇게 매너 있는 모습으로 인기를 끌고 있을까. 그의 인성에 진심이 있고, 타인에 대한 배려가 있다는 걸 느꼈다. 가식이 아니라 진실한 모습이 보였다.

여자들은 이런 남자들을 반복적으로 보면서, 그런 남자가 내 주변에 있는지 의식하고 남자 보는 안목을 꾸준히 노력하면서 의식적으로 키워야 한다. 인성은 선천적으로 타고나는 것이다. 인성은 쉽게 바뀌는 게 아니기에 여자들은 좋은 인성이 바탕이 된 남자를 선택해야 한다.

다니엘 같은 남자는 결혼하면 아내에 대한 존중이 있을 것이다. 겸손하고 매너가 있다. 겸손한 사람은 어디서든 좋은 평가를 받는다. 다니엘을 지켜봐야겠지만, 실망을 시키지는 않을 듯하다.

인성이 좋지 않은 남자들은 이런 유형을 보면 쉽게 판단이 된다. 운전 매너, 식당 종업원을 대하는 태도, 공공장소 매너, 환경미화원을 대하는 태도, 아파트 경비원을 대하는 태도… 사회적 약자들을 대하는 태도가 그 사람의 진짜 인성이다. 사회적 약자를 무시하거나 하대하거나, 그들에게 막말을 한다면, 그게 그 사람의 본성이다.

예전에 어느 지방에 갔다가 올라오는 길에 중앙고속도로로 귀성하게 되었다. 아직도 오싹한 기억이 있다. 고속도로에서 서행하면서 난폭하게 운전을 하던 운전자에 대한 기억이다. 그 차량이 급하게 내 차 앞에 끼어들어서, 놀란 마음에 클락션을 울렸다. 그러자 내 차량 앞에서 저속 서행을 하면서 보복 운전을 했다. 순간 급제동으로 뒤차가 내 차를 추돌할 뻔하여 자칫 대형사고로 이어질 뻔했다. 이 순간이 사고로 이어지지 않은 것은 정말 천운이었다. 그런 난폭 운전자들을 보면 평상시의 그들의 인성을 가늠할 수 있다. 아마 식당에서도 종업원들을 하대할 것이고, 지금 시대에 만연한 갑질의 표본이 될 것이다. 아직도 그 날의 트라우마가 있다. 난폭한 운전에서 그의 인성이 적나라하게 드러났다.

평상시 사람의 인격을 쉽게 알 수 있는 행태들이 있다. 뒤에서 걸어오는 사람에 대한 배려도 없이 길거리 흡연을 함부로 하는 모습, 식당에서 종업원에게 막말하는 모습, 지하철에서 주변에 대한 배려 없이 크게 떠드는 모습, 길거리에서 고성방가를 쉽게 하는 모습이 그 예다. 이런 사람들은 기본적인 존중이나 에티켓을 모른다. 이런 남자를 만나게 된다면 한 번 만나고 아예 만나지 않는 것이 좋다. 운이 없어서 이런 남자와 결혼을 한다면 아내를 사사건건 힘들게 할 것이다. 주변 사람을 고통스럽게 할 스타일이다. 또 돈 좀 번다고 기본적으로 사람에 대한 에티켓이 전혀 없는 남자들이 많다. 이런 남자들의 인성은 절대로 변하지 않는다.

방송에서 참으로 온화한 인상을 가진 한 남자 배우가 있었다. 나는 그를 매우 좋아했다. 극 중에서 말하는 태도, 자세, 웃음, 매너, 공손함 등이 너무 좋게 보였던 배우다. 말 그대로 됨됨이가 너무 좋았던 배우였다. 어처구니없게도 나중에 그런 순박한 이미지가 만들어진 배우였다는 사실이 드러났다. 막말, 욕설 파문이 있었다. 그의 어처구니없는 행보에 많은 사람이 그동안 그의 이미지에 속았다는 걸 알게 되었다. 나 역시도 너무 실망했다. 정말이지 이렇게 왜곡된 이미지에 그동안 사람들이 속았다는 사실이 놀라울 뿐이다.

사람의 근본적인 마음씨가 참으로 중요하다는 걸 그때 알게 되었다. 사람의 겉과 속이 이렇게 다를 수 있다는 사실을 나 역시 깨달았다. 그리고 불행하게도, 이렇게 무너진 이미지는 회복되지 않는다. 안타까울 뿐이다. 인성은 그래서 참으로 중요하다.

04

나와 가치관을
공감하는 남자가
행복하다

—

여자가 결혼을 할 때는 갈등이 최소화될 수 있는 남자를 만나야 한다. 물론 남자도 마찬가지로 그런 여자를 만나야 한다. 갈등, 대립이 계속되면 집은 지옥으로 변한다. 지옥 같은 삶이 시작되는 것이다.

그럼, 가치관이라는 것은 무엇인가? 복잡하게 생각할 필요는 없다. 종교, 정치적으로 진보냐 보수냐, 취미 생활, 지향하는 가치, 좋아하는 음식, 봉사, 생활 패턴 등 살아가는 방식에 대한 견해가 가치관이다. 부부는 가치관이 일치하면 좋다.

만약 가치관이나 살아가는 방식에서 매번 의견 충돌이 일어난다면 어떻게 될까. 서로 간에 끊임없는 가치관 대립의 마지막에는 불행만이 기다리고 있을 뿐이다.

광장시장의 막걸리 한 잔에서 행복을 찾고 싶은 남자와 일본식 선술집만 고집하는 여자가 만나 부부가 되어서 산다고 생각해보자. 한두 번이야 상대방이 원하는 곳으로 가겠지만, 반복되면 서로 간에 피로가 생기고 다른 삶의 방식과 가치관을 가지고 있다는 생각에 결국은 헤어지게 될 것이다.

가치관이라는 것은 성격의 문제가 아니다. 서로 간에 삶의 방향이 다르면 결혼 생활은 당연히 피곤해진다.

부부간에는 서로 취미라든지 소통하고 공감되는 부분이 많아야 한다. 서로 대립하면서 남처럼 사는 관계라면 결혼해야 할 이유가 없다. 애정도 조화로움도 없다면 십중팔구 그런 결혼은 오래가지 못한다. 오랜 부부생활을 지속해도 아무런 감흥이 없다. 서로 간에 불행할 뿐이다.

엘리자베스 테일러(Elizabeth Rosemond Taylor)라는 미국의 유명한 여배우가 있다. 그녀는 아름다운 미모를 바탕으로 수많은 남자와 염문을 뿌렸다. 그녀 스스로도 내 옆에 항상 남자가 있어야 한다고 이야기할 정도였다. 이혼을 반복하고 새로운 남자를 쉽게 만났다. 너무 쉽게 만나고 헤어지니까 참 능력이 대단해 보이지만, 부럽다는 생각은 들지 않았다. 그냥 섹스에 탐닉하는 삶으로 보였다.

한국에도 이혼을 반복하던 배우들이 있다. 왜 그렇게 이혼을 반복하고 다시 재혼할까? 저자는 그들이 남에게 보여주기 위한 결혼을 했기 때문이라고 생각한다. 결혼할 남자의 솔직한 내면을 보는 것이 아니라, 단순히 '결혼'이라는 남에게 보여주는 화려한 겉모습만 본 것이다.

결혼은 한 번은 실패할 수 있다. 그러나 두 번, 세 번 실패한다면, 자기 스스로에게도 문제가 있다는 사실을 깨달아야 한다. 재혼은 신중해야 한다. 재혼할 수는 있지만, 한 번 실패했기에 더욱더 신중해야 한다. 남자를 잘못 만나면 평생 신세를 망친다. 해결 방법이 없다. 자기 잘못이 아닌데도 남편의 빚도 책임을 져야 하는 경우도 있다. 그런 유명인들의 방송 인터뷰는 많다. 그래서 쉽고 경솔하게 하는 재혼은 좋게 보이지 않는다.

결혼은 기본적으로 사랑이 전제되어야 한다. 재혼도 마찬가지이다. 서로 간에 가치관, 이념, 생활방식, 재테크, 경제적인 문제 등이 잘 조화가 될 때 행복해질 수 있다. 나와 철저하게 가치관이 맞아야 한다. 결혼은 동정이나 연민, 막연한 환상, 애처로움, 의무감으로 하게 되면 불행해진다는 걸 어떤 경우에도 꼭알아야 한다.

미국의 여성 헬렌 니어링(Helen Nearing)은 남편 스콧 니어링(Scott Nearing)과 함께, 자유로운 영혼으로 불린다. 그녀는 저서 『아름다운 삶, 사랑 그리고 마무리』에서 부부의 조화로운 삶을 너무나 잘 보여주었다. 스물한 살 위의 남편 스콧 니어링을 만나서 정말 자기들만의 소탈하고 낭만적인 행복한 삶을 살았다. 둘은 가치관과 삶의 지향점에 서로 공감했다. 아이도 없이 자연과 조화하면서, 오래도록 자기들만의 방식으로 잘 살았다. 그 부부는 서로 나름의 가치관의 공감이 있었기에 행복한 삶을 살았다.

　남편 스콧 니어링이 삶을 마감하고 떠나자 그녀는 스콧 니어링을 그리워하며 자서전에서 그리움의 표현으로 이런 말을 했다.

> "저녁마다 벽난로 옆에서 함께 소리내어 책을 읽을 수도 없고, 여행도 떠나지 못하며, 책을 쓰거나 세상사에 대해 설득력 있는 논평도 하지 못한다. 그이는 나보다 조금 앞서 우리의 조화로운 관계 밖으로 떠나갔다."

　이렇게 헬렌 니어링과 스콧 니어링은 일생동안 서로 '삶에 대한 가치관'을 공유하면서 평생을 행복한 삶으로 살았다. 우리는 왜 부부가 가치관을 공유하면 행복해질 수 있는지를 헬렌 니어링의 조화로운 삶을 통해 곰곰이 생각해보아야 한다. 부부간에 서로 공감하고 가치관이 공유되면 물질적인 부유함이 아니라도 행복하다.

　헬렌 니어링과 스콧 니어링은 인생을 정말 그들의 저서처럼 잘 살고, 잘 마무리했다. 우리도 『아름다운 삶, 사랑 그리고 마무리』처럼 서로 가치관을 공유하면서 살아간다면 얼마나 좋을까. 그래서 삶의 가치관을 공유하는 만남이 좋다. 그런 만남 속에서 삶에 진리를 알고, 행복을 알 수 있다. 그리고 행복할 수 있다.

05

사랑이 무엇인지
아는 감성적인
남자와 사랑하자

—

대학에 가면 로맨틱한 사랑을 해보리라 늘 생각했다. 오드리 헵번(Audrey Hepburn)의 <로마의 휴일>의 주인공 같은 공주를 만나고 싶다는 로망을 가지고 있었다. 그런 순수하고 낭만적인 사랑을 하고 싶었다. 그러면 나 역시도 로맨틱한 영화의 주인공이 될 것이라는 순진한 생각도 했다. 그렇지만, 영화는 영화였다. 그런 낭만적인 사랑을 한다는 건 쉽지도 않았다. 그냥 현실은 현실일 뿐이다.

MBC에서 2006년 방영했던 <휴먼다큐 사랑 - 너는 내 운명>이라는 프로그램을 가슴 아프게 시청했던 기억이 있다. 여대생과, 아홉 살 연상 남자의 운명적인 사랑… 정말 소설 같은, 짧은 사랑의 아픈 이별 이야기이다. 교대생이었던 영란 씨는 마트에서 아르바이트를 시작했다. 이후 운명적으로 만나게 된 아홉 살 연상의 남자 창원 씨와 사랑에 빠졌다. 그러나 그녀는 암에 걸렸고, 창원 씨는 암에 걸린 영란 씨를 순애보로 지켜주었다. 암 투병 후 슬프게도 영란 씨가 짧은 삶을 마감하는 이 이야기는 감동적이고 가슴 아픈 이야기로 다가왔다. 현실에서 과연 이런 일이 있을까 싶을 정도로 마음이 짠했다. 창원 씨의 지극한 사랑을 뒤로하고 결국, 영란 씨는 짧은 삶을 마감했다.

영란 씨와 창원 씨의 순애보 적인 슬픈 사랑 이야기를 시청하면서 많은 사람이 슬퍼했다. 요즘 시대에 믿기지 않게 헌신적이던 창원 씨! 짧은 나이에 삶을 마감을 한 영란 씨도 하늘나라에서 잘살고 있을 것이다. 이 이야기는 요즘 시대처럼 감성이 좀 메마른 시대에 사람들에게 많은 감성을 자극한 듯싶다.

사랑해서 결혼하더라도 갈등을 극복하지 못하고 이혼에 이르는 시대이다. 결혼은 외부적인 조건도 갖추어야 하지만, 사랑도 바탕이 되어야 한다. 사랑도 애정도 없는 결혼은 불행한 삶이다. 그래서 영란 씨와 창원 씨의 사랑이 가슴이 아프지만 아름답다. 그렇지만, 너무 슬픈 그런 사랑은 솔직히 하고 싶지 않다.

저자가 감명 깊게 보았던 영화 두 편이 있다. 가끔은 영화 속의 명장면을 다시 보면서 사랑하는 남녀의 모습에 가슴이 설렌다. 사랑이 있는 영화는 중년이 되어 다시 보아도 여전히 아련한 마음이 들게 한다.

영화 〈시네마 천국〉에서 보았던 설레면서도 안타까웠던

장면이 생각난다. 주인공 토토가 학교에서 만난 엘레나와 이루지 못한 사랑이 그것이다. 나는 지금도 그들의 사랑이 아련하다. 슬프고 안타깝다. 그러나 슬프고 안타까워도 사랑이라는 말에는 설렌다. 사랑은 나이가 들어도 그런 단어이다.

영화 〈라스트 모히칸〉도 마찬가지로 한 번쯤 사랑을 생각하게 한다. 주인공 나다니엘은 아메리카 대륙을 차지하기 위한 영국과 프랑스의 격렬한 전쟁 속에서 영국군 사령관의 딸 코라와 운명처럼 사랑에 빠지게 된다. 전쟁 영화 같지만, 남녀 주인공의 사랑이 너무 강렬하게 느껴졌다. 그런 운명 같은 사랑은 영화라서 가능하지만, 그래도 참 감명 깊고 로맨틱하게 느껴지는 사랑이다.

여자들은 이런 로맨틱한 사랑이 있는 영화들을 보고 결혼하면 좋다. 남자 친구와 같이 보면서 사랑이라는 개념을 잘 정리하면 좋을 것 같다. 결혼은 감정, 관심, 애정, 사랑, 끌림… 이런 게 많아야 좋다. 결혼은 서로 애정이 있어야 한다. "살아보니, 남자가 잔잔한 정이 너무 없어요.", "돈만 벌려고 하지, 쓸 줄도 모르고 너무 삭막해요.", "여자한테도 애정 표시 좀 하면 좋겠어요." 이렇게 너무 무뚝뚝하고 재미없는 남자와 사는 것이 지겹다는 여자들이 의외로 많다. 물론 어느 정도 돈이 뒷받침되니까 배부른 소리라고 할 수도 있겠지만, 매번 풀만 먹고 살 수는 없다. 채소도 먹고, 고기도 적절하게 먹어야 균형 잡힌 식단이라고 하는 것처럼, 사랑과 감정표현도 적절하게 하는 남자가 좋다.

나무토막같이 감정도 없는 남자는 재미없다. 인생도 재미없다. 그런 남자와 사는 여자도 불행하지만, 결국에는 부부 모두 불행해진다.

사랑이 무엇인지도 알고, 따뜻한 정도 있고, 슬픔도 좀 느끼는 그런 감정이 있는 남자와 살면 좋다. 남자나 여자나 사랑의 감정이 가득한 결혼을 하자. 그래야 행복하다. 살아보니 돈이 전부는 아니다.

06

요리하는 남자와 같이 살자

―

요즘은 TV에서 남자 배우들이 요리하는 프로그램이 많다. 남자들이 요리하는 모습은 매력적으로 보인다. 요리를 배우는 모습에서는 성실함도 느껴진다. 아내와 사이가 좋지 않은 남편이 주변에 넋두리처럼 하는 말이 있다. "밥도 해주지 않아요.", "아침은 매번 거르고 다녀요.", "요리에 전혀 관심이 없는 여자입니다." 이런 하소연을 하는 남자가 많다.

하지만 지금 시대에 이런 불평은 호응을 얻지 못한다. 왜? 여자들도 이렇게 이야기하기 때문이다. "밥 해주려고 결혼을 한 게 아니잖아요.", "나한테 잘해 주어야 밥을 해주지?", "평상시에 잘해봐. 그럼 밥을 해주지." 의외로 집에서 식사하는 문제로 부부간에 갈등이 많다. 그래서 아예 외식하는 것으로 합의를 보는 부부도 많다. 어떻게 살든 남자의 입지가 점점 좁아지고 있다는 건 정말이지 슬픈 사실이다.

케이블 방송에서 가수 이효리와 이상순 부부의 제주도 이야기를 담은 〈효리네 민박〉이라는 프로그램을 가끔 본다. 이효리와 이상순 부부의 제주도 집으로 초대받은 시청자들과 함께 민박하면서 일상생활을 보여주는 프로그램이다. 이효리와 이상순은 적지 않은 나이지만 자기들만의 행복의 의미를 아는 듯하다.

그 부부는 주변을 크게 의식하지 않으면서 제주도 집에서 자기들의 인생을 행복하게 산다. 늦잠을 자고, 이상순이 밥도 하고, 요리도 하고, 아침에 일어나서 가볍게 키스도 한다. 넓은 정원에서 바비큐 파티도 하고 본인들이 좋아하는 음악 작업도 하면서 소소한 행복을 즐긴다. 물론 이는 TV 방송의 예능 프로그램으로써 시청자에게 보여 주기 식으로 촬영한 건지도 모른다. 하지만 진솔한 느낌이다. 그들은 그런 삶을 함께하고 있다. 일상이 정겨워 보인다. 한편으로는 이들 부부가 부럽기도 하다. 아내가 식사 준비해야 한다는 고정관념을 이제는 버려야 한다. 남자도 결혼 전에 요리를 배워야 한다. 지금 시대에 요리를 몇 가지도 못하는 남자는 결혼 생활에 있어 심각한 우려가 된다. 남자들이 요리를 못하면 집에서도 대접받지 못한다. 그래서 배워야 한다.

이효리는 결혼 전에 이상순과 제주도 결혼 생활에 대하여 미리 많은 이야기를 나누었을 것이다. 그래서 이상순과 친구처럼 잘 지낼 수 있는 것이다. 이들 부부는 요리도 같이하고 음악도 같이 하면서 제주도의 멋을 즐긴다. 이상순의 요리로 인해 이효리의 삶은 더욱 자유로워 보인다.

그래서 여자는 결혼 전에 남자에게 요리하는 남자인지 물어보아야 한다. 남자는 요리를 즐기고 좋아하는 것까지는 아니어도 요리하는 남자는 되어야 한다. 이왕이면 결혼할 남자가 요리도 잘하면 참 좋을 것이다. 심신이 지치고 아플 때 나를 위해 맛있는 요리를 해주는 남자. 그런 남자는 좋은 남자다.

TV 프로그램 속의 남자들처럼 중식, 한식, 일식 등 다양한 요리 실력은 아니어도 좋다. 남자가 최소한 된장찌개를 맛있게 끓이는 정도의 실력이면 여자는 행복하다. 그런 실력은 뒷전으로 하더라도 아예 주방에서 라면도 끓이지 못하는 남자들은 지금이라도 요리를 배우자. 여자가 이런 남자와 결혼하면 정말 피곤하다.

어느 연예인처럼 너무 편의점 음식만을 좋아하면 뭔가 '정감'이 없어 보인다. 그리고 매 식사를 편의점에서 해결하는 건 돈이 너무 만만치 않게 들 것이다. 이제는 확실히 남자가 요리해야 하는 시대이다. 바야흐로 워킹맘의 시대이다. 육아도 같이 해야 하는 시대이기 때문에, 요리도 같이 해야 한다. 그래서 남자를 처음 만나면 "저기, 혹시 잘하시는 요리 있어요?"라고 꼭 물어보자.

07

운을 부르는
남자를
가까이하자

운이란 무엇인가? 우리는 살면서 "누구는 운이 좋다.", "누구는 운이 없다." 이런 말을 많이 한다. 운이란 게 과연 실체가 있는 건지, 혹은 어쩌다 오는 요행인지, 아니면 노력해서 얻을 수 있는 건지 참 궁금하다. 인생을 살다 보면 다양한 사람을 만난다. 그런 사람 중에는 운이 정말 좋은 사람도 있고 운이 정말 없는 사람도 많이 보게 된다. 운 없는 사람은 부모를 잘못 만나서 어린 시절을 불행하게 보내고 남편도 잘못 만나서 불행하게 산다. 끝없이 불행하다. 하는 일마다 운도 따라주지 않는다. 뭘 해도 실패한다. 연민의 정을 넘어서 안타깝다.

어떤 남자는 직장에 안착하지 못하고 수시로 이직을 한다. 가는 회사마다 부도가 난다. 부도가 나는 회사만을 골라서 가는 것도 쉽지 않은데 그런 일이 벌어진다. 이런 남자는 연민의 정을 넘어서 참 불행하게 느껴진다. 운이 너무 없다는 생각이 든다.

　나이 70세 노년에 사기꾼을 만나서 전 재산을 잃어버린 노인이 있다. 그는 매우 곤궁해졌다. 추운 겨울날 보일러도 켜지 못하는 지하방에서 라면으로 끼니를 이어가는 상황에 이르렀다. 가슴이 아팠다. 이런 경우는 참으로 말년에 비참해진 경우이다. 말년에 운이 너무 없는 신세가 되었다. 딸은 그 노인을 가슴 아프게 지켜볼 수밖에 없었다.

　개인 사업을 하던 A 사장은 수출로 많은 돈을 벌었다. 큰 사업체는 아니지만 나름 몇 년간 호황을 맞이했다. 하지만 거래처의 고의 부도, 세금, 사기, 거래처 급감, 법적인 소송 등으로 갑자기 수년간 모았던 돈을 순식간에 잃었다. 그는 "요즘 너무 힘들어요.", "괴로워요.", "안 좋은 사건이 너무 한 번에 왔어요."를 연신 내뱉었다. 그의 사업은 급격히 기울었다. 안 좋은 사건이 너무 한꺼번에 몰려왔다. 그는 "요즘 운이 좀 없는 것 같아요." 이런 말을 했다.

　인생을 전체적으로 보면 나이 든 노년에 운이 좋아야 한다. 젊은 시절에는 건강이 뒷받침되니까 욕심을 버리면 생계를 유지할 수 있는 돈을 벌 수 있다. 욕심을 줄이면 좋은 직장은 아니지만, 적당하게 돈을 벌 수 있는 직장은 어디든 갈 수 있다. 그런데 나이 들어서는 그렇게 하기가 매우 어렵다. 55세를 정점으로 사람의 운은 점점 줄어든다. 건강 때문이다. 그래서 나이

들어서 편안해야 그게 진짜 복이고, 운이라고 본다.

50대 중반까지 잘 살던 남자들이 은퇴 후 비참해지는 경우가 많다. 어느 날 몰락의 길을 걷는다. 젊은 시절 승승장구하던 운이 점점 나빠지면서 한순간에 모든 걸 잃어버린다. 운이 멀어지면 건강이 먼저 떠난다고 한다. 더불어 주변 사람들이 떠난다. 가족과의 갈등도 심각해진다.

운을 증명할 수는 없다. 그러나 분명한 건 운은 존재한다.

실제로, 살아보면 정말 운이 정말 좋은 사람들이 있다. 이런 사람은 하는 일마다 잘 풀리고, 대학도 쉽게 가는 것 같고, 직장도 잘 풀리고, 좋은 여자를 만나고, 승진도 잘한다. 주변에 보면 실력에 비하여 운이 좋은 사람들이 많다. 반대로 실력은 좋은데 운이 없다는 이야기를 듣는 사람도 많다.

하지만 말처럼 매번 그렇게 운이 좋은 건 쉽지 않다. 인생은 전체로 보면 굴곡이 있다. 인생은 산을 등반하는 것과 같다. 오르막이 있다면 내리막도 있다. 항상 좋을 수는 없다. 그래서 나는 운을 당기는 방법을 소개하는 좋은 책들을 많이 읽어 보았다. 운은 어떻게 오는 것인가? 어떻게 하면 나에게 행운이 올까? 그런 호기심이 많았다. 그러면서 실제로 사회생활에서 운이 있는 사람, 그렇지 않은 사람을 유심히 관찰하게 되었다.

운이 있는 사람은 일단, 겸손하다. 남을 함부로 비방하지 않고 사람을 무시하지 않는다. 사회생활에서 겸손하고 사람을 무시하지 않으면 일단 적은 없다. 사회생활을 해보면 알겠지만, 좋은 인간관계를 맺어서 좋은 인연을 만든 사람들이 성공한다.

명망이 있는 사람들을 유심히 지켜보면 답이 나온다. 사람들과 좋은 인연을 가지고 있으면 그 인연으로 승진도 하고 돈도 따라온다. 그러나 나쁜 인연을 맺으면 어떻게 될까. 교도소에 만난 교도소 동기들은 출소해서도 또 다른 범죄를 함께 저지르는 경우가 많다. 나쁜 인연은 처음부터 아예 연결고리가 되지 않도록 조심해야 한다. 사람은 좋은 사람을 만나야 행복해지고 복을 얻는다. 어떤 불행한 여자는 결혼해서 평생 남편 수발만 하면서 대접도 받지 못한다. 삶 자체에 운이 없다. 결국, 그런 삶을 반복하면서 인생을 불행하게 마감한다.

운이 없어서, 직장에서 쉽게 퇴사하고, 하는 일마다 실패하고, 사기당하고, 법적인 문제로 법원을 자기 집처럼 들락날락하는 남자들이 있다. 이런 남자를 만나면 평생 행복한 삶을 살수가 없다. 골치만 아프다. 송사訟事하다가 화병으로 죽는다. 송사 5년이면 집이 망한다고 하지 않던가!

그래서 운이 없는 조짐이 느껴지면 무엇이 문제인지를 잘 살펴보아야 한다. 무언가 잘못되면 남 탓이 아니라 내 탓을 해야 한다. 나를 다시 보아야 한다. 운이 없다는 느낌이 오면 일단 겸손해야 한다. 그리고 자기의 삶을 조용히 스스로 반성해야 한다. 마음을 비우는 것도 좋다. "급할수록 돌아가라."는 말도 있다.

그럼 나쁜 운을 가진 사람은 어떤 모습일까? 좋은 운을 가진 사람과 반대로 생각하면 된다. 어느 모임이든 잘난 척하고 함부로 사람을 무시하는 사람들이 간혹 있다. 이런 사람은 거만하고 자기 자랑이 넘친다. 솔직히 재수 없는 사람들이다. 모두 그렇게 생각할 것이다.

잘난 사람은 잘난 척하지 않아도 사람들이 알아준다.

'운'과 관련된 여러 가지 책을 읽으면서 운을 부르는 방법에는 공통된 점이 있다는 것을 알게 되었다. 바로 '덕'을 베풀어야 한다는 것이다.

유명한 『주역周易』 학자는 '나쁜 운을 좋은 운으로 바꾸는 방법'으로 '적덕'을 제시했다. 적덕積德은 덕을 베풀라는 뜻이다. 주변 이웃에 많이 베풀면 좋다는 것이다. 아무튼, 운을 당기는 방법은 다양하다. 그래서 우리는 운이 있을 것 같은 남자를 잘 선택해야 한다.

나의 경험상 성공하는 사람은 항상 겸손하다. 사람들을 무시하지 않고 주변에 베풀면서 사는 사람들이 잘된다. 세상과 함께 공존하고 공생하겠다는 마음이 있는 사람들은 기본적으로 오래간다. 겸손, 배려, 덕을 베푸는 남자들에게 좋은 운이 온다. 거만하고, 상대방을 깔보고, 무시하고, 잘난 척하는 남자들은 어느 모임에서든 반겨주지 않는다. 대접만 받으려고 하는 사람들도 환영받지 못한다.

일생 동안 운이 끝까지 좋을 수는 없다. 그래서 평상시 내가 잘될 때 사람들에게 아낌없이 많이 베풀어야 한다. 물론 그런 와중에 손해 보는 경우가 있을 수도 있다. 그렇지만, 그때의 금전적인 손해는 나중에 좋은 일로 돌아온다. 덕을 베푼 사람의 자식들은 잘된다. 주변에 잘되는 집을 유심히 보면 그런 집들이 많다. 원인 없이 결과는 없다.

가끔 모임에서 소개를 받아서 만나는 사람 중에 시종일관 자기 자랑만 하는 남자가 있다. 처음 보는 사람에게 모욕적인 언사로 막말까지 하는 사람들도 있었다. 이런 사람들은 십중팔구 인간관계가 오래가지 못한다. 그런 사람들과는 한 번 정도는 교류해도 두 번 다시는 만나고 싶지 않다.

만나는 사람마다 내 편을 만들지는 않고 적만 만드는 사람도 있다. 이런 남자들에게 훗날 어려움이 와도 아무도 도와주지 않는다. 돈이나 권력이 있어도 상대를 무시하고 깔보는 사람은 멀리해야 한다. 알아도 결코 도움 되지 않는다. 그들은 사람을 이용할 뿐이다.

결혼을 생각하는 남자가 운이 좋아야, 같이 살아도 미래가 보인다. 아무리 학벌, 집안이 좋아도 인생이 꼬이는 남자들을 많이 보았다. 가는 직장마다 문제가 생겨서 쉽게 퇴사하고, 사업이나 창업을 할 때마다 실패로 끝난다. 그러면서 주변에서 그들에 대해 자연히 나오는 말들이 있다. "그 사람은 운이 너무 없다.", "운이 안 따라준다." 이런 말이 나오면 무언가 문제가 있는 것이다.

기본적으로 운이 없는 사람들은 공통점이 있다. 자기 잘난 척이 매우 심하고 상대방을 무시한다. 그리고 겸손이라고는 찾아볼 수 없다. 이렇게 나쁜 습관이 누적되면 운이 오지 않는다. 운이 없으면 결국 돈도, 명예도 오지 않는다. 살아보니 모임에서 자주 느끼는 사실이다.

그래서 남들보다 운이 좋은 남자를 만나야 행복해질 확률이 높다. 그렇다고 요행이나 바라는 남자를 만나라는 건 절대 아니다. 다만, 좋은 습관을 지니고 운을 좋게 하는 방법을 아는 남자를 만나야 한다. 겸손, 덕, 사람 존중, 공존, 배려 등. 기본적으로 이런 마인드를 가지고 있는 사람들은 운을 불러오는 습관을 지니고 있는 사람이다. 인생에 대해 항상 감사하고 겸손한 사람이 최고이다. 매사에 부정적이고 사람을 무시하는 사람은 누구든지 가까이하지 말아야 한다. 이혼을 밥 먹듯이 말하던 어느 여자는 정말 어느 날 이혼에 이르렀다. 부정적인 생각이 결국 부정적인 결과를 초래한 것이다. 자기의 불운不運을 자기가 만든 것이다. 마찬가지로 매사에 긍정적이고 행복한 에너지가 있는 남자는 언젠가는 운이 온다. 현실이 힘들어도 긍정적이니까 이겨내는 방법을 알고 있다. 그런 남자는 결혼해도 아내한테 잘하고 직장에서도 적敵이 없다. 참으로 복을 가져오는 행복한 남자이다.

여자는 결혼하기 전에는 운을 하나의 속설 정도로 무시하면 안 된다.

또한, 중요한 건 여자들도 '운'이 좋은 남자를 만나려면, 운이 오는 습관을 만들어야 한다는 것이다. 스스로 재수 없게 행동하면서 좋은 남자를 바라는 건 요행이다. 지하철에서 크게 떠들고, 껌을 소리 내 씹고, 청소하는 아주머니나 식당 종업원을 상습적으로 무시한다면 운이 오다가도 달아난다. 스스로 좋은 운이 오도록 행동을 하면 반드시 행운이 온다. 그리고 행복이 있는 남자를 만날 확률이 높다.

『놓치고 싶지 않은 나의 꿈 나의 인생』의 저자 나폴레온 힐(Napoleon Hill)은 "성실하게 일만 한다고 부자가 된다고 생각하면 오산이다. 막대한 부를 획득하려면 간절하고 강렬한 소망과 대자연의 법칙이 동시에 작용해야 한다."고 했다. 나폴레온 힐의 이야기처럼 열심히 일한다고 반드시 막대한 부가 따라오는 것은 아니다. 부자가 되겠다는 강력한 에너지가 있어야 한다. 그렇다면 대자연의 법칙은 무엇인가? 난 운이라고 생각한다. 행복한 남자를 만나기 위해서는 항상 간절하게 소망해라. 자연도 당신의 뜻대로 움직여 주기를 소망하면 된다.

저자가 인생 경험에서 본 운이 좋은 사람을 정리해 보면 다음의 기준과 같다.

자기의 주어진 삶을 감사하고, 항상 겸손한 남자, 늘 배우려는 자세로 변화를 추구하는 남자.

이런 남자가 운이 있는 남자라고 본다.

여자들은 운이 없게 행동하는 남자는 멀리하고, 운이 좋은 남자를 가까이하자. 여자들도 스스로 운이 있게 행동하면 운이 있는 남자를 만나게 된다는 사실을 잘 알아야 한다. 운이 있는 남자를 만날 수 있다는 생각을 반복적으로 해야 한다. 그런 남자를 만나야 행복한 인생을 산다.

08

좋은 관상觀相을 지닌 남자를 구분하자

—

"저 사람은 첫인상이 참으로 선하다.",

"인상이 참 좋으시네요.", "얼굴 관상이 좋아 보여요."

우리는 사람을 만나면 이렇게 첫인상을 보고 평가한다. 심지어 소개팅 자리에서는 첫 대면을 해서 인상이 마음에 들지 않으면 바로 헤어지는 경우도 많다. 그런 걸 보면 사람에게는 상相, 관상觀相이라는 게 있는 것 같다. 관상은 도대체 무엇일까? 쉽게 말하면, 관상은 얼굴을 보고 미래의 운명과 닥쳐올 길흉을 예측하는 것이다.

영화배우 송광호 주연의 영화 〈관상〉을 몇 년 전에 보았다.

영화는 수양대군이 단종을 몰아내는 계유정난癸酉靖難이라는 역사적 사실을 배경으로 한다. 그 와중에 용한 관상쟁이가 수양대군의 얼굴 관상을 보고 역모로 단종을 폐위하려는 걸 알게 된다는 내용이다. '사람의 얼굴에는 세상 삼라만상森羅萬象이 모두 다 들어있다.'는 메시지도 영화 속에 있다. 물론 영화는 영화로 보아야 하지만, 아예 무시할 수는 없는 내용이다.

명절 때, 가족들과 뉴스를 보다가 가족 모두가 깜짝 놀랐다. 어느 유명했던 방송인의 얼굴이 예전의 온유했던 모습은 사라지고 포악스럽고 심술궂은 얼굴로 보였기 때문이다. 가족 모두 이구동성으로 그의 얼굴에 관해 이야기했다. 아마도 그 방송인은 현재 그렇게 순탄하게 살고 있지 않은 것처럼 보였다. 얼굴에 심술도 있어 보였다. 늙어 가면서 후덕하고 넉넉하게 나이 들어가야 하는데, 그런 느낌이 들지 않아서 안타까웠다.

프랑스의 작가 사르트르(Jean Paul Sartre)도 "인간 사회에서는 얼굴이 지배한다."고 했다. 맞는 말이다. 선하게 나이가 드신 분들의 인상을 보면 대부분은 온유하고 후덕한 경우가 많다. 얼굴과 태도에서 어느 정도 느낌이 온다. 물론 절대적이라는 것은 없다. 그래도 대체로 남을 위해 봉사하고 베풀었던 분들의 관상이 후덕하고 여유로워 보인다. 남에게 피해만 주면서 음흉하게 범죄로 연명해 온 얼굴은 정말이지 흉하다. 이렇듯 얼굴은 그 사람이 살아온 삶을 보여 준다.

지하철로 출퇴근하면서 사람들의 얼굴을 자주 본다. 관상이 직업이 아니지만, 지하철에서 사람들의 얼굴을 호기심을 가지고 본다. 고생으로 힘든 인생을 살아온 사람은 이미 얼굴에 그것이 드러난다. 근심 가득 찬 얼굴, 고생한 얼굴, 고민이 가득 찬 얼굴, 피곤함에 지친 얼굴, 자신 없는 눈빛, 웃음기 없는 차가운 얼굴….

사람 관상이라는 건 절대적인 건 아니지만, 그렇다고 무시할 수 있는 건 아니다.

신기원 선생의 『신기원의 꼴 관상학』에는 이런 말이 나온다. "자신의 마음과 생각, 그리고 지금까지 살아온 삶의 모습들이 얼굴에 드러나게 마련이다." 이 말을 곱씹어 보면 어느 정도 사람의 얼굴을 보고 나름 그 사람의 됨됨이를 파악할 수 있다는 생각이 든다. 그만큼 얼굴의 상이란 것은 무시할 수 없다.

미국의 심리학자 존 고트먼(John Mordecai Gottman)은 한 실험에서 "일상적인 대화를 나누는 부부의 15분 분량의 비디오테이프만 보고도 이들이 15년 뒤에도 계속 부부로 있을 확률을 90% 이상 예측할 수 있다."고 말했다. 실험의 방법은 표정, 감정, 대화를 해석하는 것이었다.

결국, 꼭 관상이라고는 할 수 없지만, 우리의 얼굴에 투영된 모습에서 우리의 미래의 행복이 어느 정도 나타난다고 보아야 한다. 인상人相, 관상이라는 것이 결혼 생활을 행복하게 할 수 있는 미래의 징표로 보인다는 것! 어느 정도 틀리지 않는다.

삼성의 고故 이병철 회장이 생전에 신입사원을 채용할 때 관상을 중요시했다는 이야기는 이미 세간에 잘 알려진 이야기이다. 그는 경영의 일부분으로서 그런 판단과 기준을 가지고 있었을 것이다. 미국의 현직 검사 웬디 L.패트릭(Wendy L. Patrick)이 쓴 『친밀한 범죄자』에서는 낯선 사람을 만나서, 0.1초 만에 사람의 인상을 결정할 수 있다는 내용이 나온다. 0.1초? 너무 쉽게 사람을 판단하는 것 같기도 하지만, 맞선을 보고 헤어지는 사람들을 생각해 보면 틀린 말은 아니다. 즉, 아마 사람을 판단하는 데는 0.1초면 이미지가 고정화 될 수 있다는 말로 해석된다. 완벽한 건 아니지만, '좋다.', '나쁘다.'와 같은 인상에 대한 판단, 호기심은 순간적으로 결정된다는 것이다.

얼마 전에 아는 지인이 맞선을 보았는데 소개로 만난 여자가 마음에 들지 않았다. 헤어지는 데 단 몇 분이 소요되지 않았단다. 그분은 처음 본 순간 서로 간에 끌리지 않는다는 걸 쉽게 알았다. 여자도 마찬가지였다. 그래서 서로 첫인상이 기대에 미치지 못하자 양해도 없이 바로 헤어졌다는 것이다. 헤어지기까지 채 몇 분이 걸리지 않았다. 결국, 우리는 첫인상으로 그 사람을 판단한다. 그리고 이렇게 처음 본 인상을 바꾸는 것은 쉽지 않다.

나는 직업 특성상 형사 법정에 자주 간다. 형사 법정은 엄격하다. 유죄냐 무죄냐를 다투는 법정이고 죄를 지은 피고인에게 징역형도 선고를 해야 하니 당연히 분위기가 무겁다. 그런 형사 법정에 자주 가는 이유는 범죄를 저지른 자들의 인상이 궁금해서이다. 호기심도 있지만, 도대체 흉악범은 어떻게 생겼는지 궁금하기도 하다.

실제 법정의 판사들은 범죄를 저지른 피고인들의 법정 태도를 매우 중요시한다. 간혹 흉악한 피고인들이 법정에서 자기를 방어한다면서 판사한테 대들기도 한다. 사회적으로 물의를 일으킨 흉악범 중에는 법정에서 판사한테도 당당한 경우도 있다. 반성하지 않는 그들의 얼굴 인상을 보면 법을 경시하기도 하지만, 눈빛에서도 진심으로 반성하지 않는다는 것이 느껴진다.

그래서 사람의 처음 인상, 이미지, 관상이 중요하다고 생각한다. 나는 책을 읽다가 관상에 대해 다루는 허영만 작가의 『꼴』이라는 만화책을 열심히 읽었다. 물론 관상에도 관심이 있었지만, 사람의 얼굴을 관상학을 통해 어느 정도 복이 있는지, 없는지를 알 수 있다는 내용에 호기심이 생겨 읽게 되었다. 방금 『꼴』에서도 관상을 이야기했지만, 나도 나름대로 『꼴』에 나온 내용과는 무관하게 사람을 만날 때 살펴보는 것들이 있다.

나는 사람을 처음 만나면 나름의 기준으로 네 가지 정도는 살펴본다. 첫째는 눈빛, 둘째는 코, 세 번째는 귀, 그리고 마지막으로 그 사람의 마음을 본다. 또한, TV를 시청할 때는 열심히 살아온 분들의 관상을 꼼꼼하게 지켜본다. 내 나름의 기준을 가지고 선한 얼굴인지, 악한 얼굴인지 판단한다. 사람의 얼굴에는 어느 정도 살아온 여정이 보인다. 주름이 많은 얼굴, 온화한 얼굴, 심술궂은 얼굴, 삶에 지친 얼굴, 웃음기 많은 얼굴, 화가 난 얼굴, 무서운 얼굴 등 다양한 모습이 얼굴에 담겨있다. 고생스럽게 살아와도 후덕한 얼굴이 있고, 주름이 없는 매끈한 얼굴이지만 왠지 꺼려지는 인상도 있다. 그리고 네 가지에 대해 더 자세히 말하면 이렇다.

첫 번째는 사람의 눈빛이다. 내가 아주 매력적으로 보는 눈빛이 있다. 장 코르미에(Jean Cormier)가 지은『체 게바라 평전』의 표지 사진 속 인물의 눈빛이다. 책의 표지는 남미의 혁명가 체 게바라의 사진이 들어가 있다. 사진 속의 그의 눈빛은 매우 매혹적이고 고혹적이다. 나는 그 눈빛에 매료되어서 쿠바까지 여행을 갔다 왔다. 그 눈빛은 나에게 먼 나라까지 여행할 수 있는 용기를 주었다. 세상을 바꾸기 위하여 혁명을 일으킨 사람의 눈빛과 살인을 저지른 흉악 범죄자의 눈빛은 분명히 다르다. 자기의 신념을 가지고 사는 사람과 살인을 한 흉악 범죄자의 눈빛은 같을 수 없다. 예전에 전직 유명 운동선수가 일가족 살인을 저지른 이후에 자살했는데 수습된 시신의 눈빛이 그렇게 섬뜩했다는 일화도 있다. 어쨌든 분명한 건 사람의 눈빛에는 진실한 눈인지, 아닌지를 나타내는 기운이 있다는 것이다. 그래서 사람의 눈빛을 유심히 보아야 한다. 자신감이 있는 살아있는 눈빛, 살기가 있는 눈빛을 구분해야 한다.

간혹 사회적으로 흉악한 범죄를 저지른 범죄자들이 마스크로 얼굴을 가린 채 언론에 노출되는 경우가 있다. 시청자들은 방송에서 범죄자의 눈빛만 볼 수 있다. 이때는 무심코 넘기지 말고, 그 눈빛을 자세히 분석해야 한다. 여자들은 그런 눈빛을 보고 악한 자와 선한 자의 눈빛이 어떤지 매사에 꼼꼼하게 관찰하는 습관을 지녀보자. 그런 범죄자의 눈빛을 유심히 보면 초점도 없고, 매우 소름 끼친다. 사람의 인상이 눈빛에 어느 정도 투영된다는 건 맞는 말이다. 그래서 여자들은 사람을 사귀든, 결혼하든 그 눈빛에서 진실함이 있는지 잘 살펴보아야 한다.

나는 행복지수의 나라 부탄 여행에서 그런 눈빛을 확인할 기회가 있었다. 부탄 공항에 도착했을 때, 관광객들을 환영해주는 로컬 가이드와 로컬 기사의 눈빛을 보았다. 부탄에 대한 첫인상이었다. 그들의 눈빛은 너무나 순수했다. 그 처음의 눈빛은 우리 여행 모임을 여행 내내 행복하게 해주었다. 그들과 공항에서 헤어지던 마지막까지 그 선한 눈빛을 잊을 수 없다. 눈빛이 선한 남자들이 선하게, 착하게 산다는 것을 부탄에서 느꼈다. 여자들은 그런 선하고 진실한 눈빛을 자주 겪어야 한다. 분명한 건 진실해야 한다는 사실이다. 그런 눈빛을 확인하고 싶으면 부탄에 가보면 된다.

두 번째, 세 번째로 보는 건 코와 귀다. 나름대로 주변에 잘된 남자들을 유심히 지켜보라. TV 프로그램에 출연하는 교수, 학자, 고위직 공무원, 유명 연예인, 재벌들의 코나 귀를 유심히 보면 수려하게 잘 생겼다고 느낄 것이다. 코는 작지 않고 복스럽다. 귀가 작아도 두툼하게 잘 생겼다. 꼭 맞다고 할 수는 없지만, 주변에 심덕(心德)이 후덕한 분들의 관상을 자주 접하게 되면 이를 스스로 판단해보자. 그냥 스치는 것보다는 유심히 눈여겨보자. 나 역시 지하철 출퇴근 시간에 사람들의 얼굴을 보면서 나름대로 이런저런 판단을 한다. 물론 꼭 그 판단이 정답은 아닐 것이다. 그렇지만 평상시에 그런 관심을 가지고 살면 좋다. 자기 나름의 사람 보는 기준을 만들어 보는 것이 나쁠 건 없다.

마지막으로 네 번째는 관상도 중요하지만, 기본적으로 인성을 제일 중요하다고 여기고 인성을 보려 한다. 무엇보다 제일 중요한 건 관상보다는 사람 마음이다. 내면의 따뜻함, 배려, 겸손, 웃음, 긍정적인 태도가 제일 중요하다. 아무리 사람 관상이 좋다고 해도 인성이 엉망인 사람을 과연 만나고 싶을까? 관상과 인성이 조화되면 참 좋은 사람이다. 인물이 호남형이 아니라도, 덕이 있는 관상이 있고 행동에 절개가 있는 사람이 있다. 인상은 좋은데 천박한 말에 천박한 행동을 하면 스스로의 이미지를 깎는다. 이를 잘 구분하라.

살아보니, "열 길 물속은 알아도 한 길 사람 속은 모른다."는 말이 정말 맞는다는 것을 알 수 있었다. 사람을 볼 때는 모든 걸 보고 판단을 해야 한다. 관상도 결코 무시할 수 없다.

관상이 절대적인 것은 아니지만, 여자들은 방송이나 언론에 나오는 유명한 사람들, 범죄자들의 얼굴을 보면서 위험한 사람을 찾아내는 방법을 알아야 한다. 그러면서 좋은 사람들을 자주 접하게 되면, 결국 내 인생에도 좋은 남자를 만나게 된다.

세상 근심을 다 가지고 있는 듯 매사에 찌푸린 얼굴을 하는 부정적인 사람과 살고 싶은가, 아니면 얼굴에 웃음이 가득 찬 맑은 얼굴, 부드럽고 인자한 얼굴을 하는 사람과 살고 싶은가?

복을 가져오는 얼굴은 분명히 있다. "웃는 얼굴에 침 못 뱉는다."는 속담은 맞는 말이다. 웃는 얼굴과 자신감 있는 얼굴은 복을 가져온다. 매사에 부정적이고 짜증이 가득 찬 얼굴을 구분해보자. 하늘은 누구에게 더 많은 복을 줄까? 선택은 독자들의 몫이다.

09
돈을 여자만큼
사랑하는
남자를 만나자

미국의 정치가이자 외교관이었던 프랭클린(Benjamin Franklin)은 "돈을 빌리러 가는 것은 자유를 팔러 가는 것이다."고 말했다. 맞는 말이다. 40대 중반이 되어보니 돈은 인간의 자유를 구속한다. 인간의 삶도 파괴할 수 있다. 반면, 인간을 행복하게도 해준다.

결혼하면 돈 때문에 헤어지는 부부들이 정말 많다. 아니 살아보면, 모든 일이 돈과 연관이 있다. 참 슬프기도 하고 비참해지기도 한다. 결혼하면 돈은 현실이다.

물론 돈이 삶의 전부는 아니다. 그러나 돈은 현실이다. 그래서 "행복은 돈이 전부가 아니다. 돈이 없어도 행복하다."라는 말은 그다지 공감을 일으키는 말은 아니다.

남녀가 연애하는 시절에는 지하철을 타고 놀이공원에 가

도 상관없다. 자가용이 없어도 주변을 의식하지 않는다. 미혼이니까 별로 대수롭지 않게 생각한다. 그러나 냉정하게도 결혼하면 상황이 달라진다. 놀이공원이라도 가려면 비싼 통행료를 내더라도, 하루 몇만 원의 주차료를 비싸게 지불하더라도, 차가 있어야 한다. 주변 사람들이 모두 차를 가지고 나들이 가는 걸 보면서 스스로를 비교하기 때문이다.

생일이나 기념일 같은 날에는 패밀리 레스토랑에 가서 근사한 식사라도 하고 싶은 것이 여자의 마음이다. 우리는 돈이 없어도 남들이 있는 것은 다 가지고 있어야 직성이 풀린다. 특히 한국 사회는 이를 더욱 부추긴다. 슬프지만 현실이다. 이처럼 결혼을 하면 매사에 돈이 문제가 된다. 그만큼 돈은 중요하다. 그래서 결혼할 남자가 돈에 대하여 경제적인 관념이 부족하면 그 결혼은 불행해진다. 남편은 돈을 아내만큼 사랑해야 한다. 돈에 대한 구체적인 계획을 가지고 있어야 한다. 결혼해서 몇 년까지는 얼마를 모아서, 어떻게 살겠다는 그런 구체적인 계획 말이다. 직장인이면 본인의 직장 상황에 맞게 나름의 실천방안이 있어야 한다.

여기서 한 가지 명심해야 할 것이 있다. 돈이 중요하다고, 돈을 비정상적인 방법으로 벌면 곤란하다. 악덕 사채업자에 관한 기사가 언론에 심심치 않게 보도된다. 양아치처럼 자릿세니 보호세니 하면서 돈을 갈취하는 사람도 있다. 돈이 아무리 중요해도 돈은 상식적이고 합법적인 틀 안에서 벌어야 한다. 남의 눈에 피눈물 나는 고통을 주고 버는 돈은 후환이 두려운 돈이다. 돈을 사랑하여야 한다는 것이지, 남의 참혹한 희생을 바탕으로 돈을 버는 건 금물이다. 그렇게 번 돈은 나중에 쉽게 나갈 수 있다. 돈은 정당하게 벌어야 한다. 꼭 기본에 충실하자.

결혼하면 냉정하게 부딪히는 현실이 있다. 바로 경제적인 문제다. 남편이 돈을 잘 벌면 그럭저럭 행복하게 살지만, 남편이 실직하거나 돈이 바닥날 경우에는 상황이 달라진다. 걱정과 우려, 갈등이 교차하면서 결국에는 이별로 치달을 가능성이 높다.

현실적으로 이야기하면 돈이 없으면 행복해질 수 없다는 것은 분명한 사실이다. 돈이 없다면 결코 부부 사이가 가까워질 수 없다. 슬픈 이야기지만 살아보면 엄연히 늘 부딪히게 되는 일이다. 물론 돈에 집착하면서 사는 사람을 만나라는 게 아니다. 그래도 최소한 자기 가족에 대한 부양을 책임을 질 수 있는 남자인지는 신중히 확인해 보아야 한다. 남자는 돈에 대한 개념이나 돈을 어떻게 벌어서 어떻게 가족을 책임을 지겠다는 구체적인 계획까지는 아니라도 나름의 돈에 대한 철학은 있어야 한다. 아무런 대책도 없는 남자라면 당신은 어떻게 할 것인가.

결혼 전에 많은 부채가 있음에도 배우자를 속이고 결혼하는 사람이 의외로 많다. 쉽게 말하면, 신용불량자이거나 은행에 대출이 많음에도 결혼할 배우자에게 알리지 않고 결혼해서, 결국 이혼으로 치닫는 경우가 많다. 이런 결혼은 십중팔구 불행으로 이어진다. 부채를 가진 사람은 배우자를 속이고 빚을 갚느라 결혼에 대한 행복이나 신비로움을 느낄 수 없다. 매일매일 배우자를 속여야 하는 상황에 처하고, 결국 그 비밀이 오래가지 못해 탄로 난다. 그렇게 이혼하는 부부를 많이 보았다. 실제로 채무가 많음에도 속이고 결혼하는 경우가 너무 많다.

야박한 것 같지만 돈에 대한 경제적 관념이 전혀 없는 남자, 결혼 전에 이렇게 빚이 많은 남자는 결혼하면 안 된다. 여자는 철저하게 이런 남자를 조심해야 한다. 적어도 결혼 전에 그가 신용불량자인지 정도는 확인해 보아야 한다. 직접 물어보는 것도 좋다. 사랑하는 사이라면 결혼 전 서로 간에 신상에 관련된 중대한 문제는 이야기하는 것이 당연하다. 빚이 있다면 솔직하게 이야기해야 한다. "얼마의 채무가 있는데, 결혼해서 어떻게 상환을 할 계획을 가지고 있다."고 여자에게 동의와 이해를 구해야 한다.

내가 결혼하려고 하는 사람이 신용에 문제가 있다면 결혼 생활에 많은 차질이 생긴다. 대출, 생활비 등. 훗날이라도 이런 문제로 인해 파국으로 치달을 수밖에 없다. 전혀 쉽게 생각할 문제가 아니다. 최소한 염두에 두어야 한다. 이런 문제로 헤어지고 이혼하는 경우가 정말 많다. 돈 문제가 복잡한 남자는 결혼하면 심각한 문제를 일으킨다. 여자는 부부가 이런 일로 이혼을 한다는 것을 알아야 한다. 모르고 결혼했다는 건 핑계이다. "세상 물정을 몰라서 내 인생을 이렇게 살았다."면서 하소연하는 여자들이 많다. 나이가 들어서 세상을 보니, 절대로 틀린 이야기는 아니다.

한때 알고 지내던 지인이 몇 번 연락이 와서 돈을 빌려준적이 있다. 큰돈은 아니었다. 그러나 그 뒤로 계속 적은 돈이지만 빌려 달라고 요구를 했다. 아니 실은 당당하게 달라고 했다는 표현이 정확하다. 그동안 빌려준 돈도 받지 못했던 상황이고 해서 나는 냉정하게 거절했다. 그 지인을 위해서이다. 그가 경제적으로 힘들어 보였지만, 노력할 마음도 없이 주변에 그런 식으로 의지하면서 산다는 생각이 들었다. 내가 조금씩 빌려주는 그런 돈이 그를 오히려 망친다는 생각이 들었다. 나는 그 지인이 진심으로 독하게 마음을 먹고 살기를 바라는 마음에서 거절했다.

어린 시절에 우리가 늘 들었던 "자식에게 고기를 잡아 주는 것보다 고기 잡는 법을 가르쳐 주어야 한다."라는 속담이 있다. 이 속담은 남편에게도 해당된다. 워킹맘이 많은 시대이다. 아내가 남편보다 돈을 더 잘 버는 경우가 많다. 그러다 보니 여자에게 의지하면서 무책임, 무능력하게 사는 남자가 많다. 이런 남자는 여자에게 의지하면서 평생 한량으로 살 가능성이 높다.

어떤 남자와 결혼을 생각한다면, 그 남자에게 구체적으로 돈에 대한 자신의 생각을 한 번쯤 물어보자. 나름 어떤 철학이 있고 재테크는 어떻게 하고 있으며 지출의 기준은 무엇인지 말이다. 부부간에 불화가 있어도 돈이 있으면 나름대로 해결이 된다. 하지만 돈도, 미래도, 아무런 경제적 안정감도 없다면 그 결혼은 필연적으로 불행으로 치닫게 된다.

돈은 우리의 사회생활 전반도 절대적으로 지배하지만, 가정에서도 그 위력이 대단하다. 돈에 대해 아무런 관념도 없고, 무계획적이고, 자립심이 없는 남자라면 냉정하게 판단해라. 결혼은 자선 봉사가 아니다.

돈이 있을 때는 부부 사이가 유지된다. 하지만 실직이나 명예퇴직, 사업 실패 등 금전적으로 예상하지 못한 경우가 생기면 부부 사이는 무너질 수 있다. 참으로 슬픈 현실이다. 이런 경우는 주변에 많다. 인간은 태어나서 죽을 때까지 돈 문제에서 절대로 자유로워지지 않는다. 돈을 나만큼 사랑하는 남자를 만나자.

속궁합이 맞는
남자와 결혼 생활이
오래간다

—

예비 신랑·신부 커플은 결혼 전에 '궁합'이 좋은지 철학관이나 점집에 가기도 한다. 태어난 연월일시를 바탕으로 서로 간의 사주·궁합을 본다. 궁합을 볼지 말지는 각자의 몫이다. 그런데 도대체 궁합은 무엇인가? 꼭 봐야 하는 것인가? 궁합은 신랑과 신부가 태어난 연월일시四柱를 바탕으로 하여 배우자로서 두 사람의 적격 여부를 점치는 방법이다. 이것이 흔히 말하는 '겉궁합'이다. 궁합은 겉궁합도 있고 속궁합도 있다. 예전에는 외모가 마음에 들지 않아도 궁합이 좋아서 결혼하는 경우도 있었다.

그런데 겉궁합은 알겠는데, 속궁합은 무엇인가? 의외로 나이든 여자들이 속궁합을 많이 이야기한다. 속궁합은 쉽게 말해서, 남자와 여자가 성관계를 가졌을 때 서로 간에 성관계에 대한 만족도이다. 결혼 생활을 오래 한 중년의 남자나 여자들이 모이면 이런 속궁합 이야기를 많이 한다. 당연히 남녀의 성관계

와 관련되는 이야기다. 결혼하면 싫어도 평생 한 남자와 섹스를
해야 한다. 그렇기에 부부 사이에는 서로 성관계에 대한 만족도
가 어느 정도 있어야 하는데, 신혼 초기에도 서로 흥미를 느끼
지 못하는 부부들이 의외로 많다.

'속궁합'은 중년이 되면 남자, 여자 구분 없이 많이 이야기
한다. 이런 이야기는 밤을 새워서 해도 재미있다. 남편과의 성생
활이 만족스러운 여자는 좋겠지만, 그렇지 않은 여자는 성욕에
대하여 늘 불만을 가질 수 있다. 그래서 불륜이 발생하기도 한
다. 결혼 전에 궁합을 봐야 하는지 아닌지는 잘 모른다. 하지만
속궁합은 무시할 수 없는 중요한 것이다. 주변의 중년의 부부들
에게 직접 물어보면 이구동성으로 이야기할 것이다. "속궁합 무
시할 수 없습니다."라고 말이다. 그래서 속궁합이 맞지 않으면
결혼 생활에서 부부 불화가 생길 수 있다. 부부가 속궁합이 맞
지 않으면 불륜이 발생할 수도 있다.

사회생활을 하던 어떤 여자가 불륜을 저질렀다. 엄연히 남
편이 있는 여자이고 결혼한지도 얼마 되지 않았다. 그런데도 불
륜을 저질렀다. 남편에게 불륜이 발각되었지만, 남편은 그녀를
용서했다. 그 여자는 주변에 변명하듯이 서슴없이 자신의 이야
기를 했다. "남편과의 섹스가 맞지 않았다…", "남편한테 만족
을 얻지 못했다…"고 말이다. 간통죄가 있던 시절이었다. 그 부
인이 법적으로 처벌의 대상이 될 수 있었음에도 남편은 그냥 넘

어갔다. 왜 그냥 넘어갔는지 부부 사이의 비밀을 누가 알 수는 없다. 다만 성생활, 속궁합의 문제가 아닌가 조심스럽게 추측할 뿐이다. 두 사람 간의 성생활에 불만족스러운 점이 있었을 것이라는 느낌이 왔다.

부부간에 성생활이 만족스럽지 않으면 결혼 기간 동안 피곤하다. 특히 남자들은 성관계 시 여자가 만족하지 못하면 무기력감을 느낄 수도 있다. 최소한 30년 이상 성관계를 해야 할 배우자에게서 성적인 만족이 없다면 어떻게 될까?

지금은 정절情節을 지켜야 하는 조선 시대가 아니다. 결혼을 생각하는 남자가 있다면 미리 성관계를 가져보는 것도 나쁘지 않다. 물론 꼭 의무적인 건 아니다. 하지만 의외로 많은 여자가 결혼할 남자와의 성관계에 불만을 품고 있다는 사실을 명심하라. 그런 고민을 상담하는 글은 인터넷 상담 게시판에서도 심심치 않게 볼 수 있다. 세부 내용은 달라도 고민의 핵심은 "이 남자는 대체로 마음에 든다. 그런데 성관계가 너무 시원찮다."는 것이다. 즉, 상대방이 성적인 욕구를 채워주지 못한다는 것이다.

이런 경우가 일회성으로 끝나면 좋겠지만 계속 반복된다면, 결혼을 고민해야 한다. 냉정하게 판단해야 한다. 평생을 살아야 하는 남자와의 성생활이 연애 시절부터 만족스럽지 못하다면 결혼 후에는 자칫 더 심각한 문제로 발전할 수도 있다. 아내가 자기 남편에게 매력을 느끼지 못하면 한 공간에서 호흡하는 것 자체가 지겨운 일상이 될 수도 있다.

성관계가 부부 생활의 전부가 될 수는 없지만, 그래도 성관계는 꼭 필요하다. 의무적이라도 꼭 필요하다. 그래서 부부의 성생활은 매우 민감하고 중요하다. 성생활은 사랑의 징표. 부부 사이에서 가치관도 서로 조화와 공감이 이루어지면서 속궁합도 서로 간에 교감이 되면 금상첨화이다.

남편이 아내의 몸에 손을 대지 않아서 이혼까지 이르게 된 사례가 있다. 성관계가 오랫동안 없자 아내는 남편의 불륜을 의심했다. 성생활이 3년간 없었던 어느 날 남편이 아내에게 말했다. "내가 당신 몸에 손을 안 대는 이유가 무엇인지 알지?" 이 한마디를 듣고, 아내는 이혼을 결심했다. 3년간 부부관계가 없다는 데에서 느꼈던 모멸감도 이 말 한마디에 더 이상 미련을 두지 않기로 했다. 그녀는 남편과 서로 간에 속궁합이 맞지 않아서 남편이 불륜을 저질렀다는 사실을 쿨하게 받아들였다. 미련 없이 서로 원만하게 정리하고 각자의 인생을 찾아갔다. 이것이 속궁합과 관련된 냉엄한 현실이다.

과도하게 성관계에 몰입하는 인생도 좋지 않다. 그래도 부부간에 적당한 성관계는 필요하다. 그리고 서로 간에 만족해야 한다. 서로에게 좀 흥분되는 느낌이 들어야 한다. 물론 생물학적으로 점점 늙어가면서 성 기능이 떨어지고 흥분이 덜 되는 것은 어쩔 수 없다. 자연스러운 현상이다. 하지만 혈기 왕성한 30대 부부가 성관계에 만족하지 못한다면 좀 심각한 문제이다. 노력을 많이 해야 한다.

중년의 부부 중에서도 남편과의 성관계에서 만족감을 느끼지 못하는 여자들이 많다. "다 좋은데 성관계를 가질 때 감흥이 들지 않는다."와 같은 고민을 하는 중년 여자가 많다는 사실을 명심하라. 요즘같이 평균수명이 길어진 시대에는 속궁합은 중요한 문제이다.

부부 사이의 정신적인 사랑도, 육체적인 사랑이 뒷받침되어야 한다. 여자들도 스킨십을 자주 해 주는 남편을 좋아한다. 결혼 생활은 남녀가 서로 항상 애정을 표현하는 생활이 되어야 한다. 그래서 복잡하고 매우 미묘하다. 사실 부부 싸움 이후에 부부 화해 방법 중 하나가 성관계인 경우도 많다. 결혼해서 사는 주변의 결혼 생활 선배들에게 물어보아라. "결혼해 보니 성관계는 무시할 수 없다."는 답이 돌아올 것이다.

한 젊은 남자가 불륜을 저질렀다. 자신의 직장 여자 동료가 그 대상이었다. 그 불륜 남녀의 적나라한 동영상, 사진, 카카오톡 메시지를 본 아내는 심각한 충격을 받았다. 그러나 이 남자는 아내와의 성생활이 문제가 아니었다. 원래부터 바람둥이였다. 남편은 결혼 전에도 상습적으로 바람을 피웠다. 아내와 성관계를 자주 하지 않는다고 해서 반드시 아내와 속궁합에 문제가 있다고 볼 수는 없다. 이런 경우는 남자의 선천적인 바람둥이 기질로 인한 문제이다.

우리에게 잘 알려진 유명한 전설의 인물로 카사노바(Giaco-mo Girolamo Casanova)라는 사람이 있다. 그는 한 여자에 절대 만족하지 않고 자신의 매력을 많은 여자에게 발산했다. 타고난 바람둥이다. 그것도 여자를 유혹하는 재주가 탁월한 바람둥이다. 이처럼 속궁합이 맞지 않는 것과 바람둥이는 구분해야 한다.

슬프게도 결혼하면 사실 똑같은 사람과 성관계를 해야 한다. 똑같다는 건 어떤 의미인가. 싫든 좋든 한 사람과 관계를 해야 한다는 의미이다. 삶을 마감하거나 이혼을 할 때까지 말이다. 그래서 부부간에는 속궁합이 매우 중요하다는 사실을 항상 기억하자.

자기와 함께 평생을 살게 될 남자가 비실비실하고 뭔가 영 부실해 보인다면 성관계에서 나에게 만족을 주지 못할 수도 있다. 그럴 때는 성관계를 가져보아야 한다. 성관계가 시원찮은데 결혼을 해야 하는지 아닌지는 그 후에 알아서 판단하면 된다.

요즘 시대의 여자는 의외로 성욕이 강하다. 남편과의 섹스에 만족을 느끼지 못하고 불륜을 저지르는 여자들도 많다. 그들 대부분은 남편과 원활한 육체적인 관계가 이루어지지 않았다. 그래서 여자들은 배우자를 선택할 때 속궁합이 중요하다는 걸 알아야 한다. 꼭 그렇지는 않겠지만, 절대로 무시할 수는 없다. 물론 그렇다고 너무 모든 것을 성관계를 기준으로 하여 판단할 필요는 없다.

단지 사랑하는 연인과의 성관계는 삶에 행복과 활력소를 주는 것은 분명하다.

결혼한 지 1, 2년도 되지 않아서 헤어지는 부부 중에서는 성생활이 원만하지 않은 부부가 많다. 마음이 떠나면 몸도 떠나겠지만, 몸이 떠나고 마음이 떠나는 경우도 있다. 배우자와의 성생활이 만족하지 못해서 헤어지는 경우이다.

지금은 순결을 지키고 결혼해야 하는 조선 시대가 아니다. 결혼 대상으로 생각하는 남자가 있다면 남자 구실을 잘하는지 한 번쯤 은근히 테스트를 해보자. 그리고 결혼을 고민해보자. 이후의 판단은 각자의 몫이다.

PART 3

여자들은 왜
불행한 남자들
곁으로 갈까

01

경제적 능력을
여자에게
의지하는 남자

—

지금 대한민국은 맞벌이 부부 시대이다. 남자가 혼자 벌어서는 가정을 유지하기 힘들다. 부부 모두 돈을 벌어야 한다. 그러다 보니 여자가 남편보다 돈을 많이 버는 경우가 많다. 여자가 돈을 많이 벌면 남자가 나태해지는 일도 생긴다. 물론 모든 남자가 그런 건 절대 아니다.

전문직종에 종사하는 성격도 좋고 미인인 여자가 있었다. 그녀는 매사에 남자처럼 활동했다. "인생 뭐 별거 있어?", "내가 하고 싶은 것 다 하고 살고 싶다.", 늘 이런 말을 입에 달고 살았다. 이런 여자들은 절대로 결혼하면 안된다. 결혼하지 말고 혼자 살아야 하는데 결혼해서 탈이 난 것이다. 그녀의 말을 한마디로 표현하면 세상을 내 방식대로 살겠다는 것인데, 문제는 결혼이다. 이런 여자는 결혼 후 남편과의 갈등이 불을 보듯이 뻔하다. 이 여자도 이러한 경우였다. 그녀가 돈을 잘 벌고 밤늦게까지 활달한 생활을 하고 직장 동료와 어울리면서 여러 문제가 생겼다. 물론 남편도 그동안 문제가 있었다. "내가 악착같이 벌지 않아도 마누라가 잘 번다." 이런 적당주의가 있었다. 아내는 무능력한 남편보다 직장의 유능한 남자에게 마음이 끌렸다. 그러면서 상호 간의 갈등은 극으로 치달았다.

솔직히 여자들도 권력이 있고, 속된 말로 사회적으로 '잘 나가는' 남자들과는 흔히 말하는 '썸을 타려고' 하는 경우가 있다. 바로 이 지점에서 갈등이 폭발했다.

남편은 아내의 경제력을 믿고 무능력한 생활을 계속했다. 취업과 실직을 반복했다. 스트레스를 주는 남편 때문에 아내는 직장 사람들과의 삶을 통해 나름의 스트레스를 풀었다. 그러면서 서로 비방誹謗이 이어졌다. 남편은 아내의 불륜을 의심하고, 아내는 남편의 경제적 무능력을 탓하게 되었다. 점점 갈등이 심각해졌고, 결국 파국을 맞이했다. 이런 문제로 불행해지는 부부들이 의외로 많다. 남자보다 월등히 경제적 능력이 좋은 여자와의 결혼은 갈등을 유발할 수 있다. 결혼할 때 여자의 부모도 반대가 심하다. 이런 경우는 훗날 남자는 '자격지심', 여자는 '남편 무시'로 이어진다. 행복보다는 갈등의 씨앗이 내재된 결혼이다. 그래서 가급적이면 결혼하는 남자와 여자의 직업, 경제적 능력은 비슷해야 한다. 만약 남자가 여자보다 능력이 월등하게 좋다면 여자는 내조에 힘을 쏟으면 된다. 그러나 반대로 여자가 남자보다 능력이 좋다고 해도, 현실적으로 남자는 외조를 잘 받아들이지 않는다.

　이런 유형의 부부는 갈등의 행태가 대체로 비슷하다. 경제적으로 무능력한 남편은 아내의 불륜을 의심한다. 이는 상호 간의 비방으로 이어진다. 서로 흉을 보고 서로를 증오한다. 여자에 대한 열등감으로 인한 남자의 자격지심은 결국 가정 폭력으로 이어지는 경우가 대부분이다. 이런 경우는 답이 없다. 그리고 결국 서로 간의 불신이 극으로 치달으면서 파국에 이른다. 요즘 시대에 넘치는 사회적 문제이다. 결혼할 때 여자가 남자보다 월등하게 더 좋은 능력을 지닌 경우는 훗날 갈등의 소지가 많다. 비슷한 성장과정, 비슷한 학벌, 서로 간의 직장에 대한 이해도 등. 무언가 서로 공유할 수 있는 지점이 많아야 한다. 결혼은 사랑만으로는 잘 이루어질 수 없다. 사랑도 현실적으로 해야 한다. '바보온달과 평강공주'는 요즘 시대에는 없다. 파국으로 치달을 수 있다는 것을 명심해라.

02

불륜의
마지막은 비극

—

대한민국은 요즘 불륜 공화국이라는 말이 일상화되었다. 간통죄 폐지도 하나의 이유이지만, 집 밖에 나갔을 때 애인이 없다면 바보 소리를 듣는 것도 그 이유다. 요즘 같은 인터넷 시대에서는 초등학교 동창, 대학 동창들을 인터넷으로 쉽게 만날 수 있다. 쉽게 만난다고 누가 뭐라고 할 수는 없다. 초등학교 때의 동심으로 돌아가서 추억에 젖는 것도 행복이다. 그러나 문제는 그러한 건전한 모임을 넘어서 일탈로 이어진다는 것이다. 단순히 어린 시절의 추억을 곱씹는 것을 넘어서 성관계까지 이어지는 일이 다반사이다. 불륜이 판을 친다. 그나마 가정을 지키면서 바람을 피우는 유부남, 유부녀는 그래도 양심이 있는 편이다. 아예 집으로 불륜의 상대방을 불러서 불륜을 저지르다가 배우자에게 발각되는 경우도 있다. 죄의식도 없고 점점 대단해진다. 불륜을 저지른 상대방에 대한 배신감과 증오에 의하여 살인에 이르는 경우도 많다. 뉴스에는 치정에 의한 살인 사건이 넘친다. 그만큼 불륜이 많다.

모든 불륜의 마지막은 비극이다. 불륜을 저지르다가 배우자한테 발각되어서 불륜남과 남편을 살인하는 경우도 있지만, 자책감에 스스로 생을 마감하는 경우도 있다.

'썸?' '서로 간에 호기심이 있는 마음'이 있다면 딱 그 정도에서 멈추어야 한다. 썸은 썸으로 멈추고 적당히 넘어가야 한다. 거기서 더 진도가 나가면 큰 불행이 일어난다. 여자들이 많은 직장 등에서는 사내 불륜이 넘친다. 남편은 집에 있는 아내보다 직장의 동료들에게서 더 매력을 느낀다. 왜 그럴까? 매력적인 모습으로 화장한 직장 동료가 아내보다 더 예쁘게 보이는 것은 당연한 일이다. 그리고 남자 동료들도 예쁘게 보이는 여자 동료에게서 당연히 더 이성적인 매력을 느낀다. 그러면서 식사도 하고 회식도 하면서, 업무적으로 자주 보면 정이 든다. 그러다가 노래방이라도 간다면 불륜은 서로 간의 묵인하에 시작된다. 이런 방식은 한국 사회에서 아주 보편적으로 진행되는 직장인의 불륜 방식이다.

여자들이나 남자들이나 심리는 모두 똑같다. 잘생기고 매력적인 모습에 서로 끌린다. 운동하지 않아 뱃살이 나와서 숨 쉬기도 힘든 남편이나 아내들이 많다. 과연 그런 아내, 남편에게 끌림이 생길까. 부부가 종일 세수도 하지 않고 정떨어지는 모습으로 주말 내내 마주한다면, 서로 흥미도, 재미도 없는 주말이 반복된다.

맞벌이 부부든, 전업주부든 주말에 배우자를 위해 직장 동료처럼 친밀함을 표시하고 유혹을 느낄 수 있는 행동을 자주 해야 한다. 아무런 매력이 보이지 않는 배우자와는 섹스가 생각나는 것이 아니라, 어디 가서 불륜이나 애인을 만들고 싶다는 생각만 들 것이다.

이 책을 읽는 독자들도 주변에서 많은 불륜 사건을 보았을 것이다. 불륜의 마지막은 어떤 결과가 오는지 더 잘 알 것이다. 사표, 법적인 책임, 명예 실추…. 그리고 불륜은 결국 살인 사건으로 이어지는 경우도 많다.

부부가 오래 살다 보면 서로 싫증 난다. 친한 친구들도 자주 보면 싫증 난다. 사람 심리가 그러하다. 무슨 일이든지 오랫동안 같이 하다 보면 싫증이 난다. 지겨워지기도 한다.

얼마 전에 한 초등학교 동창들이 불륜을 저질렀다. 결국, 상간녀가 상대방 불륜남의 아내를 살해하는 파국으로 치달았다. 끔찍한 일이다. 그들은 법원의 최종 판결에서 무기징역을 선고받았다. 불륜이 비극이 되었다.

이미 서구처럼 성생활을 개인의 문제로 치부하는 시대가 왔다. 간통죄는 역사의 뒤편으로 사라졌다. 이미 우리나라도 서구처럼 남녀 간의 성관계를 법적으로 처벌하지 않겠다는 것이다. 아마 쾌재를 부르고 좋아하는 남녀들이 많았을 것이다. 그러나 그렇다고 해서 도덕 자체가 사라진 건 아니다. 법적인 문제가 아니더라도 도덕적인 판단으로 스스로가 통제해야 한다는 의미이다. 물론 나 역시도 결혼하였다고 해서 남녀의 성행위까지 국가에서 형벌로 다스리는 것은 지나치다는 입장이지만, 불륜은 어떤 경우에도 정당화될 수는 없다. 그로 인한 가정 파괴가 너무 많기 때문이다.

사내 불륜, 모임 내 불륜도 점점 많아지면서 앞으로 이혼 소송도 더 늘어날까 염려스럽다. 직장에서의 식사, 술자리, 회식, 이런 문화가 없어져야 한다.

직장에서 외모로 상사나 동료들에게 적당히 잘 보여서 승진하고 싶어 하는 유부녀들이 있다. 능력이 아닌 외모로 유혹하여 직장에서 안락하고 편한 생활을 보장받으려고 한다. 그런 방식은 버리자. 나중에 가정도, 직장도 모두 잃어버린다. 그런 일을 주변에서 실제로 많이 보았을 것이다. 불륜을 상습적으로 저지르면서, 불륜을 인생 최고의 행복으로 생각하면서 사는 사람들도 많다. 그런 남자나 여자들을 많이 보았다. 여기서 여자들은 사내 불륜이 발각되면 여자만 인사 좌천이나 퇴사 등의 불이익을 더 많이 받는다는 사실을 알아야 한다. 대한민국은 남자들의 불륜 처벌을 여자에 비해 좀 더 관대하게 넘어가는 경향이 있다. 참 불편한 진실이다. 불륜을 저질러도 여자들이 더 큰 피해를 본다는 사실을 잊지 말자. 그리고 결혼을 했다면 항상 여자 조심, 남자 조심을 해야 한다.

불륜은 영원하지도 않고, 불행만 기다리고 있다는 사실을 잘 알아야 한다.

03

중독의 문제

—

　얼마 전 신문에 실린 기사다. 젊은 부부가 아기만 집에 남겨두고 피시방으로 가서 게임에 몰입했다. 귀가하고 보니 아이는 이미 사망하였다. 인터넷이 활성화되면서 이런 게임중독 사건들이 점점 급증하고 있다. 그런데 문제는 게임중독만이 있는 것이 아니다. 마약, 알코올, 도박, 게임중독 등 벗어나기 힘든 중독이 너무 많다.

　60세가 넘은 아내가 남편을 상대로 소송을 했다. 사유는 도박중독이었다. 도박으로 집도 처분하고, 대출도 받고, 아내 명의로 카드 대출, 일명 카드깡까지 손을 댔다. 참으로 심각했다. 집도 경매로 넘어갈 상황이었지만 해결방안은 전혀 없었다. 성인이 된 아들도 아버지와 심하게 다투면서 도박을 말렸지만, 소용이 없었다. 결국, 아내가 이혼 소송을 선택했지만 사실 소송한다고 해서 달라지는 건 없다. 가족이 빚더미에 앉은 상태에서 법적으로 부부관계만 끝났다. 이미 남편의 도박으로 인해 가족의 삶은 엉망진창이 되고 아내는 신용불량자가 되었다. 나는 도박이 인간을 폐인으로 만든다는 걸 그때 알았다.

중독은 말 그대로 병이다. 치료를 받아야 한다. 무엇이든 지나친 것은 몸과 정신을 망가뜨린다. 과유불급過猶不及이라고 하지 않았던가. 정선 카지노만 해도 도박에 중독되어서 헤어 나오지 못하는 사람들이 얼마나 많은지 볼 수 있다. 그들의 마지막은 모두 파멸이다. 여자는 결혼 전에 남자에게 '중독'이 있는지 유심히 살펴보자. 속담에서 "도박에 미친 남자는 마누라도 팔아넘긴다."는 말이 틀린 말이 아니다.

아는 지인 중에서 참으로 좋은 사람이 있었다. 사람은 너무 좋았지만, 문제는 도박이었다. 카지노에서 엄청난 돈을 탕진했다. 더 큰 문제는 이후에 생겼다. 공금에 손을 댄 것이다. 그것도 너무나 큰돈을 말이다. 도박으로 신세를 망친 경우이다.

주변에 보면 화투나 포커 같은 도박을 즐기는 사람이 많다. 얌전할 것 같아도 돈과 관련되는 사행성 도박을 즐기는 남자들이 의외로 많다는 사실을 명심하자.

지금으로부터 7, 8년 전에 정선에 가 본 적이 있다. 리조트에서 휴식을 취하다가 가족들과 함께 카지노로 구경을 갔다. 원래부터 화투, 카드, 게임 등을 하지 않기 때문에 카지노에 호기심이 일지 않았다. 그래도 언제 다시 정선에 와 볼까 하는 생각에 카지노 실내를 구경하게 되었다. 그러면서 카지노 주변에서 자신의 모든 돈을 탕진하고 폐인처럼 사는 사람들의 모습을 많이 보았다. 적잖게 충격을 받았다. 그리고 도박의 무서움을 눈으로 직접 확인하게 되었다. 도박에 미치면 남의 돈을 서슴없이 훔친다는 사실까지 알게 되었다. 그들은 가족의 돈이든, 친지의 돈이든, 회삿돈이든 쉽게 손댄다. 그리고 자기를 파멸에 이르게 한 도박장도 떠나지 못한다. 도박이 인간을 미치게 하는 것이다.

도박에 미쳐 회사 공금으로 도박 자금을 마련하기 위해서 남한테 거짓말을 반복해서 하는 사람들을 많이 보았다. 실제로 감옥에 가는 경우도 너무 많다. 이는 결국에 인간을 파멸에 이르게 한다. 가정주부들이 화투판에 미치는 경우도 똑같다. 화투에 미치고 도박에 미치면, 자식도 남편도 없다. 오로지 도박판에서 돈을 따야 한다는 집념만 남는다. 폐인이 된다. 가정이 엉망이 되어도 관심조차 없다. 돈과 도박에 미친 인생이다.

여자는 결혼할 남자가 생기면 정선 카지노에 가봐야 한다. 도박에 대하여 어떤 반응을 보이는지도 지켜보자. 도박에 진짜로 몰입하는지 유심히 지켜보아야 한다. 결혼할 여자 앞에서 남자들은 의도적으로 좋은 모습만 보이면서 자기의 나쁜 단점은 감춘다. 일부러 숨기는 것이다. 도박, 경마장, 게임 등에 지나치게 심취하는 중독증이 있는 남자인지 잘 살펴야 한다.

평상시에 남자가 무엇에 관심을 두고, 어떤 것에 흥미를 느끼고 있는지를 직접 물어보아라. 의심되면 분명하게 짚고 넘어가야 한다.

도박이나 게임 중독에 빠져 산다면 나중에 감당 못 할 일이 생긴다. 중독된 남자는 눈에 보이는 게 없다. 이런 비정상적인 행태의 중독성을 보이는 남자들이 너무 많다. 중독이 있는지 미리 잘 살펴서 중독이 있다면 아예 결혼하지 말자. 그게 현명하게 대처하는 방법이다.

04
이유 없이
헤어지는
젊은 부부들
—

요즘은 여자의 결혼과 이혼 뒤에는 아버지의 큰 영향력이 있다. 아버지는 결혼을 해서 살고 있는 딸에게 간섭을 한다. 특별한 이유도 없다. 이혼을 하려는 어떤 여자의 남편은 "자기가 왜 이혼을 당해야 하는지를 전혀 모르겠습니다.", "너무 괴롭습니다."라고 했다. 아무리 위로의 말을 해주어도 그 남자는 "나는 버림을 받았다."고 했다. 이혼의 상처는 인생에서 쉽게 없어지지 않는다. 사는 동안에도 그 헤어짐이 절대 좋은 기억으로 남지 않을 것이다. 그 남자는 버림을 받은 건 아니지만, 상처는 분명히 남았다. 아무것도 정상적으로 할 수 없다고 했다. 이혼은 그만큼 고통이 심하다.

문제는 요즘 시대의 이혼은 특별한 이유가 없다는 사실이다. 재판상 이혼이든 협의 이혼이든 이혼에 특별한 사유가 없는데도 이혼하려고 소송하는 경우도 있다. 협의 이혼이야 당사자 간의 의사에 의하여 이혼하는 것이니 법원에서 직접적인 간

여를 하지 않는다. 재판상 이혼의 경우에도 마찬가지다. 배우자 간의 특별한 유책 사유가 없어도 별거 기간이 길어지면 이혼을 막을 방법이 없다. 이혼 사유가 없어도 굳이 살지 않겠다고 별거까지 하는데 법원에서 중재할 도리는 없다. 다만 아이가 있다면 양육권, 양육비 등의 문제만 판단할 뿐이다.

시대가 점점 배우자에 의지하지 않는 시대로 흘러가고 있다. 가족이라는 개념이 희박해지고 혼술, 혼밥이라는 개념에 익숙해진다. 이런 추세는 여자든 남자든 마찬가지이다. 출신 지역, 좋아하는 음식의 차이, 생활 방식 등, 서로 간에 '다름'을 이해하고 인정하려고 하지 않는다. 나와 모든 것이 똑같은 사람은 없다. 누구나 결혼을 하면 다름을 인정하고 서로 맞추려고 하여야 한다. 그러나 문제는 그런 걸 이해하려고 하는 노력도 하지 않는다는 것이다. 누가 봐도 이유가 되지 않는 가벼운 문제로 헤어진다. 그것도 아주 쉽게 헤어진다.

참아야 한다는 관념을 가지고 있는 여자들도 없다. 이유는 간단하다. 부모에게 귀한 대접을 받는 자식인데 내가 왜 너를 만나서 이런 대접을 받아야 하느냐는 생각에서다. 이러한 생각은 결국 남편과의 다툼으로 이어진다.

이런 여자는 내 인생이 아니라 '부모에게 의지하는 인생', '주변이 시키는 대로 하는 인생'을 산다. 결혼해도 여전히 부모에게 강하게 의지한다. 그러니 남편과 갈등이 생길 수밖에 없다. 남자들도 마찬가지이다. 처가에 식구들이 개입해서 조금만 싫은 잔소리를 해도 아내와 살지 않는다. "내가 우리 부모한테도 듣지 않는 이런 잔소리를 왜 처가에서 들어야 하느냐?"면서 말이다.

그런 부부는 갈등, 슬픔, 외로움도 함께하지 않는다. 모든 걸 너무 쉽게 받아들이고 쉽게 보낸다. 내가 편하면 최고이다. 내가 편한 방식으로 산다. 물론 나쁘다고는 할 수 없다. 둘이 싫다면 방법이 없다.

부부가 헤어지는 것도 아이가 없으면 그래도 상처나 아픔이 덜하다. 신혼 2, 3년 차에 이르면 아이가 한 명 정도는 있다. 요즘 아이는 3, 4살이면 엄마, 아빠가 이혼으로 인해 별거하면 직감으로 안다. 엄마, 아빠가 같이 살지 않는 것은 아이에게 상처를 주는 것이다.

자식이 한 명인 시대. 자신의 부모에게는 누구나 소중한 자식이다. 그런 인식이 있기 때문에 지금의 세대는 결혼에 전적으로 의지하지 않으려고 한다. 결혼 생활이 조금만 불편해도 친정으로 돌아간다. 남자도 자기의 본가로 돌아간다. 예전 미혼 때의 생활을 쉽게 버리려고 하지 않는다. 결코, 헤어지는 걸 두려워하지도 않는다. 헤어진다고 누가 뭐라고 할 사람들도 없다. 다만 그래도 결혼하면 최소한 배우자와 삶의 방식이 다름에 대하여 고민도 하고 노력도 해보아야 하지 않을까 싶다.

그래서 결혼은 신중해야 한다. 결혼 전에 서로가 진심으로 사랑하는지 미리 알아야 한다. 결혼 전과 결혼 후의 환경은 분명히 다르다, 그 사실을 알아야 한다. 미혼일 때처럼 내 마음 대로 할 수 없다. 외출하든, 친구들 만나든 같이 사는 배우자에게 이야기는 해야 한다. 어느 정도의 삶에 구속이 있다. 잔소리도 있다. 뭔가 불편함이 있을 수 있다. 그런 걸 받아들이는 것이 결혼이다.

배우자에게 중대한 유책 사유가 있어서 이혼하는 건 충분히 이해 가능한 일이다. 즉, 배우자의 폭언, 폭행, 도박, 외도 등의 중대한 문제가 있어서 헤어지는 건 이해할 수 있다. 그러나 이유가 없이 이혼한다는 건 그만큼 결혼을 중요하게 생각하지 않는다는 방증일 뿐이다.

결혼한 지 1년도 안 됐는데 협의 이혼이나 재판상 이혼을 하는 부부들은 처음부터 결혼에 대한 준비가 되지 않은 것이다. 결혼에 대한 준비도 없이 시작한 것이다. 우리는 이유도 없이 이혼하는 시대가 왔다는 사실을 명심해야 한다. 남의 일이 아니다. 나의 일이 될 수도 있다. "친구 따라서 강남 간다."는 말이 있다. 하지만 친구 따라서 무작정 결혼을 쉽게 하지는 말자. 법적인 부부에서 이혼하고 혼자 남은 사람에게 현실은 그렇게 만만치 않다. 결혼하려면 신중하게 판단해야 한다.

05
섹스리스sexless
부부의 이혼
—

어떤 여자가 있었다. 그 여자의 남편은 바람이 났다. 그 부부는 자그마치 5년간이나 부부관계가 없었다. 그래도 여자는 참으면서 살았다. 남편은 부부간의 성관계를 하지 않는 방법으로 아내를 모욕했다. 매일 밤 남편과의 부부관계를 기다렸던 아내는 무려 5년을 섹스리스 부부로 살면서 이혼하지 않았다. 이 상황은 그 여자에게 얼마나 많은 모욕감과 상처가 되었겠는가.

남자들은 여자에게 마음이 떠나면 부부간의 성관계를 거부하는 방식으로 둘 사이를 정리한다. 이런 방식은 여자도 마찬가지이다. 여자들은 자존심으로 산다. 물론 남자들도 자존심이 있다. 하지만 여자에게 있어서 성관계는 자존심의 마지막 보루다. 자존심이 무너지면서 살지는 않는다. 성관계가 없다면 여자도 직감적으로 이미 끝났다는 사실을 안다. 남자도 마찬가지이다.

부부관계도 없다는 것은 이혼의 징조이다. 사람은 마음이 떠난 사람과는 의미 없이 같이 살려고 하지 않는다. 요즘 여자들은 미련이 없다. 구질구질 하게 매달리지도 않는다. 단지 여자나 남자나 가정을 지키기 위하여 주변에 알리지 않으면서 같이 살 뿐이다. 그런 후에야 "나는 그래도 최선의 노력을 다했다.", "부부관계가 없었던 모멸감도 참았다.", "가정을 지키려고 노력했기 때문에 후회가 없다."고 하면서 이별의 현실을 받아들인다.

분명한 건 이혼하는 부부들의 이혼 전조현상은 서로 성관계를 하지 않는다는 것이다. 거부한다. 회피한다. 그런 상황에서 여자도 남자도 자존심을 죽여가면서 성관계를 요구하지는 않는다. 이런 패턴은 똑같다. 그리고 1년 이상 몸이 멀어지면 마음도 멀어진다. 3년에서 5년 정도까지 부부간에 성관계가 없이 살았다면 배우자 중 한 명이 분명히 많이 참았을 것이다. 이미 다른 배우자는 이혼만을 기다리고 있었을 수 있다.

평균 수명이 90세에 달하는 시대이다. 60대 중반까지도 성관계를 가지는 부부가 많다. 그런데 이미 30, 40대 부부가 1년에 2, 3회 정도밖에 성관계를 하지 않는다면 이미 문제가 있다. 정상적인 부부라면 1개월에 2~3회씩 주기적으로 성관계하는 것이 정상이다.

남편이나 아내는 마음이 떠나면 성관계를 거부하면서 '당신에게 마음이 떠났다.'는 의사를 표시한다. 특히 중년이 되면 자존심을 다쳐가면서까지 억지로 성관계를 하지는 않는다. 거부하는 간격이 길어진다면 서로 상처를 줄이고 헤어지는 게 맞다. 그런 와중에 남편이 여자에게 무리한 성관계를 요구하면서, 폭력으로 이어지는 경우도 종종 있기 때문이다.

남편에게 애정이 떠난 여자들은 성관계를 허락하지 않는다. 이미 불화가 심각한 상태에서 강요로 이루어지는 성관계는 부부간의 파국을 재촉할 뿐이다. 남자들이 착각하는 것이 있다. 힘으로 강제적으로 아내와 성관계를 하면 무조건 예전처럼 부부 사이가 회복된다고 생각하는 것이다. 절대로 오산이다. 마음이 한번 떠나면 돌아오기가 참으로 쉽지 않다.

부부관계! 그 어렵고 오묘한 길을 잘 헤쳐 나가자. 내가 살아보니 결혼 생활은 참으로 쉽지 않다는 것을 알 수 있었다.

06

발기부전
남성의 문제

—

비아그라! 심장질환 개선을 위한 임상 시험에서 우연히 남자들의 발기勃起 능력을 개선하는 효과가 있다고 밝혀진 약이다. 성 기능에 이상이 있던 남자들은 환호성을 질렀다. 남자들은 직장 생활을 하면서 스트레스를 많이 받는다. 그 영향으로 탈모가 생기는 경우가 흔하지만, 의외로 남성의 발기부전勃起不全도 많이 발생한다. 발기되지 않는 남자들은 사회생활에서 자신감을 상실한다. 나이가 30, 40대라면 더욱 그렇다. 더군다나 아내가 거침없이 성관계를 요구하는 데 발기 문제가 있다면, 아내한테 이야기하는 것도 참 부끄럽고 자존심이 상한다. 이런 일시적인 경우에는 비뇨기과에서 적정한 치료를 받아서 고치든지, 아니면 비아그라 같은 발기 촉진제를 통해 해결하면 된다. 얼마든지 문제를 해결할 수 있다.

결혼식을 얼마 남겨두지 않은 한 커플이 있었다. 예비 신랑과 신부, 그들의 친구들이 결혼 전에 모임을 가졌다. 저녁을 먹고 분위기가 무르익으면서 다들 노래방으로 갔다. 노래방 모임 이후에 자연스럽게 친구들이 예비 신랑과 신부를 위하여 모텔도 잡아 주었다. 둘만의 은밀한 사랑을 나눌 수 있도록 한 것이다. 문제는 다음 날이었다. 예비 신부의 친구들이 둘만의 사랑을 나누었는지 그녀에게 물었다. 그러나 그날 밤 그들은 아무런 육체적인 관계도 갖지 않았다. 그 사실을 알게 된 친구들은 경악했다. 이쯤 되자 예비 신부는 이 남자가 나를 사랑하지 않는 것인지, 아니면 나의 순결을 지켜주기 위한 것인지, 결혼해야 하는지, 오만 가지 잡다한 마음이 들었다. 그렇다고 정숙하지 않은 여자로 볼까 봐 "왜 나랑 성관계를 안 해?"라고 물어볼 수도 없었다.

문제는 여자와 남자가 결혼했지만, 남자가 성관계에 적극적이지 않고 회피하였다는 것이다. 실상은 남자가 발기되지 않는 문제가 있었다. 여자도 결혼 후에야 그런 사실을 알았다. 선천적으로 이런 남자들이 의외로 많다. 남자가 여자에게 미리 솔직하게 이야기했다면 좋았을 것이다. 그렇지 않아서 문제가 되었다. 즉, 발기부전보다는 솔직한 고백이 없었던 것이 문제였다.

이렇듯 발기부전은 많은 남자에게 발생하는 문제다. 의외로 이런 문제로 부부 갈등이 많다. 젊은 남녀가 만나서 결혼한다는 것은 당연히 성관계가 동반된다는 이야기와 같다. 젊은 부부는 자연스럽게 매일 잠자리를 같이한다. 그런데 문제는 발기부전으로 인해 신혼 때 성관계 횟수가 비정상적이어서, 적잖게 고민을 하는 아내도 많다는 사실이다.

여자나 남자가 성 기능에 문제가 있으면 솔직하게 결혼할 배우자에게 양해와 이해를 구하면 된다. 부부가 되려면 솔직해야 한다. 부끄러워할 필요는 전혀 없다. 그런 힘든 과정을 겪으면서 부부가 되어 가는 것이다.

선천적인 성 장애는 문제가 아니다. 남자나 여자나 그런 문제가 있으면 솔직하게 밝히고 배우자와 함께 치료를 받으면서 위기를 극복해야 한다. 서로 회피하면 할수록 문제가 생긴다.

07
여자를
신용불량자로
만드는 남자
—

　중매결혼은 긍정적인 점도 있고 부정적인 면도 있다. 소개를 주선하는 사람이 신뢰가 가면 좋다. 주선자는 양쪽 당사자를 아주 잘 아는 사람이어야 한다. 친구라든지 형제, 남매라든지 아주 잘 아는 사람이 소개를 주선하면 믿음이 간다. 소개하는 사람의 신분은 확실해야 좋다. 그리고 집안, 학벌, 성격, 가족 관계, 대인관계, 직업 등에 대하여 훤하게 알아야 한다. 그런 사람이 남자를 소개해 준다면 문제가 없다. 그렇지 않은 경우에는 간혹 문제가 생길 수 있다.

　모임에서 알게 된 여자가 있다. 나이가 많았지만, 늦은 결혼을 했다는 소식을 들었다. 좋은 남자를 만나서 결혼했다고 생각을 했지만, 결국 이혼하게 되었다는 소식을 들었다. 이혼의 원인은 결혼 후에 알게 된 남자의 신용불량 상태였다. 남자는 결혼 후 바로 직장에서 퇴사했다. 창업도 했지만 실패했다.

여자는 결혼 때 가지고 간 돈을 모두 까먹었다. 남편의 빚보증까지 서게 되었다. 결국에는 먹고사는 문제가 대두되었고 그런 갈등 속에서 마음의 병을 얻게 되었다. 마침내 도저히 살 수 없는 파국이 왔다.

만약 그녀가 결혼 전에 남자가 신용불량이었던 사실을 알았다면 당연히 결혼하지 않았을 것이다. 너무 신중하지 못하게 결혼을 했다. 주선자도 그가 신용불량인지를 몰랐다고 했다.

이렇듯 남자나 여자나 결혼 전에 많은 채무가 있는데도 배우자에게 알리지 않고 결혼을 하는 경우가 너무 많다. 여자들도 빚이 있으면서 남자를 속이고 하는 결혼도 많다. 그것도 엄청나게 많은 빚인 경우도 있다. 냉정하게 보면 결혼은 현실이다. 결혼 전에 남자나 여자나 서로 예비 배우자의 신용 상태에 문제가 있는지, 채무가 많은지 확실하게 확인해야 한다. 의심되면 상대방에게 "신용 상태가 어떤가요?"라고 직접 물어보아야 한다. 의심으로 불안한 마음보다는 직접 구체적으로 물어보는 게 마음 편하다. 배우자가 될 사람이 직업도 좋고, 시댁의 경제적인 능력도 좋고 여러 방면을 통해 돈이 풍부하면 좋겠지만, 실제 그렇지 않다면 결혼에 신중해야 한다.

의외로 결혼하고도 자신의 카드빚을 배우자 몰래 속칭 '카드 돌려막기'하는 남자나 여자가 많다. 결혼 후에 많은 빚을 지고 있는 사실이 들통나서 이혼하는 경우는 보통 '카드빚'의 문제이다. 미혼 때 낭비벽으로 카드빚이 많다면 답이 없다. 돈 문제는 냉정한 현실이다. 돈에 대해 고민하지 않는 사람은 없다. 결혼 전의 빚이 문제 된다면 신혼 초에 부부간에 신뢰에 금이 간다. 한번 신뢰가 깨지면 회복할 수 없다. 결혼 초기에 헤어지면 차라리 낫다. 그 사람과의 결혼을 지속해 빚의 수렁에 빠지면 서로 헤어나오지 못한다. 더 큰 빚만 지고 완전히 불행에 빠지게 된다.

행복한 로망을 꿈꾸고 만난 남자가 나중에 짐이 되고, 상처가 된다면 서로 간에 큰 고통만 있다. 감당 못 할 카드빚이 있다면 결혼을 미루어라. 애꿎은 배우자까지 같이 불행해질 필요는 없다. 결혼하기 전에 남자가 빚이 있는지 꼭 철두철미하게 확인하자.

08

고쳐지지 않는 병,
의처증疑妻症이
심각한 남자
—

언론을 통해 가끔 의처증疑妻症으로 인한 아내 살인 사건에 대한 기사가 보도된다. 그런데 놀라운 점은 70대의 노인들도 그 대상이 된다는 사실이다. 젊은 부부가 의처증으로 인해 아내를 살인하는 사건은 흔한 일이 되었다. 하지만 70대 노인이 아내의 외도를 의심해서 살인했다는 언론 보도는 사실 좀 의아하다.

의처증은 노인이 되어 갑자기 생긴 병이 아니다. 젊은 시절부터 분명히 존재했던 증상이다. 그 의심이 70대까지도 이어져 결국 살인까지 이르게 된 것이다. 나이가 70대인데 의처증이라? 얼핏 이해가 되지 않지만, 사실 의처증은 매우 심각한 정신질환이다.

살아오면서 그동안 굳이 언론이 아니라도 주변에서 의처증을 많이 보았다. 직접 이야기로 듣고 지켜보면서, 의처증이 정말 무서운 질환이라는 생각이 든다. 의처증은 사람을 광기어린 눈빛으로 물들이고 이성을 마비시킨다.

아마도 병중에서 제일 심각한 병이 의심병일 것이다. 정신과 의사들도 치료가 쉽지 않은 병이 의처증, 의부증疑夫症이라고 한다. 의처증의 마지막은 결국 파멸이다. 그 정도가 심해져 살인에 이르는 경우는 정말 빈번하다.

줄리아 로버츠(Julia Roberts) 주연의 〈적과의 동침〉은 의처증 남편으로 인해 결국 파국을 맞는 한 여자의 현실을 잘 보여준다. 여자 주인공은 돈도 많고 잘생긴 남자와 결혼한다. 하지만 남편은 아내를 의심하여 끊임없이 일거수일투족을 감시한다. 그리고 억지로 트집을 잡아 무자비한 폭력을 행사한다. 결국, 그들의 결혼은 파국으로 끝난다. 사실 나는 직업 특성상 현실에서 이런 일을 많이 보았다. 의심은 끝이 없다. 의처증을 피해서 도망자로 살던 여자도 있었다. 남편의 의처증으로 인해 이유 없이 죽은 듯이 살아야 하는 비참한 인생이 되었다. 하루하루 쫓기는 삶이었다. 그녀의 인생이 왜 그렇게 의심병에 걸린 남편으로부터 도망다니며 사는 인생이 되었는지 그 이유는 알 수 없다. 의처증에 걸린 남자는 주변에서 아무리 말려도 소용이 없다. 의처증은 죽을 때까지 없어지지 않는다.

나이가 70이 되어도 아내의 외도를 의심해서 살인에까지 이르는 경우가 점점 많아지고 있다. 특히 의처증이 심한 남자들은 아내에 대하여 폭언과 폭력을 당연하듯이 행사한다. 그 무서운 집착이 일상을 파괴한다. 아내가 하루하루 두려움과 공포 속에서 살아야 하는 삶이 지속될 수도 있다.

소송의 경험을 통해 알게 된 사실이 있다. 남편의 의처증이 의심되면 먼저 주변의 도움을 받아야 한다. 시댁 식구들에게도 조심스럽게 알려야 한다. 남편이 치료를 거부한다면 중대한 결단을 해야 할 수 있다. 바로 별거이다.

의심병의 대부분은 비극적인 파국으로 이어지기 때문에 즉시 별거를 고려해야 한다. 같은 공간에 있을 때 불안하거나, 불길한 징조가 보이면 떨어져 있어야 한다. 자칫 우발적인 흉기 살인으로 이어질 수 있다.

문제는 의심병이 미혼의 남녀에게도 나타난다는 사실이다. 그것도 매우 심각하게 발생한다. 여자 친구의 외도를 의심하여 데이트 폭력을 행사하는 경우는 점점 늘고 있다. 심지어는 살인을 하는 사건도 늘어나고 있다.

의처증이 심각한 경우를 직접 본 적이 있다. 그 남자는 여자의 옷을 다 찢고 여자의 화장품을 전부 갖다 버렸다. 미친 사람처럼 보였다. 의처증이 무서운 이유는 반드시 여자한테 폭력을 행사하며 그 정도가 매우 심각하다는 사실이다. 남자들은 누구나 배우자에 대한 살짝 애교스러운 의심이 조금씩은 있다.

아니, 여자들도 있다. 의심이 심각하면 여자들도 직감적으로 안다. 분명히 의처증이라는 사실을 말이다.

의처증이 의심되면 아내도 남편에게 단호하게 이야기해야 한다. "나는 불륜이나 부정행위가 분명히 없다."라고 배우자에게 확신을 주어야 한다. 그런데도 남편의 태도가 변화가 없다면 가장 강력한 방법으로 대처해야 한다. 의처증에 대한 대처법은 다음과 같다.

1단계로, 일단 남편에게 '불륜이 없다.'라는 확신을 주어야 한다.

그래도 상황이 수습되지 않고 더 심해진다면 2단계로는 주변의 도움을 받아야 한다. 일단 시댁에 알리고 시댁 식구들과 함께 공동으로 대처해야 한다. 의처증은 피한다고 해결될 문제가 아니다. 친정 식구 중에서 도움을 받을 수 있는 오빠, 남동생이 있다면 진지하게 의논을 하고 도움을 받아야 한다.

3단계로, 심각한 상황이 오면 병원 치료나 주변의 도움을 적극적으로 받아야 한다.

만약 여러 가지 노력을 시도해보고 남편이 변화가 없다면, 4단계로 별거를 택해야 한다. 같이 살다가 어떤 일이 생길지 알수가 없다. 별거 중에도 위험이 있다면 경찰이나 사설 경호원의 도움을 받으면서 살아야 한다.

5단계는 주의 사항이다. 최대한 이른 시일 내로 모든 조치를 취해야 한다. 시간을 끌수록 대단히 위험하다.

6단계로, 해결의 조짐이 보이지 않으면 이혼을 결심한다. 법원에 이혼소장을 접수하고 접근 금지조치 등의 조치를 결정받아야 한다. 그리고 남편의 의처증이 정도가 심하면, 전화번호, SNS상의 모든 주소는 비공개로 전환하고 소수의 가족에게만 공유하면서 살아야 한다. 의처증은 절대로 해피엔딩으로 끝날 수 없다. 그런데 의처증이 매우 심각하면 당연히 수사기관에 신변 보호 요청과 형사고소를 해야 하지만, 현실적으로 우리나라의 처벌은 솜방망이 수준이라는 것도 문제이다.

누군가 무섭게 나에게 집착한다면 얼마나 섬뜩한가. 그런데 같이 사는 남편이 매일 나의 일상을 감시하고 집착한다고 생각을 해 봐라. 이루 말할 수 없이 끔찍한 삶이 될 것이다.

남자든 여자든 배우자를 의심하게 되는 마음의 밑바탕에는 일종의 열등감이 있다. 다 알려진 사실이다. 아내가 나보다 사회에서 더 인정을 받는데 나는 왠지 초라하게 느껴진다. 마찬가지로 여자 입장에서도 남편이 사회적으로 인정을 받는 걸 시기하면 의심으로 이어진다.

한 남성이 실직해서 집에서 놀고 있었다. 아내는 전문직에 종사하는 워킹맘이었다. 매일 귀가가 늦고 지친 몸으로 퇴근하면서 남편과의 성관계는 전혀 없었다. 그런 기간이 길어지면서 남자는 여자의 외도를 의심했다. 부부간의 갈등과 다툼이 점점 과격하고 빈번해졌다. 남편의 폭력적인 행태가 점점 위험 수위를 넘어섰다. 결국, 폭행에 대한 공포감으로 아내는 마음의 병까지 생겼다. 폭언과 폭력이 난무하면서 극도의 공포감에 젖은 아내는 남편과 이혼 수순을 밟게 되었다.

의심병이 심각했던 남자들은 이혼 후에도 여자의 행복을 그냥 지켜보지 않는다. 그들에게 전前 부인은 이혼하였다고 하더라도 여전히 나의 여자라는 소유욕이 있다. 여자들이 재혼이라도 한다면 질투심으로 여자에게 보복하는 경우도 왕왕 있다. 신문에 실리는 재혼한 아내 살해 기사를 보면 잘 알 수 있다. 지금처럼 특히나 불륜이 쉬운 시절에는 이런 문제가 더 발생할 것이다.

그래서 연인이 데이트할 때, 여자는 남자가 그녀를 대하는 태도를 잘 지켜보아야 한다. 과도한 집착, 의심, 스토킹(Stalking), 거짓말, 열등감 같은 증상이 있는지 잘 봐야 한다. 남자의 집착이 과도하고 의심이 과격해지면 같이 살 수 없다. 의처증에 걸린 남자는 여자가 어떠한 행동을 해도 불신이 있기 때문에 절대 해결이 되지 않는다는 사실을 잘 알아야 한다.

09

남편의 폭력에
자살을
시도한 여자

—

2016년 경찰청 발표에 의하면 2011년부터 2015년까지 데이트 폭력으로 애인에 의해 목숨을 잃은 여성은 233명이다. 한 해 평균 46명이다. 부부 폭력으로 사망하는 여성의 한 해 평균도 그 정도가 된다고 한다. 데이트 폭력, 부부간의 폭력이 매우 심각한 상황이 되었다. 어쩌다가 이렇게 폭력이 심각한 세상이 되었을까?

한 여자가 있었다. 그녀는 남편의 지속된 폭행을 피하고자 이혼 소송을 했다. 그러나 이혼 소송에 대한 남편의 보복은 참혹한 결과로 이어졌다. 소송을 제기했다는 데에 대한 '앙갚음'으로 남편에게 무참하게 살인을 당한 것이다. 이는 언론에도 보도되었던 사건으로, 많은 사람에게 충격을 주었다. 가정폭력은 한번 시작되면 가정이 파국으로 이를 때까지 일상이 된다. 한번 폭력을 행사하면 지속해서 반복된다는 것은 분명한 사실이다.

부모에게 폭행당하면서 성장하는 아이들은 자기의 친구들도 각자 부모에게 똑같은 폭행을 당한다고 생각한다. 그 폭행에 익숙해지면 부모의 폭력을 당연하게 생각한다. 그것이 아동학대라는 범죄임을 인식하지 못한다. 나를 키워준 부모이니, 당연히 폭행해도 된다고 생각하며 현실을 아무렇지 않게 받아들인다. 그리고 그런 환경에서 자란 여자는 결혼해서 아내가 되어도 남편의 폭력에 소극적으로 대응한다. 20년간 지속적으로 폭행당한 한 여자는 남편의 익숙한 상습적인 폭력에 아무런 저항도 없이 당하고 살았다. 그런데 문제는 남편이 아내를 폭행하고 난 이후의 태도이다. 남편은 아내를 폭행한 후에는 외식 등의 방법을 통해 아내를 달랬다. 아내는 폭행 후에 잘해주는 남편의 변태적인 행동에 이미 길들여졌다. 그런 나쁜 습관에 그 여자가 젖어 있다는 사실이 참으로 섬뜩했다. 그녀는 반복되는 나쁜 습관에 저항하지 못하면서 생지옥 같은 폭행을 일상적으로 받아들였다. 그러면서 그녀의 인격은 점점 파괴되어 갔다. 인간의 기본적인 존엄성이 사라진 것이다. 폭행을 당연하게 받아들이고 폭행 후에 남편이 습관처럼 잘 대해주는 것을 무방비로 받아들이고 있었다. 전업주부였던 그녀는 이혼은 생각도 못 했다. 폭행을 벗어나는 것보다, 혼자 사는 것에 대한 두려움이 더욱 컸던 것이다. 생지옥 같은 폭행에 대한 고통도 만성적으로 습관화가 되었다. 결국 그 남자와 이혼을 하는 것보다 그렇게 폭력적인 현실을 받아들이며 사는 것을 택했다. 물론 자식이 있었기에 그럴 수도 있다는 생각을 했지만, 참으로 안타까웠다.

폭행을 감수하고 본인이 그렇게 살겠다는데 누가 말릴 수도 없다. 폭력이 난무하고 애정이 결핍된 결혼 생활이 어떻게 행복할 수 있을까. 가해자인 남편도 폭력이 상습적인 습관이 되었지만, 피해자인 아내도 어느 순간에는 그 폭행을 당연하게 받아들이는 타성에 젖어 들게 되었다.

데이트 폭력, 가정폭력으로 무참하게 사망하는 여자들이 급증하는 시대이다. 폭력적인 남자는 집안 배경, 학벌과 상관없이 폭력을 습관적으로 행하기 때문에 이런 사람과는 원천적으로 만나지 말아야 한다. 폭행이 없는 가정이 되려면 남자들이 끊임없이 노력해야 한다. 아내도 마찬가지이다. 남편도 아내도 결혼했으면 서로 무시하지 말아야 한다. 부부 사이의 사소한 발단이 비극적인 살인으로 이어지는 밑바탕에는 상호 간의 '무시'가 있다.

부부싸움 도중 아내를 살인하고 남편이 자살하는 경우도 있다. 우발적인 살인에 대한 자책감으로 보인다. 아내도, 남편도 심각한 싸움은 피해야 한다. 살아보니 부부싸움에는 승자도 패자도 없다는 사실을 알게 되었다. 이겨도 상처, 져도 상처… 싸움이 너무 잦으면 상처가 깊어져서 회복되지 않는다. 너무 아프다.

10

고학력 여자,
저학력 남자

—

아버지의 폭력적인 행동이 늘 무서웠던 여자가 있었다. 그녀는 집을 하루속히 벗어나고 싶은 마음에 대학에 진학하게 되면 꼭 독립된 생활을 하리라 마음먹었다. 그리고 시간이 흘러 원했던 명문대학에 입학했다. 어엿한 대학생이 되었지만, 그녀에게 아버지는 여전히 폭력, 두려움의 대상이었다. 아버지에 폭력적인 행동에 대항할 힘이 없었던 그녀는 늘 아버지에 대한 공포감, 불안감을 이기지 못했다. 아버지를 떠나서 독립된 생활을 했지만, 여전히 불안했다. 게다가 등록금 등 경제적인 문제로 아버지와 계속 갈등이 있었다. 더 이상의 아버지와 인연을 유지하지 않고 싶었던 그녀는 서둘러서 취업하였다. 명문대학과는 어울리지 않는 취업이었다.

그러나 문제는 아버지에게서 받은 공포감을 극복하고 잘 살아야 할 이 여자가 또 다른 불행으로 빠져들게 되었다는 데에 있다. 그녀는 직장에서 만난 남자로 인하여 또다시 불행한 삶을 이어나갔다. 같은 직장에서 남자를 만났다. 결혼할 남자에 대하여 여러 가지로 꼼꼼히 남자를 살펴야 했지만, 아버지로부터 빨리 독립을 하겠다는 생각에 남자의 직장만 보고 서둘러 결혼을 했다. 그러나 더 심각한 고통이 그녀를 기다리고 있었다. 빚보증, 폭행에 대한 상처, 이혼만 남았다. 그걸로 끝이 아니었다. 결혼하고서 남편이 벌린 일들로 인해 이혼 이후에도 많은 빚을 갚아야 하는 신세로 전락하였다.

아버지의 폭력을 피해 서둘러서 독립된 생활을 하고자 하였지만, 폭력과 빚으로 얼룩진 불행한 결혼 생활이 되었다. 여자들은 현실을 회피하기 위한 도피성 결혼은 절대로 금물이다. 남편은 분수에 맞지 않게 고학력의 좋은 아내를 맞이해 결혼했다. 남편은 그런 행운을 놓치지 말고 분수에 맞게 직장을 다녀야 했다. 자기 분수와 비교하면 너무나 좋은 여자를 자신의 잘못으로 놓쳤다. 복을 차버린 것이다.

그래서 결혼은 정말 '잘해야 한다.' 나는 앞의 이야기와 같은 일을 수도 없이 지켜보았다.

여자는 남자를 잘 만나야 하고, 남자도 여자를 잘 만나야 한다. 그래야 서로 잘 성장할 수 있다. 조화가 잘 돼야 한다. 한쪽만 잘해서는 절대로 행복해질 수 없다. 그런 결혼은 십중팔구 불행한 생활로 이어진다.

11
나이 차이가
큰 부부의 문제

—

언제부터인가 라디오나 TV에서 나오는 노래가 낯설어졌다. 노래 가사도 잘 모르고 이해도 안 된다. 노래에서 세대 차이가 느껴졌다. 노래를 들어도 가수가 누구인지 모른다.

노래방을 가보면 세대 차이가 느껴질 때가 있다. 젊은 후배들이 부르는 노래를 들으면 가수가 누구인지 잘 모른다. 그런 상황이 되면 좀 난처하다. 서로 뭔가 '보이지 않는 벽'이 있다는 생각이 든다.

배우자와의 결혼도 나이 차이가 너무 많이 나면 좋지 않다. 남자가 30살, 여자가 20살에 결혼을 한 커플이 있었다. 고등학교 졸업 후 직장에서 10살 차이가 나는 남자를 만나 결혼으로 이어졌다.

여자의 이야기를 종합하면 이렇다. 직장에서 만났던 그 남자는 처음에는 따뜻했다. 친절하고, 업무도 잘 알려 주고, 퇴근 이후에는 맛있는 저녁도 사주고, 선물도 사주었다. 당연히 그런 남자에게 호감을 느꼈다. 고등학교 졸업 후 처음 만난 남자가 세상의 전부인 줄 알았다. 마치 백마를 타고 온 왕자인 줄 알았다. 그렇게 마음을 허락하고 몇 개월 만에 결혼했다. 주변에서 말리고 반대해도 소용없었다. 일명 콩깍지가 낀 것이다. 그렇게 10살 차이 나는 남자와 결혼을 했지만, 신혼은 잠시였다. 10살 차이의 남편은 집에서 왕이었다. 어린 신부와 가사를 분담하는 것이 아니라 집에서 군림했다. 식사, 빨래, 장보기 등 사소한 것 모두를 가정부 부리듯이 그녀에게 시켰다. 남편이 늦게 귀가하면 술상은 기본이었다. 결국, 결혼 몇 개월 만에 파경에 이르렀다. 결혼하고 나서야 남자의 본심을 알았다. 울어도 소용없고 후회해도 소용없다. 그녀는 그때야 왜 주변에서 나이 든 남자와의 결혼을 그렇게 반대했는지 알았다. 하지만 이미 늦었다. 나이 차이가 크게 나서 대화도 쉽지 않았고 TV 프로그램을 보아도 서로 공감할 수 없었다. 모든 게 인연이 아니었다. 그녀는 결국 이혼하고 친정으로 돌아갔다. 마음속에 깊은 상처만 남았다. 그나마 아이가 생기지 않았다는 걸 위안으로 삼을 수 있었다.

결혼했을 때 나이 차이가 크게 난다고 꼭 이혼하거나 불행해지는 것은 아니다. 유명 쉐프 백종원과 소유진 커플을 보면, 남편 백종원이 집에서 요리도 해주고 자상한 남편이라고 한다. 이처럼 상황에 따라 다를 수 있다.

　　내가 남자로 살면서 지켜본 세상은 그렇다. 여자들이 멋모르고 사회에 처음 발을 들이면 속물스러운 남자들이 접근한다. 한마디로 표현하면 늑대와 같다. 때 묻지 않는 청순한 여자에게 호기심보다는 음흉함으로 다가간다. 어떻게든 사회 초년생 신입 여사원들에게 수작을 부려서 꼬시려고 한다. 좋은 남자가 접근하면 좋겠지만, 그렇지 않은 남자들이 상처를 주고 아픔을 줄 수 있다. 세상에는 좋은 남자들이 더 많다. 하지만 안타깝게도 그런 남자보다 속내를 감추고 접근하는 남자들이 있다는 사실을 명심하라. 그들은 어린 여자들이 세상 물정을 모른다는 사실을 알고 접근한다.

　　남자 나이 30살이면 세상을 잘 아는 나이다. 이미 산전수전 다 겪었다고 봐야 한다. 그런 남자들이 고등학교를 갓 졸업한 여자들이 신입사원으로 입사하면 호기심을 가지는 경우가 있다. 결혼하지 않는 노총각은 당연히 더욱 집요하게 작업을 건다. 그들에게 그 신입사원은 때 묻지 않고 순수하게 느껴질 것이다. 물론 진정으로 사랑해서 잘해주는 경우도 있겠지만, 이런 남자들은 대부분 어린 나이의 여자는 판단력이 흐리다는 걸 이용한다. 그 나이에 남자에 대해서 뭘 알겠는가. 세대 차이의 간격이 너무 크다. 그리고 어린 여자는 결혼에 대하여 아무것도 모른다. 남자에 대해서는 또 뭘 알겠는가? 그런 결혼을 하면 생활 습관, 삶의 방식, 세대 차이, 대화 등 여러 가지 면에서 문제가 생긴다. 이질적인 방식과 가치관으로 대화가 막힌다. 그런 과정이 반복되면서, 함께 있으면 고통의 연속인 상황이 이어진다.

여자들은 20살에는 결코 세상을 모른다. 그때는 한창 대학을 다니면서 세상을 알아야 할 나이다. 그런 나이에 가정 형편 때문에 취업했다고 결혼을 서두르면 실수로 이어질 확률이 높다. 그 나이에는 인생을 어떻게 살아야 하는지, 결혼이 무엇인지, 아이를 낳아도 어떻게 키워야 하는지 전혀 준비가 안 되어있다. 그런 상태에서 나이 차이가 많은 남자와 결혼을 하게 되면 후회할 수 있다. 그녀들의 이야기를 들어보면 대부분 일찍 결혼한 걸 후회한다. "결혼하지 않은 친구들이 부러웠어요.", "결혼에 대한 로망과 환상이 깨어졌어요."와 같은 말을 한다.

또 다른 한 여자가 있다. 20살에 결혼을 했던 그 여자는 아이 2명을 낳고 매일 고통속에서 산다.

"어떻게 결혼을 하게 되었어요?", "졸업 후에 취업해서 직장 거래처에서 만나게 되었어요.", "남자가 너무 잘해주니까 그게 전부인 줄 알았어요. 그런데 지금 너무 후회돼요.", "나이 차이가 너무 커서 대화도 안 돼요." 그녀가 넋두리로 한 말들이다.

그녀는 애가 2명이나 있어서 이혼도 쉽지 않은 상황이었다. 그냥 참고 살더라. 매일 후회만 하면서 말이다.

부부간의 나이 차이는 적당해야 한다. 나의 경험으로는 3살에서 5살 정도의 차이까지가 적당하다. 너무 차이 나면 일단 대화가 쉽지 않다. 사고방식도 많이 다르다. 생물학적으로는 부부관계에서 서로 간에 욕구와 흥미가 떨어질 수도 있다. 즉, 성생활에서도 문제가 될 여지가 높다. 남편이 여러 가지로 섬세하게 잘 도와주면서 서로 조화롭게 결혼 생활을 하면 좋겠지만, 그렇지 않은 시대이다. 결국에는 서로를 비난하면서 갈등이 폭발하고 마는 지경에 이른다. 물론 예외적인 경우도 있다.

결혼하고 1년 만에 이혼하는 경우는 대부분 두 사람 모두의 책임이다. 한번 불행에 발을 담그게 되면 벗어나기 어렵다. 치명적인 실수는 하지 말아야 한다. 인생은 절대로 서둘러서 될 일이 아니다. 길게 보면서 인생을 사는 법을 배워야 한다. 어떻게 살아야 행복한지, 인생이 무엇인지, 남자가 무엇인지, 결혼은 무엇인지에 대해 다양한 책을 읽고, 다양한 분야의 사람들도 많이 사귀고, 여행도 다녀 보자. 그리고 결혼해야 한다. 최소한 어떤 남자를 만나야 하는지 정도는 알고 결혼하자.

이혼은 죄가 아니다. 하지만 너무 서둘러서 경솔하게 결혼하는 건 신중해야 한다. 어린 나이에 이혼은 깊은 상처가 될 수 있기 때문이다.

나이 차이가 큰 결혼은 신중하게 판단을 하자. 긴 인생에서 젊은 시절은 재미있고 활기차게 보내자. 먼저 20대를 마음껏 즐겨라. 세상을 알고 난 이후에 결혼해라. 그리고 절대적인 건 아니지만, 어린 나이에 나이 많은 남자와의 결혼은 좀 더 신중하자.

12

한량閑良으로
일생을 사는
무책임한 남자

—

    인생을 폼생폼사로 사는 남자들을 참으로 많이 봤다. 내가 아는 어느 지인도 그러했다. 멋모르던 젊은 시절에 만났을 때는 말도 잘하고 여자들에게도 인기가 많았다. 때로는 매력적인 목소리로 노래도 잘하고 재밌는 유머에 따르는 여자들도 많았다. 그러나 딱 거기까지이다. 그는 경제적으로 너무 나약했다. 사람이 좋고 말고의 문제는 그다음이다. 취업해도 직장에 오래 다니지 않고, 참고 인내하는 방법을 모른다. 직장이 조금만 마음에 들지 않아도 금방 뛰쳐나온다. 결혼해서도 변하지 않는 태도에 참고 견딜 여자는 없다. 그렇게 무책임하게 인생을 사는 남자를 좋아할 여자는 없다. 그는 결혼 후 아내와 경제적인 갈등이 극에 달하게 되었고, 살림살이는 엉망이 되었다.

    남편이 돈을 벌지 못하면 여자들은 미래의 두려움에 사로잡혀 남편에 대해 점점 신뢰를 잃어간다. 그러나 가난보다는 더 무서운 것은 남편의 태도 변화가 없다는 것이다. 아내들은 불안한 미래를 더 두려워한다. 평생 이 남자가 변하지 않을 것이라는 판단을 하게 된다. 가난에서 벗어날 수 없다는 불안감으로 끊임없이 남편과 갈등한다. 나중에 그 지인 부부가 결국, 각자의 길로 갔다는 소리를 듣게 되었다.

돈이 없어서 갈등이 반복된다면 부부의 행복도, 미래도, 꿈도 모든 게 사라진다. 더 무서운 건 변하지 않는 남편의 태도이다. 미래도 보이지 않고 불안한 의심은 무섭게 다가온다. 절망만 보인다. 희망이 없으면 사람은 삶의 자신감을 상실한다. 의욕을 잃어버린다.

연예 때 로맨틱했다고 해서 결혼해서도 로맨틱한 것은 아니다. 결혼은 이상이 아닌 현실이다. 미혼 때는 말 그대로 싱글이다. 내 마음대로 살아도 된다. 그런데 결혼해서도 자유분방하게 산다는 것은 옳지 않다. 책임을 져야 할 부양할 아내와 자식이 있는데도 무책임하게 산다고 생각을 해봐라. 남자가 현실을 부정하고 하고 싶은 것만 하면서 경제적으로 무능력하다면 여자들은 떠나간다. 아무도 그 남자와 함께 살지 않는다. 한량들은 책임감이 없다. 그래서 조심해야 한다. 또한, 의외로 고학력의 한량이 많다는 사실을 알아야 한다.

13

결혼 후에
알게 된
남편의 정체

—

우리는 IMF(International Monetary Fund)를 겪으면서 불확실한 시대를 살고 있다. 변화가 너무 빠른 시대이다. 사람들이 난관難關을 헤쳐 나가지 못하면서, 스트레스 등으로 우울증이나 공황장애가 많이 발생한다. 불안한 미래로 인해 나쁜 환상에 젖어 들고 우울증에 빠져서 살아간다. 우울증을 겪고 있는 사람들이 얼마나 많은가.

결혼한 지 얼마 되지 않은 남편이 새벽에 갑자기 발작을 일으켰다. 아내는 잠결에 무서운 생각이 들었다. 남편은 결혼 전에 정신 질환이 있었는데도 그녀를 속이고 결혼했다. 나중에 결혼 전에 이미 정신적인 질환을 앓고 있었다는 사실을 주변을 통해서 알게 되었다. 정신 질환이 있다면 치료를 받아야 하는데 그녀를 속이고 결혼한 것이다. 속아서 결혼한 여자는 얼마나 억울한가. 정신 질환이 있는 걸 알았다면 과연 결혼했을까? 당연히 하지 않았을 것이다.

결혼하기 전에는 남자들의 건강 상태도 한 번쯤은 확인해야 한다. 야박하게 들릴 수도 있다. 운이 나쁜 사람들은 건강부터 몸에서 빠져나간다고 한다. 건강이 나쁘면 아무것도 할 수 없다. 정신 질환으로 가족 간 살인도 많은 시대이다. 정신 질환은 감추고, 속이고 할 문제가 아니다. 잘못하면 큰 문제가 된다. 우울증으로 아이를 살해하고 자살하는 주부도 많다.

초기에 남편의 정신 질환을 알았던 그 여자는 결국 혼인 취소 소송을 결심했다. 서로 의지하고 믿고, 험한 세상을 합심해서 행복하게 살려고 결혼했다. 그런데 결혼한 남자가 정신 질환 증상이 있다면 도대체 얼마나 황당할까. 건전한 정신, 건전한 몸에서 행복한 가정이 탄생한다. 심신이 건강하지 않으면 결혼을 미루자. 그게 현명한 방법이다.

여자든 남자든 육체적, 정신적인 건강이 문제가 된다면 결혼보다는 스스로 건강을 돌보자. 굳이 결혼을 서둘러야 할 이유가 없다.

14

아내를
성 노리개로
생각하는 남편

—

강남에서 살인 사건이 발생했다. 아내가 남편을 살해했다. 언론에 기사가 크게 보도되었다. 그러자 여성단체에서 아내에 대한 구명救命을 위해 발 벗고 나섰다. 아내가 수십 년간 남편의 지속적인 성적 노리개로 살았던 것을 문제로 삼았다.

아내로 살았던 삶이 아니었다. 남편에게 성적으로 소유를 당한 삶이었다. 여자는 이혼이나 도망을 택해도 남편의 보복이 두려워 그를 벗어날 수 없었다.

사실 이렇게 남편에게 성적 학대를 당하는 사건은 심심치 않게 발생한다. 부부간에는 성적인 관계가 평등해야 한다. 변태적인 성욕을 가진 남편으로 인해 여자의 인생은 완전히 파괴되었다. 오죽했으면 살인이라는 참혹한 결과가 생겼을까. 부부간의 성관계도 서로 간에 존중하고 대등할 때 사랑이 될 수 있다.

사랑이 아니라 고문 같은 방법으로 여자를 성적으로 학대하는 것은 중대한 범죄이다. 이런 일이 있다면 초기에 적극적으로 대처해야 한다. 절대로 그냥 넘어가면 안 된다.

성은 인간의 기본적인 욕구이다. 성년의 남자나 여자나 사랑하면 당연히 성행위를 할 수 있다. 그런 성관계도 사랑이 전제되어야 한다. 섹스를 위해서 폭력을 행사하는 남자도 있다. 데이트 폭력도 마찬가지다. 폭행을 당하고도 벗어나지 못하는 여성들이 너무 많다.

성적인 도구로 여자를 만들겠다는 의도로 접근하는 남자도 종종 있다. 첫 만남에서 소위 '물뽕'이라는 마약류를 술에 섞어서 여자를 성폭행하는 경우도 있다. 이때 그가 말하는 사랑한다는 감언이설은 모두 거짓이다.

인터넷 시대에는 남자와의 술자리, 성관계도 모두 조심해야 한다. 약물을 이용해 성관계를 하는 건 범죄이다. 특히나 여자의 심신미약 상태를 이용하여 성관계를 하게 되면 처벌받는다. 요즘 언론 보도에서 애인을 상대로, 직장 동료를 상대로 술이나 음료에 약물을 타서 먹이는 기사를 자주 본다. 이를 이용해서 여자들을 성적인 도구로 만드는 사례가 급증하고 있다.

학벌이 높다고, 집이 부유하다고 해서 약물 중독에 빠지지 않는다는 장담은 못 한다. 외국에서 공부하다가 마약류 문제가 생기는 유학생도 얼마나 많은가? 조기유학의 열풍으로 잘못된 약물에 중독된 채 돌아오는 유학생이 많다. 그렇게 한국에 돌아와서 여자들을 상대로 몰래 약물을 투여하는 일부 유학생들이 요즘 늘어난다.

잘생긴 외모, 돈이 많은 집안, 좋은 학벌을 갖추고 있어도 여자를 성적으로 학대하거나 성적 도구로 생각하는 남자가 당신에게 접근할 수도 있다. 그런 위험은 언제든지 주변에 존재한다. 문제가 생겨도 돈으로 해결할 수 있다는 잘못된 의식을 가진 남자도 있다. 천민자본주의가 자리 잡고 있다. 인간은 합리적인 생각, 합리적인 행동을 할 때 비로소 진정으로 인간이라고 할 수 있다.

15
절대로
무시할 수 없는
인성

—

지하철을 타고 다니면서, 가끔 나이 든 노인들이 싸우는 장면을 목격한다. 그들은 주변의 시선을 의식하지 않고 막무가내로 욕설을 섞어가며 싸운다. 참 민망하다. 나이가 드신 분이 어린 학생들도 있는데 저렇게까지 싸워야 하는지 얼굴이 화끈거린다.

가끔 어느 모임에 가보면 주변에 대한 배려 없이 자기가 하고 싶은 이야기, 자기 자랑만 하는 사람들이 있다. 남의 시선은 전혀 신경을 쓰지 않는다. 주변에 있는 사람을 들러리로 생각한다.

인성이라는 건 공부와는 무관하다. 공부를 잘한다고 해서 인성이 좋은 것도 아니다. 공부를 못한다고 해서 인성이 나쁜 것도 아니다. 나이가 들어보니 어린 시절의 인성은 나이가 들어도 잘 변하지 않는다는 걸 알게 되었다. 모임에 가보면 어린 시절의 모습 그대로 전혀 변하지 않은 지인들을 본다. 그들은 막말, 저급한 말, 자기 잘난 척으로 주변을 피곤하게 한다. 그런 모습을 보면서 느끼는 건 사람의 인성은 죽을 때까지 잘 변하지 않는다는 것이다.

나이가 들면서 추하게 늙어가는 사람이 있는 반면에, 젊은 날의 아름답고 예의 바른 모습을 그대로 유지하면서 사는 사람도 있다.

결혼할 때 남자의 인성을 잘 살펴야 하는 이유가 여기에 있다. 인성은 변하지 않는다. 그래서 어느 정도 결혼할 남자의 집안도 보아야 한다. 사람의 인성은 자기가 성장한 집안의 영향을 받을 수밖에 없다. 가난해도 집안이 화목한 집안이 있다. 물질적으로 부족해도, 주변에 베풀고 사이좋게 지내려는 착한 성품의 가족이 있다. 반대의 경우도 있다. 돈 좀 있다고 주변을 무시하는 천박한 집안도 있다. 예의나 사람에 대한 존중이 없다. 그런 집안은 조심해야 한다. 좋지 않은 분위기를 보면서 성장한 자식과 결혼하면 탈이 날 수밖에 없다. 무시는 기본이다. 갈등이 많이 생길 수밖에 없다. 집안 인성이 천박한데 주변과 어떻게 소통하고 화합할 수 있을까.

결혼할 때 남을 배려하고 넓은 이해심으로 배우자를 존중하면서 인정하는 남자들은 대체로 무난하게 결혼 생활을 유지한다. 어렸을 때부터 그런 집안에서 성장한 남자이면 더욱 좋다. 그래서 인성을 알려면 그 집안의 부모의 인성도 나름 살펴보자. 결혼하면 남편과 살지만, 시댁 식구들도 보아야 한다. 남

편의 인성, 시대 분위기에서 인간에 대한 예의와 존중이 없다면
이는 평생 바뀌지 않는다.

인성은 그래서 매우 중요하다. 우리는 인성을 절대로 무시
할 수 없다는 사실을 명심해야 한다.

16

기러기 부부와
주말 부부의 비극

—

　주변을 보면 기러기 부부가 되어서 생이별을 하는 부부가 많다. 그 외로움을 이기지 못하고 자살하는 아빠도 급증하고 있다. 혼자 사는 외로운 삶을 견디지 못하고 극단적인 생각을 하는 것이다. 자녀의 장래를 위한다는 명목으로 자식과 아내를 먼 외국 땅에서 보내는 생이별은 하지 말자. 그렇게 별거하는 부부가 진짜로 헤어지는 경우가 의외로 많다. 기러기 가족은 1년에 한두 번씩, 아니면 수년 만에 재회하지만 뭔가 가족관계가 어색하다. 서로 만나도 가족관계에 끈끈한 유대관계가 없다. 정도 없다.

　내 생각을 한마디로 말하면, 기러기 부부는 절대로 반대이다. 기러기 부부의 가정이 해체되는 경우를 너무나 많이 봤다. 특히 기러기 부부는 아내가 자식들 뒷바라지를 위해서 외국에 있는 경우가 많은데, 이런 경우에 한국에 남아 있는 남편도 불륜에 빠질 가능성이 높지만, 외국에 있는 아내도 마찬가지로 그렇다. 부부는 한 공간에서 먹고 자고 같이 있을 때 부부이다. 떨어져 지내면 남이다.

기러기 부부 생활을 견디고 자식이 사회적으로 성공을 한다는 게 무슨 의미가 있을까? 이런 생활이 수년간 지속이 되면, 결국 서로 남이 되어버리는데 말이다. 부부란 무엇인가? 가족이란 무엇인가? 한 공간에서 같이 의식주를 공유하면서 잠자리도 같이하는 것이 부부이다. 그런데 몸이 뚝 떨어져 있으면 당연히 마음도 멀어진다. 그래서 기러기 부부든 주말 부부든 하지 말아야 한다. 자식을 위한 삶을 살지 말고 부부를 위한 삶을 살아야 한다. 그리고 외국에서 공부한 자식이 성공한다고 해서 반드시 부모한테 효도하리라는 보장도 없다. 그렇게 산다고 행복하다고 생각하면 오산이다.

주말 부부도 마찬가지이다. 주말에만 보는 부부들도 주중에는 각자의 삶을 산다. 가족과의 공동체적인 삶이 아닌, 각자의 삶을 산다. 집에 들어왔을 때 남편이 없고, 아내가 없다면 혼자 술을 먹는 경우가 많다. 외로움에 한잔하는 것이다. 그리고 외로움을 달래기 위해 나이트 부킹, 인터넷 채팅 모임 등 남녀가 만날 수 있는 모임을 찾아다니기도 한다. 당연히 문제가 생길 수밖에 없다. 이렇게 해서는 결혼 생활이 제대로 유지될 수 없다. 기러기 부부나 주말 부부는 하지 말아야 한다. 자녀들 교육을 위해서든 직장을 위해서든 주말 부부는 하지 말자. 부부의 행복은 가족들이 함께 식사하고, 대화하고, 좋은 일도 함께 나눌 때 찾아온다. 떨어져 있으면 정情도 없다.

사람은 무한하게 살지 않는다. 가족들도 평생 함께 살 수 없다. 자식들은 떠나지 말라고 해도 학업이든, 취업이든, 결혼 등의 문제로 부모를 떠난다. 그래서 굳이 기러기 부부를 할 이유가 없다. 꼭 기러기 부부를 한다고 해서 자식이 성공하는 것도 아니다. 부부가 서로 의지하고, 아껴주고, 돌보고 살기에도 부족한 인생이다. 억지로 자식이라는 핑계로 떨어져서 살지 말아야 한다. 주말 부부를 하면서 외로움에 결국 자살하는 경우도 있다.

부부란 무엇인가? 부부가 함께 살 때 정도 생기고, 행복감도 높아지고, 서로 의지하게 된다. 자식을 위해서 억지로 생이별을 하지 말아야 한다. 부부의 인생을 살아야 한다. 기러기 부부, 주말 부부가 안 좋은 결과로 끝난 사례는 주변에도 많다. 몸이 멀어지면 결국 마음도 멀어진다.

17

딸을 버리고
아들을 얻고자 했던
남자의 비극

—

1993년도에 인기리에 방송이 되었던 MBC의 〈아들과 딸〉이라는 주말 드라마가 있었다. 극중의 어머니는 오로지 아들만을 최고로 대접한다. 딸들은 아들을 위한 소모품 정도로 치부한다. 당연히 딸들은 이러한 어머니의 태도에 늘 불만을 가진다. 아들과 딸에 대한 가족 갈등을 잘 묘사했던 드라마이다.

드라마는 아니지만, 오래된 이야기가 하나 있다. 한 아버지가 있었다. 슬하에 딸만 있던 아버지는 어느 날 아들을 얻기 위해 아내와 자식을 버리고 재혼하였다. 결국, 원하던 아들을 얻었지만, 지금은 늙고 병들어 경로당에서 쓸쓸하게 생활하고 있다. 아버지의 사랑을 받지 못하는 딸들도 불행하게 살고 있다. 딸들은 결혼에 실패했고 아직도 남자와 사랑하는 방법도, 방식도 모른다. 남자에 대한 거부감도 있다. 이 모든 이야기의 중심에는 아들을 얻고자 했던 아버지가 있다. 아버지가 딸들을 사랑하고 잘 키웠다면 현실은 달라졌을 것이다. 재혼까지 해서 아들을 낳았던 아버지도 지금은 늙어서 경로당에 거주하면서 쓸쓸하게 살고 있다. 참으로 안타깝다.

아들이 최고인 시대는 지났다. 자식이 없는 사람도 많다. 지금 시대는 아들과 딸이 구분 없는 시대이다. 딸자식들이 부모를 더 잘 챙기는 경우도 많다. 주변을 돌아봐라. 딸이 많은 집은 대부분 자주 모이고 여행도 자주 다닌다. 아들이 많은 집의 시부모는 며느리의 눈치를 보기 바쁘다. 물론 다 그런 건 아니다.

아들만 선호하는 시대는 지났다. 결혼해서 아들이든 딸이든 한 명이라도 잘 낳아서 키우자. 아직도 아들 타령하는 남자가 있다면 과감하게 한마디 해라. "딸이 더 잘하는 시대이다.", "아들 타령 하지 말자. 열 아들보다 잘 키운 딸 한 명이 더 좋다."
아들이든 딸이든 잘 키우자. 성별 구분 없이 잘 키워서 나이가 들어도 오순도순 행복하게 살면 된다.

18

사기 결혼

—

주말이면 SBS에서 하는 〈그것이 알고 싶다〉라는 프로그램을 자주 본다. 취재진이 미스터리 사건을 추적하는 과정이 참으로 날카롭다. 미스터리 사건이 방송을 계기로 해결되기도 한다. 그런 모습을 보면서 취재진이 참으로 대단하다는 생각을 한다. 그러면서 문득 그런 생각을 했다. 왜 그렇게 여자들만 범죄의 피해자가 될까? 사기꾼들을 만나게 되는 걸까? 왜 악랄한 범죄자를 만나서 잔인하게 피해를 보는 것인가? 그런 의문이 많이 들었다. 범죄의 유형도 다양하다. 사기꾼, 파렴치한 제비족, 살인자, 스토커, 폭행범, 강간범, 성추행범 등 전부 잔인한 강력 범죄 유형이 대부분이다.

방송에서 보면 이혼한 여자들이 그런 범죄의 대표적인 희생양이 된다. 재산을 빼앗기는 경우는 보통이고, 죽음에 이르거나 실종자가 되어 시신도 찾지 못하는 경우가 많다.

사기꾼들이 여자들을 상대로 범죄를 저지르는 방법은 정

형화되어 있다. 그들은 여자들의 약점을 정확하게 알고 있다. 주말 부부인지, 기러기 부부인지, 이혼했는지, 남편과 별거 중인지, 아니면 여자가 재혼을 원하는지 여자의 심리를 잘 알고 있다. 그리고 이를 교묘하게 이용한다.

사기꾼들은 그런 사전 조사와 약점을 바탕으로 집요하게 작업에 들어간다. 뛰어난 '화술'과 '금전'을 바탕으로 여자들에게 호감을 산다. 초기에는 과감하게 투자한다. 여자의 환심을 사기 위해 적당히 돈을 투자한다. 그리고 친밀한 관계로 나아간다. 이후에는 사교라는 명목으로 여자들과 자주 교류하면서 여자들을 농락하는 순서로 나아간다. 그리고 여자들의 돈, 몸을 빼앗는다. 잔인하게 다 빼앗는다. 가정이 있는 유부녀는 필연적으로 가정이 파괴된다. 심지어 살인에 이르는 경우도 다반사이다.

이런 범죄가 주변에 너무 많다. 바로 이 책을 쓰고자 했던 이유도 여기에 있다. 이혼한 여자는 특히나 외로움을 더 많이 느낀다. 그 외로움 속에서 어느 날 한 남자가 나타난다. 그 남자는 그녀의 이야기에 다정하게 공감해주고 다독거려 준다. 그러면 여자들은 거기에 끌릴 수밖에 없다. 그러나 문제는 그때부터 생긴다. 어느 날 이 남자는 잔인한 범죄자로 돌변한다. 거기서부터 여자들은 불행의 수렁에 빠진다. 그리고 범죄에 이용되는 것이다. 그런 불행한 여자들을 실제로 많이 보았다. 술집 여자, 이혼한 여자, 결혼하지 않고 혼자 사는 여자… 다양한 피해자들을 많이 보았다.

지금 같은 SNS 시대에는 여자들은 '정체불명의 모임'에 가지 말아야 한다. 간다고 하더라도 조심해야 한다. 외롭다는 생각이 들면 외로움을 잘 견디며 사는 방법을 스스로 터득해야 한다. 억지로 인간관계를 만들려고 하면 문제가 생기고 탈이 난다. 나이가 들수록 철저하게 사람을 조심해야 한다. 직업을 사칭하거나, 부유하다고 속이거나, 거짓말로 여자를 속여서 결혼하는 남자들이 얼마나 많은가. 여자들은 겉모습이 화려하다고 하면 쉽게 넘어가는 경우가 많다. 그래서 너무 쉽게 사랑을 해서는 곤란하다. 지금 시대에는 불같은 사랑은 없다.

〈그것이 알고 싶다〉에 나오는 피해자들처럼 사기를 당하게 되면, 어떻게 해야 하나? 미리 알 방법은 없을까?

이런 사이코적인 범죄를 저지르는 남자를 알아낼 방법이 있다.

미국 지방검사 웬디 패트릭(Wendy L. Patrick)은 자신의 저서 『친밀한 범죄자』에서 '위험한 사람'을 알아내는 방법을 그 사람의 관심 분야, 생활방식, 어울리는 사람, 삶의 우선순위 네 가지로 구분하여 제시했다.

지금 남자를 사귀고 있는 여성이 있다면, 곰곰이 음미하면서 생각해보자. 결혼한 여자들도 남편의 관심사를 되새겨보자. 도박에 심취하였는지, 게임에 빠져있는지, 불륜에 빠져 있는지, 이상한 양아치들을 사귀고 있는지 말이다.

서울의 한 지역에서, 한 여성이 사귀던 남자에게 무참하게 살해당한 사건이 있었다. 이별을 통보받은 남자가 앙심을 품고 집요하게 그녀의 집 근처를 배회하다가 살인을 저지른 것이다. 사이코적인 행태의 남자이다. 그 남자는 여자를 내가 소유하겠다는 욕망에 사로잡혀서 여자의 이별 통보를 무시했다. 절대로 나를 벗어나지 못하게 하겠다는 집착이 있었다. 무서운 시대이다. 지역, 세대, 나이, 직업 불문하고 여자를 상대로 잔혹한 범죄가 연이어 발생한다. 이는 사기 범죄, 강간, 데이트 살인, 스토커 등의 형태로 나타난다.

여자들은 SBS의 〈그것이 알고 싶다〉에서 방송되는 내용이 현실이라는 사실을 잘 알아야 한다. 지금도 여전히 범죄자들은 여자들을 노리고 있다.

19
며느리와
시댁의 관계는
남편 하기 나름
—

시댁과 며느리의 갈등을 부추기는 드라마들이 인기가 많다. 그러나 그런 드라마의 결론은 구박받던 며느리와 구박했던 시어머니가 화해하면서 마무리되는 식상한 결론이 대부분이다. 사실 생각해보면 방송이나 언론에서 이렇듯 시어머니와 며느리의 갈등을 부추기면서 심각하게 부각된 측면이 있다. 현실에서는 시어머니와 며느리가 사이좋게 지내는 경우도 많다. 방송이 시청률을 위해 너무 시댁을 부정적으로 묘사하고, 자극적인 소재를 사용한다는 생각을 한다.

그렇지만 며느리를 딸처럼 대한다는 명목으로 과도하게 며느리에게 지나친 간섭을 하는 시어머니도 실제로 존재한다. 시댁의 생일, 가족 모임, 명절 등의 가족 행사는 며느리들이 당연히 챙겨야 하고, 의무적으로 무엇이든지 시부모를 모셔야 하는 행사로 여긴다. 큰 오산이다. 지금 시대에는 시댁에서 며느리에게 함부로 예전 같은 방식으로 대한다면 이혼을 각오해야 한다. 아이를 많이 출산하지 않는 시대이다. 딸이 유일한 자식인 부모들이 많다. 그렇게 귀하게 성장한 딸이 어느 날 구박받는 며느리로 전락한다면, 남편은 스스로 불행을 자처하는 것이다.

시집살이를 겪었던 시어머니가 며느리에게 더 혹독한 경우가 많다. 시어머니의 심한 잔소리 때문에 부부가 이혼하는 경우를 많이 보았다. 아들에 대한 집착으로 며느리와 아들을 이혼하게 한 시어머니가 있었다. 그녀는 거의 병적인 수준으로 며느리를 구박했다. 아들에게 집착하는 만큼 구박의 정도는 심해졌다. 아들 부부 집의 침대에 당연하게 올라가서 자고, 아들이 사는 아파트의 비밀번호를 알아서 수시로 출입했다. 아들과 며느리의 외출을 통제하고 주말마다 시댁에 와서 다 같이 식사도 하도록 했다. 과도하게 아들에 대해 집착하면서, 결국 며느리가 견디지 못했다. 요즘 그렇게 사는 사람들은 없다. 시대가 많이 변했다. 누가 보아도 너무 심한 시어머니이다. 견디지 못한 며느리와 아들의 갈등이 심각해졌다. 며느리가 아들에게 이혼을 요구하는 걸 지켜보게 되었다. 시어머니와 며느리의 갈등은 서로가 상처투성이가 된다. 그 끝은 파국뿐이다. 아들이 결혼하면 시어머니는 아들이나 며느리를 남처럼 대하면서 일부러 거리를 두어야 한다. 삭막해 보여도 그래야 아들 부부가 잘살 수 있다. 지나친 간섭이나 불평, 불만, 잔소리는 결국에는 며느리를 떠나게 한다. 그리고 여자의 적은 여자라고 했다. 오빠나 남동생의 아내를 적으로 생각하는 시누이들이 아직도 있다. 이들은 며느리가 조금만 시부모에게 못해도 잔소리하고 공격적으로 대한다. 불평과 불만을 뱉으면서 갈등을 조장하고 상처투성이 결혼 생활을 만든다. 이렇게 해서는 가족 사이에 절대로 행복한 결혼이 이루어질 수 없다.

결국, 그런 시어머니로 인해서 이혼하게 되면 아이들만 불쌍한 삶에 빠진다. 시어머니 또한 아들을 실패한 인생으로 만든다. 며느리와 시어머니의 갈등, 며느리와 시누이와의 갈등을 보면 여자들의 적은 여자라는 건 어느 정도 틀린 말이 아니라는 것을 알 수 있다. 참는 것도 좋겠지만 그보다는 결혼하면 가족들 간에 적당히 거리를 두고 사는 것이 좋다. 너무 자주 보면 보고 싶지 않은 일도 보게 된다. 쉬고 싶은 휴일에 시댁 식구들과 자주 보고 싶은 며느리는 없을 것이다. 뭐든 적당하게 하는 게 좋다. 요즘처럼 여자들이 능력이 좋은 시대에는 여자들은 조금의 잔소리도 참지 않는다. 의견이 충돌되면 감정도 쌓이고 서로 간에 피곤해진다.

시댁이나 처가에 월드라는 말을 붙여 시월드니 처월드니 하는 신조어가 등장했다. 시월드나 처월드는 절대로 쉬운 문제가 아니다. 우리는 보통 설 명절과 추석 명절에 귀성길에 오른다. 그런데 남자들에게 명절은 단순히 귀향이지만, 여자들은 명절 기간 동안 시댁에 모인 식구들 상차림, 설거지 등으로 심신이 완전히 지친다. 거기에 남편이 던지는 말 한마디는 결혼을 파국으로 가게 한다. "당연히 여자들이 해야 하는 거야.", "남들은 다하는데 왜 힘든 척하냐?" 불난 집에 기름을 붓는 격이다. 이런 말이 결국 '명절증후군'이라는 단어를 만들었다.

남자들도 평상시에 아내에게 칭찬과 격려를 하고, 명절 때는 고향 친구들을 만나러 다니지 말고 같이 송편도 만들고, 마트에서 장도 봐주면서 아내를 도와주어야 한다. 명절 때 부부가 싸우는 이유는 정해져 있다. 남자들은 명절 연휴 동안 먹고 마시고 논다. 반면에 아내는 그 술상을 차리고 설거지, 청소에 몸이 만신창이가 된다. 그리고 아내가 가고 싶은 처가에 가지 않으려는 남편도 있다. 간다고 하더라도, '아주 천천히 억지로' 간다. 명절 때 갈등은 사실은 단순하다. 아내가 시댁에서 고생한 만큼 처가에 가서 장인, 장모님을 챙겨주면 된다. 명절을 맞아 모처럼 처가에 가서 조카들에게 용돈도 주고, 농담도 하면서 분위기를 띄우면 된다. 그런 면에서는 여전히 남자들이 좀 부족한 것은 사실이다. 그리고 그런 행태 때문에 명절 이후에 부부가 파국으로 치닫는 경우는 주위에 비일비재하다.

예전에는 시댁은 여자들에게 큰 스트레스의 근원이었다. 우리 조상들로부터 구전되어 온 "여자는 시집을 가면 그 집의 귀신이 되어야 한다."라는 속담도 있다. 무시무시하다. 시집살이는 사실 만만치 않은 희생을 바탕으로 한다. 이럴 때 남자들이 여자들을 보듬어 주어야 한다. 말이라도 "고생했다.", "참으로 대단한 일을 했다."고 건네는 것부터 시작하자. 그러면서 비싼 선물도 사주고, 어깨도 주물러주자. 그리고 자기 용돈도 아껴서 화끈하게 준다면 싫어할 여자들이 누가 있을까? 그래서 남자들은 조금이 아니라 많이 변해야 한다. 특히 명절 때라도 아내에게 권위보다는 양보, 타협, 감사, 칭찬, 조율할 수 있도록 끊임없이 노력해야 한다.

처월드, 이 또한 만만한 문제가 아니다. 신혼집과 친정이 가까운 같은 아파트 단지에 사는 신혼부부의 사례도 있다. 수시로 집에 찾아오는 친정어머니로 인해 젊은 부부는 갈등의 골이 깊어졌다. 부부의 문제로 싸우는 게 아니라, 시시콜콜 간섭하는 친정어머니로 인해 사위가 극심한 스트레스를 받은 것이 원인이었다. 요즘 시절에 급증하고 있는 또 다른 문제이다. 여자들의 입김이 점점 강해지면서 앞으로는 남자들이 이런 문제에 직면하게 된다. 자칫 가족 간의 공동체가 어떻게 될지 장담을 할 수 없는 시대이다.

우리는 친정이든 시댁이든 적당하게 거리를 두고 사는 법을 배워야 한다. 결혼하면 남편하고 자기 자식에게 우선적으로 충실하자. 친정에 대한 지나친 관심도, 시댁에 대한 지나친 관심도 부부간의 갈등만 심각하게 부추길 수 있다. 냉정하게도 무관심이 요즘 시대에는 맞을 수 있다. 야박하지만, 시대의 흐름과 현실을 받아들여야 한다.

아내를 명절에 종 부리듯 시집살이시키는 시대는 지났다. 여자들이 가부장적인 남자와는 절대로 살지 않는다는 사실을 기억해야 한다. 그리고 남자들도 처가의 잔소리를 좋아하지 않는다는 사실도 기억하자. 부부는 처가, 시댁과 떨어져서 사는 법을 배워야 한다.

20

1년 살아보고
혼인신고와
아이 출산 결정하기

—

SBS에서 방영하는 프로그램 중 〈미운 우리 새끼〉라는 예능 프로그램이 있다. 결혼하지 않은 노총각 연예인들의 리얼한 삶을 보여주는 방송이다. 출연진 중 개그맨 박수홍의 어머니가 했던 말이 있다. "결혼하고 혼인신고는 1년 정도 살아보고 하는 게 좋아. 1년 정도 살아보고, 서로 간에 같이 오래 살 수 있겠다는 확신이 있다면 아이도 그때 낳는 것이 좋아." 나는 이 말에 참으로 공감한다.

요즘은 결혼 3년 이내에 이혼하는 신혼부부들이 많다. 이혼하면서 아이들에게 엄마, 아빠는 인연이 아니어서 헤어진다고 한다. 아이들은 무슨 죄인가. 아이가 있으면 헤어지는 문제가 절대 간단하지 않다. 협의 이혼이든 소송이든 양육권 협의가 되어야 한다.

아이가 있다면 현실적으로 피해는 아이가 본다. 엄마, 아빠가 헤어지면서 아이들은 너무나 많은 상처를 받는다. 한부모 가정의 자녀가 되어야 하고 주변의 따가운 시선도 견뎌야 한다. 순탄하지 않은 인생을 살게 된다. 기구해진다. 엄마나 아빠 중 누가 양육을 하게 되든 아이는 한 부모에게서 성장해야 한다.

엄마, 아빠와 함께 생활하지 못하는 아이는 훗날 나를 태어나게 해서 아프게 하고 힘들게 했다고 부모를 원망할 수도 있다. 그래서 예비부부는 박수홍의 어머니가 이야기했던 것처럼 결혼해서 1년 정도 서로 맞추어보고 혼인신고를 해야 한다. 생활 방식, 성격, 습관, 취미, 금전 관계, 시댁과 처가와 관계, 장점이나 단점, 배려, 이해심, 공감, 소통 등을 모두 모두 살펴보고, 아니다 싶으면 그냥 헤어지면 된다. 사실혼 관계에서 헤어지니 굳이 협의 이혼 절차를 거치지 않아도 되고, 위자료나 재산분할도 혼인 기간이 길지 않기 때문에 크게 문제 되지 않는다. 어찌되었건 1년 정도 같이 살아보고 확신이 오지 않으면, 서로 간에 정리하고 다시 혼자로 돌아가면 된다.

아이를 출산하는 것도, 혼인신고를 하는 것도 1년 정도 같이 살아 본 다음에 판단해라. 혼인신고를 좀 늦게 한다고 해서 크게 달라지는 것도 없다. 노인들은 삶의 지혜가 있다. 세상을 보는 안목도 있다. 사람을 보는 시야도 있고 인생에 대한 내공과 지혜가 있다. 그래서 박수홍 어머니의 이야기에 공감할 수 있다. "살아보고, 애도 낳고 혼인신고를 해라."

21

배우자의
메신저 내용은
비밀
—

나는 아침에 눈을 뜨면 카카오톡을 가장 먼저 확인한다. 이제는 주변의 지인들과 카카오톡으로 소통하고 대화를 하는 것이 일상화되었다. 이제는 60세가 넘으신 분들도 단체 카카오톡 방이 있다. 지하철에서 버스 안에서는 '카톡' 이라는 알람 소리를 쉽게 들을 수 있다.

카카오톡을 하지 않으면 사회생활에서 소외되는 시대가 왔다. 좋은 점도 많지만, 부작용도 많다. 원하지 않는 사람들과 의도하지 않게 메신저를 주고받아야 하는 상황도 발생한다. 휴일에 직장에서 상사가 보낸 메신저를 읽고 답을 해야 한다. 읽고도 답하지 않으면 나중에 상사에게 질타를 당하기도 한다. 아무튼, 너무 자주 소통하는 것도 스트레스인데, 일상화된 소통으로 우리의 평범한 삶이 깨어진다.

한편으로 카카오톡으로 쉽게 연락하는 시대가 도래하면서 카카오톡이 불륜의 유력한 증거로 작용하는 시대도 왔다. 카카오톡은 불륜 과정을 모두 잡아내는 오묘한 기능을 하기도 한다. 카카오톡 채팅방에 들어가 보면, 날짜별로 주고받은 대화 내용이 모두 드러난다. 자연스럽게 대화의 전체 내용을 알 수 있다. 카카오톡으로 남자와 여자의 불륜이 발각되는 경우가 많다. 괜한 오해의 메시지가 부부 싸움의 단초가 되는 경우도 많다.

그 부부도 그랬다. 한밤중에 도착한 카카오톡 메시지로 인해 부부는 이혼 직전까지 갔다. 물론 나중에 서로 오해를 풀기는 했다. 이 사례에서 알 수 있듯이, 카카오톡을 보내는 당사자들도 항상 조심해야 한다. 본의 아니게 오해의 소지가 있는 메시지는 함부로 보내지 말아야 한다.

카카오톡 등 배우자의 SNS에 대한 지나친 관심은 본인의 정신 건강만 해친다. 배우자가 신뢰가 간다면 그 신뢰를 바탕으로 살아야 한다. 매일 의심해서 메신저를 훔쳐볼 수도 없는 일이다.

그러므로 가급적이면 부부 사이라도, 배우자의 메신저는 안 보는 것이 좋다. 굳이 알려고 할 필요가 없다. 지금 시대는 부부가 서로의 메신저 활동을 감시하고 부정적인 모습으로만 볼 게 아니라, 이것이 사회적인 관계망임을 이해해 주어야 하는 시대이다. 카카오톡이든 다른 SNS든 남녀 간의 소통이 자연스러운 시대이다. 그런 시대의 흐름을 무시할 수 없다.

배우자의 카카오톡을 보지 말자. 알려고도 하지 말자. 괜히 보게 되면 불륜의 의심만 들 뿐이다. 변화하는 시대에 고리타분한 사람이 되지 말자. 시대의 흐름을 인정하고 받아들여야 한다. 그리고 부부도 신뢰를 저버리는 행동을 하지 말자.

22

부부간에도
성관계 동영상 촬영은
절대로 하지 않기

—

카메라나 비디오가 없어도 스마트 폰으로 사진이나 동영상 촬영이 참으로 쉬운 세상이다. 누구나 손쉽게 촬영을 한다. 그러다 보니 부작용도 많다. 심각한 문제도 많이 생긴다.

성관계 동영상 촬영을 하는 문제가 그 대표적인 예다. 그런데 여기서 중요한 문제는 그것이 유출된다는 것이다. 어떻게든 유출이 되어서 심각한 일이 생긴다. 성관계 동영상 촬영은 부부간에도 절대로 하지 말아야 한다. 요즘처럼 이혼이 많은 시대에 성관계 동영상 촬영을 하면 훗날 심각한 문제가 생긴다. 이혼이라도 하게 되면 문제가 더 복잡해진다. 남자는 여자에게 인터넷에 유포한다는 식으로 협박한다. 어찌 보면 남자들은 그런 면에서 이별을 대비한다. 이는 학력이 높고 낮음의 문제가 아니다. 남자들은 언제든지 지금 사귀는 여자와의 이별을 대비하여 음흉하게도 이를 보관하려고 한다. 참으로 무섭다.

실제로 여자가 이별을 통보하면 보관하고 있던 동영상을 유포한다고 협박하는 남자들이 많다. 심지어 이혼한 부부도 그런 경우가 있다. 만약 동영상이 실제로 유포된다면, 유포된 동영상을 찾아서 나중에 삭제하는 것도 매우 어려운 일이다. 수습이 되지도 않는다.

인터넷이 활성화되지 않았던 오래전 시절의 이야기다. 한 유명한 여배우가 어떤 남자와 연애를 했다. 그런데 사귀던 남자가 자신과의 성관계를 몰래 촬영하는 것을 알지 못했다. 문제는 여배우가 이별을 통보한 이후에 발생했다. 남자가 실제로 성관계 동영상을 유포한 것이다. 여배우는 동영상 유포로 치명적인 타격을 입었다. 아니, 여자 배우로서의 인생이 송두리째 파괴되었다. 다행히도 여배우는 이후 재기에 성공하여 배우로서의 삶을 다시 살고 있지만, 당시 그 사건은 한 여자의 삶을 파괴한 충격적인 사건이었다.

남자들이 그런 동영상을 몰래 촬영하는 목적이 무엇이겠는가? 남자들은 여자들이 이별 통보를 하면 이를 '협박의 구실'로 삼아 헤어지지 못하게 하겠다는 의도로 동영상을 촬영한다. 다른 의도가 무엇이 있겠는가. 그러니 부부 사이에서도 사랑이라는 명목으로 성관계 동영상 촬영은 하지 마라. 요즘 같은 시대에는 휴대폰 분실, 수리 과정에서도 우연히 동영상이 유출되는 사고가 심심치 않게 터진다.

평생 부부가 이혼하지 않고 희노애락喜怒哀樂을 즐기면서 산다고 하더라도, 이렇게 촬영된 동영상은 컴퓨터 고장, 이사 등의 일로 분실하면 누구도 감당하지 못 하는 일이 발생한다. 동영상이 이미 인터넷에 유포되면 수사기관에 고소하더라도 구제할 방법이 없다. 몰래 촬영되어 이미 유포된 동영상 사건에 대해 경찰이 수사하는 것도 한계가 있다. 그런 상황에서 유출된 피해자의 고통은 상상할 수도 없다. 부부간에 사랑이라는 이름으로 성관계 동영상 촬영은 하지 말아야 한다. 남편이 감언이설로 촬영하자고 해도 단호하게 거절해라. 사람의 미래를 어떻게 알 수 있는가.

인터넷이 인간에게 편리함을 주었지만, 때때로 인간의 삶을 파괴할 수도 있다는 사실 또한 알자. 아이폰을 개발한 스티브 잡스(Steve Jobs)가 살아 있다면 물어보고 싶다. "잡스. 당신은 이런 문제가 생길 것을 예상했나요?". 편리함은 인간에게 늘 또 다른 고통을 준다.

23

아내의 화장

—

독일의 가정주부들은 남편이 퇴근할 무렵에 화장을 한다는 이야기가 있다. 퇴근하는 남편에게 잘 보이려고 화장을 한다는 것이다. 매력적인 모습을 남편에게 보이고 싶은 아내의 마음일 것이다. 남편도 '민낯'의 아내보다 진한 빨간 립스틱을 바른 화장한 아내가 더 예쁠 것이다. 화장한 아내와 맞이하는 저녁이 더 아름다울 것이고, 그런 밤에는 둘만의 사랑도 더 로맨틱하지 않을까!

유시민 작가가 주례를 보았던 결혼식의 주례사가 화제가 된 적이 있다. 그 주례사는 다음과 같다. "부부가 된 후에도 사랑을 표현하는 일을 멈추지 말아야 해요. 연예할 때는 뭐 이벤트도 하고 잘해보려고 하다가, 부부가 되고 나면 내 사람이라고 생각해요. 혼인 신고하면 지가 어디 가겠어? 말 안 해도 내 마음 알지? 이거 안 돼요. 우리 마음이라는 것은 안 보이기 때문에, 어떤 형태로든 표현하지 않으면, 없는 것이나 마찬가지입니다. 부부는 생물학적 유전자를 공유하지 않는 가족입니다. 늘 사랑을 확인해야 합니다. 남편은 되도록 멋진 남자여야 하고요, 아내는 매력 있는 여자여야 해요."- 〈노컷뉴스〉, 2017년 11월 2일 기사.

유시민 작가의 이 말에 매우 공감한다. 정말 현실적인 주례사이다. 요즘 부부들에게 꼭 필요한 주례사이다. "검은 머리 파 뿌리…" 같은 형식상의 주례사가 아니다.

한 맞벌이 부부가 있었다. 아내는 출근 때는 정말이지 결사적으로 화장을 한다. 직장 동료들에게 예쁜 얼굴을 보이기 위해서 온갖 정성을 다해서 화장을 한다. 그런데 이런 모습을 지켜보는 남편은 못마땅하다. 왜 그럴까? 아내는 직장에 출근할 때는 매력적으로 보이려고 열심히 화장을 한다. 하지만 남편과 휴일에 같이 있을 때의 아내는 전혀 다른 모습이다. 늘 펑퍼짐한 운동복에 전혀 화장기 없는 민낯으로 집에 있다. 남편에게 예쁘게 보이려는 모습이나 노력은 전혀 없다. 이에 대해 아내는 이야기한다. "일주일 내내 직장에 출근하면서 화장하는 것도 피곤한데, 주말에는 편하게 좀 쉬자.", 이렇게 이야기하는 아내의 이야기도 맞다. 그런데 문제는 이런 삶이 반복되면서, 부부간의 흥미도, 매력도 없어지면서 부부관계가 멀어졌다는 데에 있다. 가까운 지인 중에서 이런 문제로 아내와 심하게 다투는 남편들이 있다. 주변에서는 "그냥 이해하고 살아."라고 위로하지만, 남편의 입장에서는 아내에게 섭섭함을 느낀다.

아내가 틀렸다고 할 수도 없다. 그렇다고 불평하는 남편의 이야기도 틀리지 않았다. 문제는 아내와 남편이 서로에게 매력적인 모습을 잃었다는 것이다. 서로 흥미가 없다.

왜 여자들은 남편보다 직장 동료들에게 더 예쁘게 보이려고 화장을 할까? 평생의 동반자인 남편에게 잘 보여야 하는 게 이치상으로 맞는데도 말이다. 워킹맘(Working mom)들도 남편에게 잘 보이려고 노력해야 한다. 물론 남편도 마찬가지이다. 아내에게 매력적으로 보여야 한다. 회식이나 모임에서는 유머가 있고 이해심과 매너가 좋으면서 정작 아내한테는 무뚝뚝한 남편이 많다. 같이 살면서도 사람 사는 잔잔한 정이 전혀 없다. 이런 과정이 지속되면 서로에게 흥미를 잃어버린다. 무관심해지고 대화가 줄어든다. 그러면 결국에는 어떻게 될까? 불행한 삶만이 이어진다. 남편도 주말에는 늦잠을 자는 것보다 활기차고 자신감 있는 모습으로 아내를 대하자. 아내도 가끔은 남편을 위해서, 남편의 사랑을 받기 위해서 화장을 해보자. 직장 동료들에게 예쁘게 보이기 위해 화장하는 것도 좋지만, 남편을 위해서 화장을 하자.

늘 매력적인 아내, 매력적인 남편으로 살기는 쉽지 않다. 그렇지만 서로 간에 노력해야 한다. 그래야 결혼 생활이 행복해진다. 그런 노력을 할수록 서로에게 호기심이 더 간다. 남편에게 아름답게 보이기 위하여 진한 화장을 해보자. 그리고 나중에 남편에게 화장품값을 청구하자.

24

남자의 장래성

여자들은 결혼할 남자의 집안, 경제적 능력을 당연히 본다. 집안 분위기, 살아온 삶, 생활방식이 서로 비슷해야 부부간에 이해도가 비슷하다. 그래야 갈등이 생겨도 잘 해결된다. 그리고 기왕이면 남자 친구의 집안이 가난한 것보다는 풍족한 것을 더 선호한다. 솔직히 사람 심정이 다 그렇다.

한 부부가 있었다. 남자의 집안은 매우 부유했다. 시댁 될 집이 건물도 소유하고 있었고, 소유한 상가에서 월세도 제법 나오는 상황이었다. 둘의 만남을 주선했던 중매쟁이는 여자에게 나중에 시댁에서 한 재산을 줄 것이라고 말하며 결혼을 재촉했다. 남편 될 사람은 상가만 관리하고 고정적인 직업은 없었다. 망설이던 여자는 결국 결혼을 결심했다. 그러나 경제적인 안정만을 생각하고 결혼할 남자의 심성을 보지 않았다. 제대로 알아보지 않았던 것이다. 문제는 거기에서 생겼다. 결혼 후 남편은 술만 먹으면 폭력적으로 변했다. 상습적인 폭행과 폭언이 이어졌다. 결혼 초기부터 지옥 같은 결혼 생활이 시작되었다. 아내는 신중하지 않게 결혼한 자신을 자책했지만, 이미 늦었다. 이혼을 생각했지만, 남편은 이혼하면 그녀를 절대로 가만두지 않겠다고 협박했다. 이혼도, 살지도 못하는 상황이다. 설상가상으로 시댁 부모는 경제적인 능력을 바탕으로 며느리를 위로할 생각도 없었고, 아들을 나무라지도 않는 상황이었다.

그녀는 결혼할 때 결혼할 배우자의 됨됨이를 최우선으로 살폈어야 했다. 시댁의 재산이 많아도 언제 내 재산이 될지 알 수도 없는 일이다. 게다가 남편이 경제적으로 무능력하다면 시댁의 재산을 말아먹는 것도 쉬운 일이다.

이 여자는 시댁의 경제적 능력만 보고 배우자의 무능력을 간과했다. 참으로 어처구니없는 실수이다. 후회한들 소용없다. 시댁의 경제력만 보고 결혼하는 여자들은 진심으로 말리고 싶다. 요즘은 그런 여자들이 없겠지만, 결혼할 때에는 결혼할 남자의 능력을 봐야 한다.

남편도 좋고, 시댁도 경제적으로 윤택하면 금상첨화다. 중요한 건 시댁보다는 내가 결혼을 생각하는 남자의 장래성을 최우선으로 고려해야 한다. 한 번 불행에 빠지면 행복으로 바꾸는 건 쉽지 않다. 매사에 신중해야 한다. 그게 정답이다.

25

위기의 부부들

미국 드라마 중에서 '로라 부시(Laura Lane Welch, 조지 W. 부시 전 대통령의 부인)'도 언급할 정도의 미국 최고의 막장 드라마가 있다. 바로 〈위기의 주부들〉이라는 드라마이다. 엄청난 인기를 바탕으로 한국에서도 많은 관심을 모았던 드라마이다. 이 드라마는 제목 그대로 주부들이 '숨겨진 비밀', 즉 위험한 비밀을 가지고 있다는 내용이다. 주부들의 은밀한 비밀을 사실적으로 묘사해서 많은 인기를 얻었다. 그런데 미국과 한국의 문화적인 정서와 차이가 있는데도 불구하고, 왜 이런 프로그램들이 한국에서도 인기를 얻었을까? 어느 나라를 가든, 남편이 모르는 주부들만의 '사적 비밀'이 있기 때문이다. 유부남과 유부녀의 불륜 등 말하고 싶지 않은 비밀이 바로 그것이다.

그런데 요즘은 비밀을 가진 '위기의 주부들'이 아닌, '위기의 부부들'이 많다. 부부간에 위태로운 비밀이 너무 많다. 왜?

불륜을 위해서이다. 평소에 휴대폰을 두 대 지니고 있는 남자가 있다. 일과 중에는 '나만의 은밀한 휴대폰'으로 불륜의 상대방인 여자와 은밀한 메시지를 주고 받는다. 은밀한 휴대폰으로 불륜녀와 연락을 취하는 것이다. 일종의 둘만의 '핫라인(hot line)'이다. 말 그대로 아내가 모르는 휴대폰으로 몰래 애정행각을 벌인다. 정확히는 불륜이다. 그리고 퇴근할 때는 책상 서랍에 핸드폰을 넣어두고 퇴근하면서 완전 범죄를 꿈꾼다.

예전에는 한 대의 휴대폰을 가지고 불륜을 저지르다가 아내에게 들통나는 경우가 대부분이었다. 술에 취해서, 휴대폰 잠금장치가 해제되어서 은밀한 메시지가 들통났다. 부부싸움이 벌어지고 울고불고 난리 나는 경우가 참 비일비재했다.

요즘 휴대폰은 '지문 인식'기능이 있어서 타인이 잠금장치를 해제할 수 없지만, 그래도 여전히 휴대폰은 불륜의 유력한 증거다. 주말에 아이들이 자신의 휴대폰을 만지면 결사적으로 만지지 못하게 하는 남편, 휴대폰을 악착같이 사수하는 아내. 위기의 주부가 아니라 위기의 부부들이 너무 많다. 은밀한 비밀이 휴대폰에 너무 많다. 꼭 불륜뿐일까. 여러 은밀한 내용을 주고받은 메시지들이 저장된 휴대폰. 안타깝다. 다들 '위기의 부부'로 사는 현실이 안타깝다. 어찌 보면 슬프기도 하다.

예전에 '전문적인 제비족'이 서울의 어느 지역의 유부녀들을 상대로 속칭 공갈 협박하는 사건이 있었다. 골프장에서 골프를 계기로 만난 수많은 유부녀를 상대로 성관계를 했다. 그리고 거액의 돈을 갈취하였다. 우습게도 많은 피해자가 있었음에도 신고를 한 사람들은 피해자 중의 일부였다. 남편이 알게 되면 큰일 나니까, 이혼에 대한 두려움으로 피해 사실을 신고하지 않는 여자들. 참으로 어처구니없는 일이다. '제비족'들은 이런 여자의 심리를 잘 안다.

요즘 제비족들의 신종 수법은 일단 성관계 시 동영상 촬영 후에 금품을 갈취하는 수법이다. 성관계 동영상을 유포하겠다는 협박을 미끼로 가정이 파탄날 정도의 돈을 갈취한다. 결국, 이런 여자들을 기다리는 건 이혼, 가정 파탄뿐이다.

뭐 남편의 사정도 별반 다르지 않다. 먹고 살기 힘든 사회에서는 속칭 '꽃뱀'들이 설친다. 그녀들은 성관계를 미끼로 남자에게 돈을 뜯는다. 의외로 많은 남자들이 이들에게 당한다. 직업의 예외도 없다. 그리고 남편들도 이런 사실을 아내에게 절대로 이야기하지 않는다. 거액의 금전적 피해를 보아도 망신스러워서 절대 주변에 이야기하지 못한다. 간혹 가까운 친구들에게 하소연하는 경우는 있다. 이런 피해 사례는 한마디로 자식들 볼 면목이 없어서 '울며 겨자 먹기식'으로 당하는 경우이다.

'위기의 주부들'이 아닌 '위기의 남편들'이 넘쳐나는 시대이다. 불륜은 결국에는 이혼과 가정 파괴라는 참혹한 결과만 불러올 뿐이라는 사실을 알아야 한다. '이 세상에 비밀을 지킬 수 있는 사람은 없다.', '영원한 비밀은 없다.'는 사실을 알고, '위기의 부부들'로 살지 말자.

이런 문제로 이혼하면 여자나 남자 모두 인생에 깊은 후회만 남는다. 위기의 부부가 아닌 화목한 부부가 되도록 하자.

26

동거인이
아니라
가족
—

한국 사회에서 가족이란 '따뜻함', '정', '이성보다는 감정' 등의 의미를 기반으로 하여 이루어진 존재다. 사전적 의미의 가족은 부부를 중심으로 친족 관계에 있는 사람들의 집단, 또는 그 혼인이나, 혈연, 입양 등으로 이루어진 집단을 의미한다. 그런데 요즘 사회에서는 심심치 않게 남녀가 동거한다는 기사가 보도된다. 결혼하기 전에 동거를 통해 어느 정도 남녀가 서로서로 파악해 봐야 한다는 이야기도 많은 세상이다. 그렇다면 동거인은 의미는 무엇인가? 동거인은 가족이 아니지만 '같은 공간에서 잠자리 등을 함께 하는 정도의 관계'라고 보면 된다. 동거에도 여러 종류가 있다. 남자와 여자의 동거도 있다. 여자와 여자의 동거도 있다. 그리고 남자와 남자의 동거도 있다. 학업, 직장 때문에 함께 사는 경우이다.

몇 년 전의 일이다. 아는 지인과 소주 한잔을 했다. 이런저런 세상 이야기를 하면서 자연히 가족사家族事에 대한 이야기가 나오게 되었다. 서로 자기 마음속의 가족사를 이야기했다. 그의 "나는 무늬만 가족이지, 그냥 동거인이다.", "이미 가족으로 볼 수 없다."는 이야기를 들으면서 서로 소주 한 잔을 들이켰다. 그의 가정은 말 그대로 가족들이 '남처럼 산다.' 그의 이야기를 들어보면 동거인보다 못한 부부관계를 유지하고 있었다. 부부가 말 안 하고 산 지는 이미 5년이 넘었고, 식사도 같이하지 않는다. 가족 중에 누가 외출하든, 귀가하든 서로 물어보지도 않고 관심도 없다. 아들 두 명도 이런 엄마와 아빠의 분위기를 알고 집에 오면 대화의 문을 닫아버렸다. 맞벌이 부부이기에 돈은 각자가 벌어서 알아서 지출하는 상황… 한마디로 집은 '아수라장'이었다. 가족이 전혀 아니었다. 이들에게는 가족들끼리의 식사 자리는커녕 가족이란 개념도 없어진 지 오래되었다. 참으로 가슴이 아프고 충격적이었다. "하는 일도 잘 안되고, 사는 것이 낙이 없다.", "우린 가족이 아니라 동거인이다.". 그의 중얼거리는 넋두리에서 그가 걱정되었다. 너무 지쳐 보였기 때문이다. 그에게 힘든 삶을 의지할 가족이 없다는 사실이 참으로 슬퍼 보였다. 그러나 그렇다고 해서 어떻게 도울 방법도 없었다.

요즘은 눈만 뜨면 스스로 목숨을 끊은 사람에 대한 보도가 많다. 솔직히 남의 일처럼 느껴지지 않는다. 중년의 나이가 되니, 점점 삶이 두려워진다. 가족이 해체되고 이로 인한 고독

사孤獨死가 많은 시대이다. 자식들과 유대관계를 끊고 살아가는 부모가 많다. 냉정하게 보면 자식들이 '경제적인 문제'를 핑계 삼아 찾아오지 않는 경우가 태반이다. 참으로 슬픈 시대이다.

경험상 한번 가족관계에 금이 가면 정상적으로 회복하는 것은 어렵다. 모두 마음의 문을 닫아버린다. 특히 이런 상황에서, 가족들은 이런 관계를 어떻게 회복해야 하는지 잘 모른다. 한마디로 마음에 벽을 세운다.

가족은 내가 아프고, 상처받고, 삶이 지칠 때 의지하고 싶은 가장 가까운 형태의 집단이다. 그러나 그런 집단에서 상처를 받는 경우가 너무 많다. 때로는 부부간에도 치열하게 상처를 주는 말을 하면서 서로 아프게 살아간다. 도대체 왜 그래야 할까? 한 번 뱉은 말은 주워 담을 수도 없다. 그래서 가족 간에 상처를 주는 말은 가급적 삼가해야 한다. 상처가 된 말들은 뇌리에서 절대로 사라지지 않는다. 가족들 간에 생기는 상처는 정말이지 회복될 수 없을 만큼 아프다.

시대가 힘들어도 동거인이 아닌 가족으로 살자. 우리의 삶은 유한하다. 가족을 미워한다고 한들 남는 건 아무것도 없다. 오직 상처만 남을 뿐이다. 삶을 스스로 마감하는 사람들은 힘든 삶을 견딜 희망이 없어서 삶을 포기한다고 알려져 있다. 그래서 가족들은 따뜻해져야 한다. 외로울 때, 힘들 때, 지칠 때, 아플 때 그 옆에는 가족이 있어야 한다. 그것도 아주 따뜻한 가족이 있어야 한다. 이제부터 가족들이 유대관계를 가질 있도록 우리 스스로 먼저 다가가자. 아주 따뜻하게 다가가자.

27
회식의
불편한 진실
—

대한민국은 회식이 많은 나라이다. 요즘은 좀 많이 줄었다. 예전의 일이지만, 회식 이후에 1차, 2차, 노래방까지 가는 나라는 아마도 우리나라밖에 없었을 것이다. 여자들은 직장의 회식 문화를 조심해야 한다. 원하지 않는 회식 자리에 참석해서 술 시중을 들 때 모멸감을 느낀다. 먹기 싫은 폭탄주도 먹어야 한다. 그러면서 술자리의 성희롱도 감수해야 하는 경우도 종종 있다.

한국사회의 이런 남성 중심의 회식은 성추행, 성폭행 등의 많은 문제를 일으킨다. 미혼 때야 어떻게 해서든지 잦은 회식을 견디면서 직장을 다니면 된다. 문제는 결혼한 이후에 일어난다. 매일 잦은 회식으로 인해 가정이 결국 파탄 나는 경우를 숱하게 목격했다.

전문직에 종사하는 한 여자가 있었다. 그녀는 회식으로

인하여 결혼과 직장을 모두 잃은 사례이다. 회식으로 늦은 귀가가 반복되었다. 남편도 처음에는 회식이라는 이야기에 늦은 귀가를 이해해 주었다. 문제는 나중에 생겼다. 아내가 회식으로 늦은 귀가를 하였음에도, 몸에서 술 냄새가 없는 경우가 많아졌다. 외도를 의심하는 남편에게 아내는 "업무상 어쩔 수 없이 늦었고, 술은 먹지 않았다."고 이야기했지만, 의심의 흔적을 지울 수는 없었다. 남편은 아내가 불륜을 저지른다고 의심했다. 이유도 없이 그동안 거부했던 부부관계 등을 거론했다. 여자도 불륜에 대한 촉이 있지만, 남자도 마찬가지이다. 남편은 아내의 행동이 수상하다고 의심했지만, 이를 확신할 만한 자료는 아무것도 없었다. 하지만, 결국에 불륜이 발각되어서 두 불륜 당사자는 양쪽 배우자의 이혼을 받아들였다. 물론 이 사실은 직장에도 알려지면서, 결국 불륜 당사자 모두 사표를 써야 하는 상황이 발생했다. 여자는 직장을 잃고 가정에서도 버림받았다.

이렇듯 잦은 회식으로 불륜이 시작된 경우는 정말 많이 보았다. 회식이 잦아지면서 음주가무飮酒歌舞가 일상화되고, 2차로 노래방으로 간다. 직장 남자들이 여자를 불륜 상대로 만드는 고전적인 수법이다. 더군다나 그런 남자들은 여자가 남편과 불화가 있다는 사실을 눈치채면 아주 쉽게 그 사이로 끼어든다. 모든 남자가 그런 것은 아니지만, 남자들은 여자들의 가정불화를 노린다. 그리고 직장 회식이라는 이름으로 여자들에게 음주를 강권한다. 이렇게 남의 가정을 파탄 내면서도 아무런 죄의식이 없는 남자들이 있다. 그런 남자들은 이렇게 말한다. "똑같이 돈을 버는데, 똑같이 음주가무를 해야 하는 거 아니냐?" 이런 논리로 여자들에게 술을 권한다.

이런 문화는 이제 버려야 한다. 이렇게 가정이 깨지는 경우는 너무 많다. 그런 회식은 이제는 벗어나야 한다.

회식 이후에 만취된 여자들이 성폭행당하거나, 살해당하는 경우도 많다. 책임지지 못할 술자리는 이제 그만하자. 여자들도 '승진'이라는 감언이설에 속아서 남자들의 음주 강권에 넘어가면 자기 가정만 깨진다. 당당한 직장의 인격체로서 부당한 회식 자리 등에 대해서는 꼭 '항의'해라. "나는 직장 상사에게 술을 접대하려고 입사한 게 아니다."고 말이다. 그런 저급한 분위기가 있는 직장에서는 오래 다녀서 돈을 번다고 하더라도, 마음의 상처는 영원히 사라지지 않는다.

그리고 남자들은 내 딸, 내 아내가 직장 다니면서 이런 피해를 본다고 생각해라. 술 먹고 노래방 가고 싶으면 당신의 아내, 당신의 딸과 함께 가라. 이제 회식 자리를 건전한 문화로 바꾸자. 공연이나 뮤지컬 관람, 음악회 참관 등으로 바꾸는 것도 하나의 방법이다.

회식, 그 불편한 진실! 이런 일로 가정이 깨질 수 있다는
걸 여자들은 알아야 한다. 절대로 조심해야 한다.

28
부부싸움의
승자와 패자
—

　결혼 후에 싸우지 않는 부부는 없다. 우리는 각자 살아온 방식이 다르고, 살아온 환경이 다르고, 살아온 지역이 다르고, 살아온 사람들이 다르다. 이렇게 다르게 살아온 사람 둘이 만나서 산다면 사사건건 다투게 되어 있다. 그게 정상이다. 존 그레이(John Gray)의 『화성에서 온 남자 금성에서 온 여자』는 이런 사실을 잘 다룬 책이다. 이 책에는 너무나 다른 '남자'와 '여자'에 대한 분석이 잘 드러나 있다.

　시애틀 추장 외 다수의 『나는 왜 너가 아니고 나인가』에는 아메리카 무명 인디언 추장들의 명문名文 연설이 있다. 자기들을 학살했던 백인들에 대한 무명의 인디언 추장의 연설을 곰곰이 새겨듣자. 요즘 같이 이혼이 많은 시대에 가슴 깊이 감동을 전해줄 수 있는 연설이다.

"우리의 젊은 전사들은 목숨을 바쳐서라도 복수하기 원한다. 하지만 이미 자식들을 잃은 우리 늙은이들은 잘 알고 있다. 싸움을 통해선 아무것도 얻을 수 없다는 것을…"

나는 이름 모를 아메리카 인디언 추장의 이 연설에 대해 깊이 공감한다.

백인들이 아메리카를 차지하는 과정에서 많은 인디언이 이유도 없이 죽어갔다. 그렇게 이유도 없이 아메리카의 원주민이었던 인디언들은 희생되었다. 백인들로 인해 아메리카 대륙을 빼앗기고 수많은 종족이 지구상에서 사라졌다. 백인들은 그 대가로 많은 걸 얻었다고 생각할 수 있지만, 그들도 실은 아메리카 인디언들을 압살한 침략자라는 불명예를 얻었다. 어쨌든 많은 고통과 희생을 겪었던 인디언들은 싸움이라는 고통 속에서는 궁극적으로 아무것도 얻을 수 없다는 것을 깨달았다. 부부싸움도 마찬가지이다. 결국에는 승자도 패자도 없는 깊은 상처만 남는 싸움일 뿐이다.

부부싸움이 심해져서 싸우는 일이 반복되면 결국에는 아무것도 남는 게 없다. 오직 서로 간에 상처만 남는다. 그리고 이 과정이 반복되면 이혼에 이른다. 상처가 회복되지 않는다.

『백년을 살아보니』라는 인생의 지침서를 쓴 김형석 교수는

"열심히 싸우는 부부들이 이혼하지 않는다."고 말한다. 나는 솔직히 이 말에 공감하지 않는다. 글쎄… 예전에는 참았는지 모르지만, 지금 시대는 그렇지 않다.

너무 치열하게 싸우다가 상처받고, 대화가 단절되고, 그러면서 서로에게 무관심해진다. 헤어질 때 더 아프게 헤어진다. 어떤 부부는 헤어지는 과정에서 막말과 온갖 욕설을 다 한다. 심지어 싸움이 살인까지 이어지는 경우도 간혹 있다.

부부가 언제 함께 살았는지 기억을 모두 망각한 채로 정말이지 치열하게 싸운다. 이런 가슴 아픈 경우가 너무 많다.

예전에 모 방송국에서 〈자기야 백년손님〉이라는 프로그램을 방영했던 적이 있다. 방송에 출연했던 많은 출연자가 방송 출연 이후에 심심치 않게 이혼했다. 실제로 안 좋은 부부 사이를 방송 출연을 통해 타협점을 찾아보려고 했지만, 역시나 앙금만 남기고 헤어진 경우이다. 가정에서 있었던 불만, 대화 부족, 갈등이 방송에서도 그대로 이어지고 결국 해결점이 보이지 않자, 미련도 없이 각자의 길로 간 것이다.

너무 치열하게 열심히 싸운다고 해서 미운 정이 좋은 감정으로 옮겨가지는 않는다. 적당히 싸우고도 살까 말까 하는 시대인데, 치열하게 싸우는 건 절대로 해서는 안 된다.

"부부싸움은 칼로 물 베기"라는 말은 옛말이다. 서로 옛날처럼 참지 않는다. 부부싸움에는 승자도 패자도 없다. 되도록 싸우지 말자. 결국에는 아무것도 남지 않는다.

PART 4

인연이 아니면
이별을
받아들여라

01

이혼에 대해
철저하게
준비하기

—

결혼 생활을 몇 년 정도 한 여자들은 직감이 있다. 이 남자와 살아봐야 희망이 보이지 않는다. 살아봐야 불행만 있다는 사실을 직감적으로 깨닫는다. 하루하루 살아봐야 의욕만 상실하고 아무런 답이 보이지 않는다. 그런 상황이 오면 심각한 고민을 해야 한다. 인연이 아니면 이별을 받아들여야 한다. 그런 부부는 대화도 없고, 서로 간에 무관심하고, 부부관계는 언제였는지 기억도 없다. 집에 귀가하든지 말든지 관심이 없는 상태가 반복되면 서로 간에 더 살아도 행복해질 수 없다. 그럴 때는 인연이 아님을 받아들여야 한다. 그리고 현실에서 어떻게 살지 고민해야 한다.

이혼에 대한 결심은 스스로 해야 한다. 누가 하라고 해서 이혼을 하는 건 아니다. 모든 판단은 스스로 해야 한다. 같이 살아도 남편이 변화의 기미가 보이지 않는다면 과감하게 이혼해야 한다. 그리고 이혼을 결심하기 전에는 스스로 경제적인 독립을 준비해야 한다. 철저하게 준비해야 한다.

이혼한다고 해서 무조건 불행해지는 시절은 지났다. 그러나 그렇다고 무작정 이혼하는 건 철저히 조심해야 한다. 즉흥적인 이혼은 후회만 남는다. 이혼하기 위해서는 이혼에 대한 준비가 되어 있어야 한다. 이혼하면 세상이 무너질 것 같은 고통, 자존심, 치욕이 있는 것 같지만 실제로는 그렇지 않다. 주변에 이혼하고 잘 사는 사람들을 보아도 알 수 있는 사실이다.

이제는 이혼이 남에게 부끄러운 시대가 아니다. 만약 이혼해야 한다면, 이혼이라는 현실을 냉정하게 받아들여 이혼에 대해 치밀하고 철저한 준비를 스스로 해야 한다. 인생은 처음부터 혼자 왔다가 혼자 떠나는 것이다. 독하게 마음먹고 이혼을 준비해야 한다.

이혼에 대한 두려움, 공포감, 주변에 대한 인식, 혼자 사는 것에 대한 걱정이 너무 앞선다면 이혼하지 말고 그냥 살아라. 미래에 대한 두려움, 걱정, 불안이 과도하게 앞선다면 이혼하지 마라. 하지 않는 것이 맞다. 남편이 어떤 폭력이나 폭언, 불륜, 무시를 해도 견디고 참고 살아야 한다. 하지만 결혼 생활이 고통만 있다는 판단이 서면 이혼해라. 대신 무작정 이혼하지 말아야 한다.

이혼에 대한 대비도 없이 막연히 이혼하면 이상한 남자들이 주변에 꼬인다. 불행의 나락으로 끊임없이 자기의 인생을 몰고 가게 된다. 결국, 외로움, 고독함, 자기비하, 인생에 대한 넋두리나 하면서 알코올이나 약물에 의존하는 삶을 살 수도 있다. 인생을 불행하게 마감할 수 있다. 그래서 이혼도 철저하게 준비 과정이 필요하다는 사실을 알아야 한다.

부부가 더이상 인연을 유지하기 힘든 상황은 누구에게나 올 수 있다. 살아도 아무런 희망이나 행복해질 확률이 없다면 이혼해야 한다. 꼭 함께 산다고 해서 행복하다고는 할 수 없다. 돌싱(돌아온 싱글)으로 행복하게 자기 인생을 다시 역전시키는 여자들도 많다.

이별의 징조는 많다. 부부가 성적불구자가 아닌데도 성관계가 전혀 없다. 대화도 아예 없다. 각방을 쓰고 양쪽 집안의 경조사 모임에도 서로 참석하지 않는다. 이런 상황이 3년 정도 지속되면, 이미 남이라고 봐야 한다. 부부가 관심도 없고, 애정도 없는 무의미한 결혼 생활을 유지하는 건 인생 낭비다. 그렇다면 이 상황에 대한 답은 무엇일까?

살기 힘들다고 해서 남편에게 막연히 이혼을 요구하지 말아야 한다. 이혼은 죽음과 같은 정신적, 육체적인 고통이 뒤따라 온다는 사실을 알아야 한다. 남의 말을 쉽게 하는 사람들은 지나가는 말로 쉽게 이야기한다. "이혼해 버려!", "그런 대접 받으며 왜 사냐?", "이혼하고 재혼해서 잘 사는 남자 많다." 등. 이런 식으로 이혼을 부추기는 사람들도 있다. 속된 말로 남의 가정사에 대하여 쉽게 말하는 것이다. 슬프게도, 남의 불행을 자기의 행복으로 생각하는 사람들이 의외로 많다.

　　그래서 이혼은 철저히 준비해야 한다. 미우나 고우나 둘이 같이 살다가 혼자 살게 된다면, 경제적인 문제가 가장 심각하게 대두된다. 이혼에서 현실적으로는 분명한 건 '돈'이 핵심이라는 사실이다. 돈 때문에 이혼을 포기하는 여자들도 많다. 이혼을 위해서는 이혼 소송을 할 변호사 비용, 최소한 1년 동안 생활하면서 버틸 수 있는 돈, 주거지 등이 있어야 한다. 혼인 생활이 최소한 10년 이상이면 어느 정도의 재산분할은 가능하니 이 점도 참고하자.

　　일단 이혼을 생각한다면, 몇 가지 기본적인 준비를 해야 한다. 그 사항은 다음과 같다.

● 이혼을 고려할 때 준비 사항 ●

◈ 직장 여성이면 상관이 없겠지만, 직장이 없는 여성이면 무엇을 해서 먹고 살 것인지 경제적인 문제에 대하여 구체적으로 고민해야 한다. 예를 들어, 요식업에 종사할 것인지, 요리사를 한다든지, 사회복지사 자격증을 취득해서 관련 업종에 취업한다든지, 요양원이나 복지관에서 일한다든지 등 구체적으로 무엇을 할지 확실하게 계획을 세워라. 단, 남편의 폭력 등으로 이혼을 급하게 하는 경우에는 이혼을 준비할 것 없이 즉시 남편과 별거해야 한다. 자칫 폭력이 위험 수준까지 갈 수도 있기 때문이다.

◈ 남편이 상습적으로 폭력을 행사하는 경우에는 이혼을 서둘러야 한다. 그리고 준비 과정에서 가까운 남자에게 도움을 받아야 한다. 부모나, 오빠, 남동생에게 솔직하게 이야기하고 도움을 구해야 한다. "피는 물보다 더 진하다."고 했다. 가까운 형제에게 본인이 가정폭력을 당하고 있다는 상황을 설명하면서 도움을 받아야 한다. 의지할 형제가 없다면 제일 믿을만한 사촌의 남자에게 도움을 청해야 한다. 그리고 경찰서에 가정폭력을 신고하고 적절한 조치를 취해야 한다. 법원에 접근금지가처분 신청을 하는 것도 좋다.

◈ 남편이 폭력적이지 않은 경우라면 이혼하면 어디서 살 것인지 주거지를 고민해야 한다. 살던 집에서 남편을 나가게 하는 방법도 있지만, 스스로 집을 나가서 이혼 소송을 해야 하는 경우도 있다. 자녀가 있다면 학교 인근에 주거지를 구하는 것이 좋다. 여의치 않다면 전학하는 것도 고려해야 한다. 가장 현실적인 방법은 친정 부모와 함께 사는 것이 제일 좋다. 그리고 현실적으로 전세보증금을 감당할 수 있는 몇 군데의 후보지를 물색해 두어야 한다. 이혼 소송 중에 같은 공간에 있으면 위험한 일이 생길 수도 있다. 가급적이면 별거를 고려해야 한다. 소송 진행에 따라서 남편의 감정이 폭발하면 수습할 수 없는 위험한 상황에 처할 수도 있다.

◈ 가급적이면 이혼 시 재산분할을 많이 받을 수 있는 증거를 고민해 봐야 한다. 혼인 기간 동안 형성된 재산이 많다면 한 푼이라도 더 받아야 한다. 대략 어느 정도의 재산분할을 받을 수 있을지 무료법률 상담소, 대한 법률구조공단 등을 통해 확인해야 한다. 법률 상담은 최소 세 군데 이상의 곳에서 하는 것이 좋다. 변호사들은 사건 수임 전에는 구체적인 답을 주지 않는 경우가 많다는 사실을 명심해라. 상담료를 어느 정도 주더라도 제대로 알아보아야 한다.

❖ 이혼 소송을 하게 되면 불필요한 지인들에게 절대로 이야기하지 말아야 한다. 경험상 불필요한 사람들은 절대로 도움이 되지 않는다. 도움을 주는 것보다 남의 불행을 즐기는 경우가 많다. 저자는 수도 없이 그런 모습을 지켜보았다.

❖ 아이가 있다면 양육권이 문제가 된다. 내가 양육권을 가져야 할지, 남편이 양육하는 것이 맞는지 고민을 해보자. 자녀가 유치원생이거나 초등학생이면 어떻게 아이와 살아갈 것인지 학교 등에 대하여 미리 고민해야 한다. 아이가 있다면 양육권은 가급적이면 내가 가져오는 것이 좋다.

❖ 중요한 사실이 있다. 반드시 비자금이 있어야 한다. 이혼하는 과정에서 워킹맘(Working mom)은 먹고사는 문제를 해결할 수 있다. 하지만 전업주부라면 반드시 비자금을 마련해 두어야 한다. 최소 1년간은 생활할 수 있는 돈이 준비되어 있어야 한다. 1년도 버틸 돈이 없다면 헤어지는 과정에서 고통이 너무 심하다는 현실을 직시해야 한다. 이혼할 때는 변호사 선임 비용 및 최소한 1~2년 정도의 생활비가 있어야 한다.

❖ 변호사를 선임한다면 나의 억울한 심정을 잘 들어 줄 변호사를 잘 만나야 한다. 진심으로 이야기를 들어주지 않는다면 이혼 과정에서 또 다른 상처가 된다. 해당 변호사가 이혼 사

건에 대한 경험이 있는지를 잘 물어보고 최소한 세 곳의 법률사무소에서 법률 상담을 해 보아야 한다. 세 군데 정도의 각각 다른 변호사에게 상담하면 대략적인 이혼에 대한 방향, 소송 결과를 예상할 수 있다.

❖ 변호사가 결혼 생활의 경험, 이해도가 있는지, 그리고 심리학 관련 책 등을 읽었는지도 꼭 확인하자. 이 경우에도 나의 아픔을 진정으로 공감해 주는 인간적인 변호사를 만나야 한다. 남의 불행을 정말이지 말 그대로 남의 불행처럼 생각하면서 오로지 돈만 벌 생각을 하는 변호사라면 다시 고민해야 한다. 세상을 보는 시야, 인간적인 정, 사물을 보는 시각이 있어야 한다. 아무리 삭막한 세상이지만 그래도 나를 이해하면서 위로해 주는 변호사가 좋지 않을까?

❖ 마지막으로 제일 중요한 사실이 있다. 이혼은 협의 이혼과 재판상 이혼으로 나눠진다. 협의 이혼은 말 그대로 협의해서 끝내면 된다. 문제는 재판상 이혼의 경우이다. 재판상 이혼은 소송에서 유리한 판결을 끌어내기 위해 상대방 유책 사유에 대한 증거 확보가 대단히 중요하다. 재산분할을 많이 받기 위해 그동안의 혼인 생활에서 남편의 잘못된 점을 지적할 수 있는 유리한 증거가 최대한 많아야 한다. 이혼 재판은 그 고통이 상상을 초월한다. 준비를 철저히 해야 한다.

무작정 이혼은 절대 금물이다. 전업주부들은 이혼에 대해 신중하게 여러 가지로 고민하자. 아무런 준비 없이 이혼하면 이혼한 이후에도 불행한 삶이 계속된다. 이혼을 위한 철저한 준비 과정이 필요한 이유이다. 이혼 소송 중에는 도움이 되지 않을 지인들에게는 절대로 이혼에 대한 이야기를 하지 말자. 도움은 되지 않고 방해만 된다. 남의 불행을 즐기는 사람도 있다. 어찌 보면 삭막하다. 그래서 이혼 소송은 은밀하게, 치밀하게 해야 한다.

결혼을 도저히 유지할 수 없는 상황이면 이혼해야 한다. 억지로 혼인 생활을 유지하는 것은 더 심각한 문제를 유발한다. 그래서 이혼해야 한다면 냉정하게 현실을 받아들이자. 경제적인 대비 없이 이혼하는 건 정말 심각하다. 이혼 이후에 먹고 살기 위해서 노래방의 도우미로 전락할 수도 있다. 노래방 도우미를 비하하는 건 아니다. 원하지 않는 삶이 될 수 있다는 의미이다. 이혼 이후 인생이 꼬여서 유흥업소로 빠질 수도 있다는 것이다. 이혼을 고민한다면 현실적으로 이혼과 관련된 준비를 철저히 하자. 어떻게 살지에 대하여 구체적인 준비를 반드시 하자. 준비 없는 이혼은 더욱 혹독한 삶을 부른다. 철저하게 준비해야 한다는 사실을 꼭 기억하자.

02
과감하게 먼저
이별 통보하기
—

　이혼에 대한 준비가 되었다면, 남편에게 이혼하겠다는 의사를 알려야 한다. 폭력적인 남편이라면 일단 동거를 하던 집에서 벗어난 후에 이혼 통보를 한다. 별거 후에 법원의 '이혼소장'을 통해서 이혼을 통지하는 방식이 좋다. 혹 그렇지 않은 경우라도, 남편이 폭력을 행사할 수도 있으므로 이혼 통보는 되도록 공개된 식당이나, 커피숍에서 하는 것이 좋다. 이혼을 통보받은 남편이 우발적으로 욱하는 마음에 폭력을 행사하면 신변에 심각한 위험을 느낄 수 있다. 이 경우에는 주변의 도움을 받을 수 있는 공개된 장소가 좋다.

　요즘 시대는 SNS 시대이므로 이를 활용하는 방법도 있다. 카카오톡 등의 메신저를 통해 이별을 통보한다. "더 이상 당신과 혼인 생활을 유지할 수 없다.", "각자의 길을 가자."는 의사를 확실하게 통보해야 한다. 마음이 이미 떠난 남편은 쿨하게, 쉽게 받아들일 수도 있다. 그러나 폭력적인 남편인 경우에는 이혼 통보를 한 이후에 폭력이 더욱 심해질 수 있다. 이혼할 때에는 그런 문제에 대해 어느 정도 각오해야 한다. 주변에 형제들에게 남편의 폭력성에 대해 미리 알리고 도움을 요청해야 한다. 물론 이혼에 대한 의사가 서로 합치된 경우는 원만하게 협의하면 된다. 부부가 각자의 삶을 찾아가면 된다. 재산분할에 대해서는 적정하게 분배할 수 있는 기준에 대해 협의하고, 협의가 되지 않으면 법원의 판단을 받으면 된다.

만약 이혼을 결심했는데 남편이 집요하게 설득한다면 어떻게 해야 할까? 이때 대응방안은 다음과 같다.

① 사과, 반성에 대한 진정성 확인 차원에서 상당 기간 별거를 해 볼 수 있다. 반성에 대한 시간을 좀 더 주는 것이다. 이때 사과나 반성이 가식적인 것인지 잘 살펴보아야 한다. 별거 기간 남편의 태도를 보면 답이 나온다. 카카오톡이나 문자, 혹은 태도에서 아내를 대하는 진심 어린 마음이 있는지 보아야 한다.

② 남편의 시댁 부모나 시누이를 통해서 진심 어린 사과와 화해에 대한 중재가 있어야 한다. 물론 이런 경우라도 당사자인 남편의 혼인 생활에 대한 반성과 사과가 선행되어야 한다. 인성은 절대로 바뀌지 않는다는 사실을 알아야 한다.

중요한 건 한 번 이혼을 결심했다면 다시 예전의 삶으로 돌아가는 게 쉽지 않다는 것을 명심하라. 남편이 아무리 반성을 해도 일시적일 가능성이 매우 높다. 폭력적인 남편이라면 반성이나 사과를 하더라도 전혀 의미가 없다.

나이가 들면서 행복해지려면 단순하게 사는 법을 배우면 된다. 인간관계를 단순하게 하고 불행한 사람, 부정적인 사람을 멀리하면 된다. 그런 사람들을 만나지 않고 인연을 맺지 않는 것만으로도 행복해질 수 있다. 우리는 그런 걸 알면서도 남한테 보이기 위한 모임, 남에게 잘 보이기 위한 삶을 살기 때문에 불행해진다. 결혼도 마찬가지이다. 남편에서 아무런 변화의 조짐이 보이지 않는데도 사는 결혼은 무의미하다. 더 살아도 희망이 보이지 않는다면 누구에게 조언을 구할 것도 없이 스스로 판단해야 한다. 그리고 과감하게 이별해야 한다. 한 번 결심했다면 뒤도 돌아볼 필요가 없다. 미련을 가질수록 영원히 스스로의 불행의 덫에 갇혀서 헤어 나오지 못한다.

"최선을 다한 결혼 생활을 했는데도 남편에 태도가 변함
이 없다면, 그건 나의 책임이 아니라 남편의 책임이다."

이 말은 여자들이나 남자들 모두 명심해야 한다. 부부 중 한쪽이 아무리 최선을 다한다고 해서 행복한 결혼이 되는 것은 절대 아니다. 행복한 결혼은 서로 간에 협조가 될 때 가능하다.

03

또 다른 인생
행복하게 살기

—

러시아의 대문호 푸시킨(Aleksandr Sergeevich Pushkin)의 「삶」이라는 시는 참으로 탁월하다. 인생을 절묘하게 표현했다. 살아보니 삶은 참으로 쉽지 않다. 힘든 일도 있고 슬픈 일도 생긴다. 결혼은 한마디로 표현하면 자기와의 싸움이다. 얼마나 참을 수 있는지에 대한 자기 자신과의 싸움이다. 나는 그럴 때 가끔 푸시킨의 「삶」을 읽는다. 푸시킨의 「삶」처럼, 슬픈 날을 견디면 좋은 일이 있을 것이라는 희망을 품어본다.

삶

삶이 그대를 속일지라도
슬퍼하거나 노여워하지 말라.
조용히 고통의 날을 견디면,
즐거운 날이 찾아오리니….
마음은 미래에 살고
스쳐 가는 슬픔은 다하기 마련.
모든 것은 순식간에 날아가고,
그러면 기쁨이 내일 돌아오느니….

이혼하면 뒤도 돌아볼 필요 없다. 미련도 가지지 말고, 후회도 하지 말자. 그리고 후련하게 생각해라. 지난 과거를 후회한다고 해서 과거로 다시 돌아갈 수는 없다. 과거에 집착하면 현재의 삶이 불행할 뿐이다. 이혼한 여자들과 이야기를 나누어 보면 상처를 극복하는 데 3년 정도가 소요된다고 한다. 이혼 후 3년 동안은 고통 속에서 산다고 보면 된다. 하지만 3년으로 어찌이별의 아픔이 치유될까? 이혼은 평생 고통스러운 상처로 남을수도 있다. 그 고통은 충분히 이해가 간다. 물론 깊은 상처는더 오래간다.

어쩔 수 없이 이혼하게 되면 이혼이라는 현실을 차분히받아들여야 한다. 물론 쉬운 일은 아니다. 자녀를 양육하는 경우라면 아이를 양육하면서 희망을 품으면 된다. 언젠가는 행복한 날이 올 것이라는 희망을 품으면 된다.

이혼을 결심한 젊은 부부가 있다. 그들은 조금의 타협이나 미련 없이 바로 헤어졌다. 아이는 의외로 아빠가 키우겠다고 했다. 엄마가 키우지 않겠다고 한 사연은 이렇다. "내가 직업이 없고 돈도 없으니, 직장이 있는 남자가 일단 키우는 게 맞다. 그리고 나중에 경제적인 능력이 되면 아이를 다시 찾아오면 된다." 그리고 여자는 양육권을 남편에게 주었다. 수긍이 되는 이야기이다.

이혼 후 아이를 키우지 않는 배우자는 외로움과 고독함을 더 많이 느낀다. 삶이 힘들어도 목표가 없고 고통을 이겨낼 힘이 없다. 어떻게든 살아야 한다는 생각이 없다. 삶에 집착이 없다. 나는 이런 사람이 얼마나 고통스럽게 사는지도 직접 보았다. 그래서 여자들에게 당부하고 싶다. 인연이 아니어서 어쩔 수 없이 부부가 이별한다면 가급적이면 양육권은 꼭 엄마가 갖도록 하자. 경제적으로 힘들어 아빠가 키운다고 하는 경우가 많지만, 실상 아이에 대한 모성적인 본능은 분명히 여자들이 더 많다. 물론 그 대신 양육비는 남자에게 철저하게 받자. 요즘은 법원에서 양육비 지급을 강화하고 있다. 양육비 지급을 하지 않는 배우자들에게는 그에 상응하는 법적 조치를 계속 강화하고 있다.

얼마 전에 부천에서 어린 여중생이 친부, 계모의 폭력에 사망한 사건이 있었다. 이혼한 아빠나 계모가 딸 아이를 양육한다고 해서 불행한 건 절대 아니다. 하지만 요즘 들어 아버지가 아이 양육권을 가지고 있으면서 계모의 학대로 인해 아이들이 사망하는 사건들이 의외로 너무 많다. 폭행, 학대, 심지어 사망에까지 이르게 한다. 엽기적이고 충격적인 일이 연일 언론에 보도되는 실정이다.

분명한 건 어떤 경우에도 자녀들만큼은 부모들이 지켜주어야 한다. 낳은 자식이라고 자식을 함부로 대하지 말자. 어린 미성년 자녀들을 학대하면 아이에게 집은 공포의 장소가 된다. 학대, 폭력, 유기에 극도의 공포감을 느낀다. 이혼하는 부모들은 헤어지더라도 아이들은 잘 돌보아 주자.

지방에 살던 한 부부가 있었다. 그들은 상속재산이 많고 모두 능력도 좋았다. 그러나 특별한 문제가 아니라 삶의 방식의 차이로 헤어졌다. 남편은 경제적인 능력도 좋고 아이들에 대한 사랑도 있다. 그리고 부인은 헤어지면서 남편에게 양육권을 주었다. 남편도 부인에게 아이들 면접 교섭을 자유롭게 해주었다. 이처럼 부부가 이혼이라는 삶을 찾았지만, 이혼 이후에도 아이들을 서로 잘 챙겼다. 이혼하더라도 아이들에게 피해를 주지 않는 이런 부부가 되어야 한다.

솔직히 이혼하는 남자의 대부분이 소송상으로 유리하게 끌고 갈 목적으로 양육권을 주장하는 경우가 많다. 이혼이 현실이 되면 남자들은 어느 시점이 지나면 양육비를 잘 주지 않는다. 의도적으로 헤어진 전처에게 고통을 주기 위해서이다. 부모가 되어서 아이들을 상대로 이런 행동은 자중해야 한다.

돌싱(돌아온 싱글)이 되어도 아이와 살면 그래도 행복하다. 그래서 자녀에 대한 양육권이 중요하다. 엄마와 아빠가 이혼하면 아이들은 상처를 받는다. 상처받는 자녀들을 그래도 엄마의 따뜻함으로 보듬을 수 있다. 엄마 역시도 아이와 함께 사는 삶이라면 이혼한 삶이라도 이겨낼 힘이 생긴다. 돌싱으로 살아도 자신감 있게 아이들과 희망의 끈을 놓지 않고 견디면 된다. 푸시킨의 「삶」이라는 시처럼 좋은 날이 오지 않을까. 그렇게 긍정적으로 생각하자.

04

잘못 살아온
인생은 없다.
자책하지 않기

—

인생을 살다 보면 누구나 힘든 시기가 있다. 나 역시 2009년도가 내 인생에서 제일 힘들고 고통스러운 해였다. 한동안 슬픈 삶에서 헤어나지 못했다. 그러다 책 속의 좋은 문구들을 위안 삼아 이를 헤쳐 나갔다. 그리고 스스로 자책하지 말자고 다짐했다.

이혼도 마찬가지이다. 부부는 이혼하면 각자 자책한다. 이혼이 자기의 잘못이 아님에도 왠지 스스로 자책하면서 괴로워한다. 너무 힘들어한다. 이 책을 읽는 여자, 아니 남자도 마찬가지이다. 삶을 자책하지 말자. 자책하는 삶이 되면 모든 일에 자신감이 떨어진다. 사람을 만나더라도 왠지 의기소침해지고 열등감을 가지게 된다. 스스로를 세상과 점점 소외시킬 수도 있다. 나는 직업 특성상 이혼 때문에 사무실에 오는 사람들과 세상 이야기를 많이 한다. 그때에는 가급적이면 자연스러운 일상적인 살아가는 이야기, 부정적인 이야기가 아닌 긍정적인 이야기, 자신감, 희망, 행복 등의 이런저런 이야기를 한다. 이혼 사건을 겪으면서 힘들어하고 자책하는 사람을 너무 많이 보았기 때문이다. 물론 쉽지 않겠지만, 이혼하면 그냥 현실을 받아들이면 된다. 반복적으로 자책하면 세상을 등지고 은둔하게 된다. 사람이 점점 폐쇄적으로 변한다. 이혼하고 혼자 술로 세월을 보내며 자책하다가 자살하는 사람이 종종 나타나는 것도 바로 이러한 이유에서이다.

이혼했다고 인생을 잘못 산 것은 절대 아니다. 이혼 없는 삶이 잘 산 것도 아니다. 어떤 인생이든 정답은 없다. 하지만 이혼하면 대부분 삶에 대하여 자책한다. 그리고 자신감도 의욕도 상실한 채로 자기를 인생의 패배자로 몰고 간다.

어찌 보면 그래서 이혼이 무서울 수 있다. 나는 가끔 삶이 괴롭거나 힘들면 좋아하는 책을 꺼내어서 반복해서 읽는다. 그리고 휴대폰으로 책 속의 좋아하는 문장을 사진으로 찍어서 지하철에서 이를 자주 들여다본다. 힘든 일이 생길 때 극복하는 나만의 방법이다. 책 속의 좋은 명언에서 위안과 자신감을 얻는다.

얼마 전에 유시민의 『어떻게 살 것인가』를 잘 읽었다. 사람의 내면에 쌓인 분노, 원망, 슬픔, 상처에 대하여 어떻게 하면 치유할 수 있을지를 배웠고, 나의 내면을 잘 치유할 수 있었던 책이다. 아픔을 견딜 수 있는 좋은 말들이 많았다.

> "상처받지 않는 삶은 없다. 상처받지 않고 살아야 행복한
> 것도 아니다. 누구나 다치면서 살아간다."

이 말이 참으로 위로가 되었다. 상처를 받지 않는 인생이 어디 있는가? 우리는 누구나 상처받지만, 그것을 치유하는 힘을 가지고 있다. 인생이 그렇다. 아프고 상처받고 슬프고 괴롭다. 그런 내면의 아픔을 딛고 아픈 상처를 이겨나간다. 그러면서 인생은 누구나 힘든 고통이 있어도 이겨나갈 힘이 있다고 위로하면 된다. 자신감을 가지면 된다. 유시민 작가처럼 토론도 잘하고 글도 잘 쓰면서 삶에 내공이 있는 작가도 상처를 받는다. 다만 그는 상처가 있어도 스스로 이겨내는 방법을 잘 터득하고 있다는 것이 우리와의 차이일 뿐이다.

이혼했다고 해서 실패한 인생은 아니다. 잘못 산 것은 더욱 아니다. 주변에 정말 인연이 아니어서 헤어진 사람들을 많이 봤다. 이혼한 남자도 있고 이혼한 여자도 있다. 길거리를 다닐 때 이혼했다고 쳐다보는 사람도 없다. 아무것도 변한 건 없다. 자격지심에 빠지지 말자. 우리는 모두 그냥 똑같은 사람이다.

나를 사랑해 주는 부모, 형제들도 여전히 있다. 이혼했다고 해서 살아가는 것이 달라지는 것도 없다. 단지 한 공간에 있다가 각자의 공간을 찾아서 떠난 전前 남편만이 있을 뿐이다. 같이 있던 그 시절을 습관처럼 생각하면서 괴로울 수 있지만. 헤어진 건 서로 인연이 아니었을 뿐이다.

이혼하지 않고 사는 삶이라고 잘 살았다고 할 수도 없다. 인생은 다 똑같다. 이혼을 괴로워하면서 술로 세상을 사는 여자들을 많이 보았다. 그렇지 않은 여자들도 있지만, 괴롭고 힘들고 아프고 상처받았던 인생을 이야기하면서 한없이 억울해하던 여자들을 많이 보았다. 그 여자들을 동정했지만, 그렇다고 그 여자들이 인생을 잘못 살았다고는 절대로 생각하지 않는다.

이혼한 여자들이 한 번쯤 읽으면 좋을 책이 있다. 작가 공지영의 소설 『무소의 뿔처럼 혼자서 가라』가 바로 그것이다. 제목에서 자신감이 느껴진다. 소설 속 세 명의 여주인공은 결코 행복하지 못한 결혼 생활을 한다. 그러던 와중에 여주인공 한 명이 스스로 죽음을 선택하는 걸 보고 나머지 두 명의 주인공이 새로운 깨달음을 통해서 인생을 다시 출발하는 내용이다. 잘 알려진 내용이다. 소설에서 전달하는 내용 중 이혼한 여성들에게 공감되고 힘이 되는 말이 있다.

"남들이 원치 않는 독립과 자유를 찾아 무소의 뿔처럼
　혼자서 가라."

　공지영 작가의 소설처럼, 무소의 뿔처럼 혼자서 가보자.
자책하지 말고 당당하게 인생을 새롭게 살아보자. 절대로 잘못
산 인생은 없다는 사실을 알아라. 나만의 활기찬 인생을 자신
감 있게 살아가자.

05

불행한 운명을
행복으로 바꾸기

—

이혼해서 불행하다고 생각을 한다면 불행을 행복으로 바꾸는 연습을 끊임없이 해야 한다. 그런 연습 과정을 통해서 행복으로 운명을 바꾸어야 한다. 그런 훈련을 통해서 의외로 씩씩하게 잘 사는 사람들이 많다. 그만큼 이혼이 당당한 시대가 온 것이다.

이혼했다고 위축될 필요도 없다. 은둔할 필요도 없다. 비굴할 필요도 없다. 굳이 자랑도 아니지만, 주변에 밝히지 못할 이유도 없다.

세상의 소유물이 다 사라진다 해도
슬퍼하지 마라, 아무것도 아닌 것이니.
세상의 소유물을 다 가졌다 해도
너무 기뻐하지 마라, 아무것도 아닌 것이니.
고통과 환희도 지나가 버리는 것이니,
세상을 지나쳐 가라, 아무것도 아닌 것이니.

플라톤(Plato)의 시처럼 세상은 아무것도 아니다. 그냥 흘러간다. 누가 나를 지켜보는 것도 아니다. 당당하게 살라고 말하고 싶다. 그냥 주변을 의식하지 말고 행복하게 살아라.

그리고 당당하고 행복하게 살기 위해서는 먼저 건강해야 한다. 운이 나빠지면 건강이 먼저 나간다고 한다. 주변의 사람도 멀어진다. 그러니 건강은 무조건 철저하게 관리해야 한다. 몸에 좋은 맛있는 음식, 좋은 영양제, 좋은 건강식… 가끔은 근사한 레스토랑에서 우아한 식사도 하고 말이다.

쇼펜하우어(Schopenhauer)의 『행복론과 인생론』에서 '행복에 대하여'라는 부분에서는 이를 잘 정리해서 보여준다.

"우리 행복의 90%는 건강에 의해 좌우된다. 건강이 모든 것을 향유享有 하는 데 원천이 된다."

이혼했다고 술을 마시고 줄담배를 피우고 몸을 학대하는

여자나 남자를 많이 봤다. 실제로 그렇게 폐인처럼 살다가 죽는 사람을 보았다. 몸을 자학하고 학대하면서 마시는 술은 몸의 독이다. 그리고 스스로 삶을 마감하듯이 하면서 몸을 함부로 대하면, 결국 내 몸도 주인이 함부로 대하는 걸 알고 스스로 상처를 입는다. 그렇게 건강을 잃고 몸과 마음이 다쳐서 40대에 요절하는 사람들이 의외로 주변에 많다. 그만큼 이혼이라는 충격은 여전히 힘든 고통이다. 헤어짐, 이별, 이혼… 이런 말들은 기본적으로 사람에게 상처가 된다.

그렇지만, 지금의 시대는 절대로 그렇게 살 필요가 없다. 이혼해서 자식이 있든 없든, 일단 내 몸을 건강하게 하자. 그러면서 서서히 행복해지는 연습을 조금씩 준비해 나가면서, 젊은 날의 미혼으로 돌아가는 과정을 조금씩 찾아가면 된다. 그렇게 인생의 행복을 다시 찾으면 된다.

김소월의 「진달래꽃」에서 나오는 "나 보기가 역겨워 가실 때에는 말없이 고이 보내 드리오리다."이라는 말처럼, 쿨하게 이혼한 배우자를 보내면 된다.

김형경의 『좋은 이별』에는 이런 말이 있다.

"그래. 떠나라. 난 행복하게 살련다. 속이 시원하다. 결혼도 해봤고, 한 번밖에 없는 내 인생. 마음 가는 대로 살아보자."

오늘부터 봄날 같은 내 인생만을 살자. 그리고 당당하게 외처라. 불행이여 떠나라. 그리고 행복만 내 곁에 와라. 나는 꼭 행복하게 살 수 있다고 말이다.

PART 5

그럼에도
행복은 당신이
만들어야 한다

결혼했다고 해서 꼭 배우자에게 행복을 요구하지는 말자. 내가 먼저
스스로 행복해지는 연습을 해야 한다. 이혼한 여자들도 마찬가지이다. 세상
을 원망하지 말고 스스로 행복을 만들어 가면 된다. 넋두리만 한다고 해서
행복해지지 않는다. 자존감을 세우고 글쓰기나 독서, 인생의 멘토 등을 만
들면서 정신건강을 맑게 회복해 주는 연습을 해야 한다.

01

자존감과
꿈을 만들어라

—

　몇 년 전 대한항공의 땅콩 회항 사건이 큰 문제가 되었다. 케네디 공항을 출발하여 인천 국제공항으로 향하던 대한항공의 여객기에서 항공사 회장의 딸이 '땅콩 제공과 관련한 서비스'를 문제 삼아 항공기의 사무장을 강제로 내리게 했다. 항공편의 이류이 지연되는 초유의 사건이 발생했다. 국내의 여론이 들끓었다.

　당시 항공사의 피해 사무장이 방송에서 인터뷰하면서 우는 모습을 보았다. 사건 이후에 항공사 회장의 딸이 사과하였지만, 사무장은 "나는 자존감이 무너졌다.", "나의 자존감은 어디서 회복해야 하나?"라고 이야기하면서 눈물을 흘리며 인터뷰하였다. 자존감이 무엇이기에 사무장은 그 막강한 재벌 회장의 딸을 상대로 자존감 회복을 이야기했던 것일까? 사무장은 거대 조직을 상대로 어떻게 자존감을 회복한다는 것일까? 도대체 자존감은 무엇이기에 그토록 자존감을 이야기하는 것일까?

자존감은 '자신이 가지고 있는 자신에 대한 고유한 평가, 능력' 정도로 볼 수 있다. 자존감이 무너지면 우리는 그로 인해 상처받거나 모멸감을 견디지 못하고 심하면 자살을 하는 상황에까지 이르게 된다. 그만큼 자존감은 아주 중요하다.

우리는 인생에서 어떤 상황에서도 자존감을 잘 가져야 한다. 좋은 자존감을 가지면서 행복하게 사는 방법을 평상시에 만들어야 한다. 돈이나 권력이 있다고 해서 자존감이 안 무너지는 것은 아니다. 부자나 권력을 가진 사람들도 자존감이 무너져서 자살하는 경우가 많다. 반면에 물질적으로 부족해도 의외로 세상의 모진 풍파도 잘 견디며 사는 사람들도 많다.

예전에 소설가 양귀자의 『모순』이라는 소설을 읽은 적이 있다. 소설에는 쌍둥이 자매가 등장한다. 늘 평탄한 인생을 살았던 동생은 스스로 불행하다고 생각하여 삶을 마감하지만, 모진 풍파 속에서 억척스럽게 자식을 위해서 살아가는 언니는 인생에는 늘 고통이 따른다는 현실을 받아들인다. 억척스럽고 씩씩하게 견디면서 오늘도 불평 없이 인생을 살아간다.

누구는 인생이 힘들어도 긍정적으로 생각하면서 행복으로 받아들인다. 또 다른 누구는 불행으로 받아들인다. 『모순』의 주제는 그런 것이다. "인생이 힘들다고 해서 결코 그 인생이 불행한 것은 아니다.", "인생이 평탄하다고 해서 결코 그 인생이 행복한 것도 아니다.". 아주 오래전에 읽었던 소설이지만, 지금처럼 인생이 힘들 때 읽으면 힘든 삶이 반드시 불행한 건 아니라는 자신감이 생긴다. 불확실한 시대이다. 그래도 행복을 점점 상실하는 이 시대에 자존감은 지키자. 좋은 자존감, 자기를 행복하게 해주는 자존감을 만들자.

결혼 생활을 하면서도 남편에게 너무 의지하지 말아야 한다. 남편에게 의지하지 않는 스스로의 자존감을 잘 지켜야 한다. 자존감이 무너지는 상황이 오면 힘들어진다. 자존감이 무너지면서까지 남편하고 산다면 이미 대등한 삶이 아니다. 그런 상황이 온다면 결국에는 이별이 오기 때문이다. 자존감이 무너져가면서까지 결혼 생활을 유지해야 할 이유는 없다. 사람들에게 자존감은 어떻게 보면 목숨보다도 중요하기에, 자존감을 지키려고 한다. 이혼했다고 해도 마찬가지이다. 어떤 상황에서도 자존감을 지켜야 한다. 자기의 몸을 함부로 대하면서 자기 자신을 스스로 하찮은 존재로 취급해서는 곤란하다. 자기 자신을 사랑하지 않는데 누가 당신을 사랑해줄까? 그래서 자존감이 중요하다. 자기 스스로 내면의 의지를 잘 가져야 하는 이유이다.

누구든지 모임에 참석했을 때 전혀 주목을 받지 못하는 경우가 있다. 아무도 알아주지 않는 경우가 많다. 모임에서 인사말이라도 한 번 하게 해주면 좋겠지만, 대부분 그렇지 않다. 그러면 그런 모임에는 잘 가지 않게 된다.

모든 사람이 그렇다. 나를 조금이라도 알아주는 모임에는 적극적이지만, 그렇지 않은 모임에는 당연히 관심을 갖지 않는다. 그런 모임에서는 당연히 자존감이 상한다. 자존감이 무너지는 상황을 자주 겪으면 자신감을 상실할 수도 있다. 그래서 평상시에 삶에서 내공을 쌓고 잘 이겨내야 한다. 지금처럼 이혼이 많은 시대에는 더욱 자존감이 중요하다.

자신을 사랑해야 남도 사랑하게 된다. 그래서 결혼하기 전부터 자존감을 지키는 방법을 알아야 한다. 결혼해서도 남편과 상호 간에 존중하는 관계를 지속하면서 자존감을 지키고 조화로운 관계를 유지하는 방법도 알아야 한다. 그리고 이혼했다고 해서 주변의 시선을 신경 쓰지 말자. 낙천적이고 긍정적으로 사는 방법을 끊임없이 생각하고 실천하는 노력을 하자.

이혼한 자신의 현실을 비관하고 스스로를 원망하면서 밤, 낮으로 술에 의지하는 남자와 여자가 많다. 자신의 지나온 세월을 극복하지 못하고 불치의 병을 얻고 쓸쓸하게 사망하는 여자들! 주변에 의외로 많다. 힘든 건 알지만 그렇게까지 자기를 학대하면서 살 필요는 없다.

오늘도, 내일도 항상 머릿속에 나의 자존감을 잘 지켜나가자. 그리고 반복적으로 외치자. "나는 대단한 사람이다!". 무의식이 의식이 되면 좋은 자존감이 만들어진다. 살면서 최소한의

자존감은 가지고 살자. 그 자존감을 무너뜨리면서까지 살 필요
는 없다.

02
홀로 여행해라

—

여행가 한비야는 세계의 다양한 나라를 여행했다. 혼자서 참으로 대단하다. 그러면서 삶의 활력을 많이 찾았다. 여행에서는 인생을 배울 수 있다. 인생의 행복도 얻을 수 있다. 한비야처럼 오지를 혼자 여행하라고 권하는 것은 아니다. 하지만 혼자 다녀도 치안이 안전한 나라는 홀로 여행해도 좋다.

혼자 하는 여행은 여행 도중 많은 사색을 할 수 있다. 혼자 다니면서 많은 깨달음을 얻기도 한다. 부부가 같이 다니는 여행이 싫어서 혼자 다니는 여자들도 많다.

부부가 꼭 같이 여행을 다닌다고 행복한 여행이 되는 것은 아니다. 가끔은 각자 다녀도 좋다. 기혼이든, 싱글이든, 돌싱(돌아온 싱글)이든 혼자 다니는 여행이 때로는 좋을 수 있다. 누가 잔소리하는 사람도 없고, 자고 싶으면 자고, 먹고 싶으면 먹고, 가보고 싶은 장소가 생기면 그냥 가면 된다.

상처를 치유하기 위해서 여행을 자주 다니는 여자들이 많다. 이혼하고 혼자 사는 여자들과 대화를 해보았다. 의외로 이혼을 극복하는 방법으로 여행을 많이 이야기한다. "잘 지내세요?"라고 하면, "네. 여행하면서 잘살고 있어요.", "잊으려고 많이 노력해요. 여행이 큰 힘이 되었어요."와 같은 대답이 많다. 그녀들은 여행이 큰 치유 효과를 발휘했다고 이야기한다. 걸어 다니면서 세상의 다양한 사람들을 보는 과정에서 마음의 위안을 찾는다. 사람들의 삶에서 인생의 활력소를 찾는다. 여행이 힐링(healing)으로 작용하는 것이다.

나 역시도 여행을 통해 부탄에서 '행복한 삶'을 보았다. 그리고 쿠바에서도 인생의 행복을 찾았다. 인생이 힘들어도 왜 살아야 하는지 여행을 통해서 알았다. 여행은 그래서 행복하다. 여행에서 만난 사람은 당신이 이혼했는지, 결혼했는지 관심이 없다. 그저 현재의 당신만을 보고 대화한다. 마음을 힐링하고 상처를 극복하는 데 여행만큼 좋은 것이 없다. 직접 경험을 통해 깨달은 사실이다.

오스트리아의 여행 칼럼니스트 카트린 지타(Katrin Zita)는 자신의 저서 『내가 혼자 여행하는 이유』에서 "어리석은 자는 방황하고, 현명한 자는 여행을 한다."라고 했다. 그녀는 일 중독으로 인생에서 남은 건 관계 단절, 이혼이라는 인생의 상처밖에 없다는 사실을 알고 여행을 떠난다. 자신이 진정으로 원하는 것이 무엇인지를 알기 위해서 말이다. 그리고 혼자 여행하면서 자기의 인생을 제대로 찾게 된다. 카타린 지타는 이야기한다.

"여행은 우리를 용기 있게 만든다. 두려워서 도망치는
게 아니라 두려운 것을 시도하게 만든다."

맞는 말이다. 두려운 것을 시도해야 한다. 이혼했다고 방황할 필요는 없다. 여행이라는 또 다른 행복한 인생이 있다. 이혼했다고 과거 속에서 빠져 사는 것은 아무런 해답도 주지 않는다. 현실을 받아들여라. 이혼했다고 이 세상의 종말이 온 것도 아니고 지구가 멸망한 것도 아니다. 그냥 내 인생의 한 부분에서 다른 사람이 다른 공간으로 이동해 간 것뿐이다.

그런 과거에 집착하면 현재도 끊임없이 불행하다. 미래로 전혀 나아가지 못한다. 그래서 세상으로 떠나야 한다. 그런 치유를 할 수 있는 방법은 여행이다. 여행은 사람을 행복하게도 해주지만 치유도 해준다. 여행은 또 다른 세상이고, 행복 그 자체이다. 혼자 떠난다고 누가 비웃는 사람도 없다. 많은 사람이 추석이나 명절에 여행을 떠난다. 그리고 요즘은 여행하기 얼마나 좋은가? 가까운 여행지를 찾아서 지금의 일상을 모두 다 내려놓고 하루, 이틀 정도 망가지면서, 자유롭게 세상을 잊으러 떠나는 여행.

떠나라. 이혼하고 그 상처를 치유하기 위해서 새로운 세상으로 혼자 떠나라.

여행은 우리를 용기 있게 만들어 준다. 누구도 나의 아픈 인생을 대신 살아주지 않는다. 누가 대신 와서 나의 아픔을 치유해주지 않는다. 한 번뿐인 나의 인생을 위해 세상 속으로 다시 뛰어들어라. 두려워서 세상에서 도망치면 안 된다. 상처받은 삶을 세상 사람들에게 보이고 싶지 않아서 다시 어둠으로 숨어버린다면, 당신은 영원히 햇빛이 있는 따뜻한 세상으로 나오지 못한다.

이혼했다고 세상이 달라진 건 아무것도 없다. 당신 스스로가 다르다고 생각하고 있을 뿐이다. 여행으로 인생에서 또 다른 변화를 주는 것도 좋은 방법이다. 누군가에게 의지하지 말고 혼자 떠나자. 그리고 스스로 이겨내자. 세상에는 나보다 더 힘든 사람들이 더 많다는 사실을 여행을 통해서 알게 된다. 확신한다.

03
고전古典 독서로
마음을 치유해라
—

책을 사면 기분이 좋다. 만 몇천 원하는 책에서 좋은 문구를 발견해서 형광펜으로 밑줄을 그으면 기분이 좋다. 동굴에서 보물을 찾은 느낌이다. 그런 좋은 문구에는 '포스트잇'을 붙여두고 나중에 쉽게 찾을 수 있도록 표시한다. 나중에 슬프고 괴로운 일이 있을 때 다시 읽으면 좋은 힐링이 된다. 부부가 결혼해서 독서를 많이 하면 서로 간에 공감대를 많이 찾을 수 있다.

법정 스님은 생전에 주옥같은 의미 있는 글들을 참으로 많이 저술하였다. 임종 직전에는 자신의 생애 동안 쓴 모든 책을 절판하라고 하셨다. 그런 이유로 스님이 떠나고 나서는 출판사에서 주옥같은 그의 책을 더 이상 출판하지 않는다.

『법정 스님의 내가 사랑한 책들』의 서두에는 이런 말이 있다.

"법정 스님은 일생동안 꼭 한번 보았던 결혼식 주례에서
바로, 평생을 책 읽는 부부가 될 것을 당부하였다."

이 말씀에 대하여 너무나 공감한다. 평생을 책을 읽지 않
고 사는 부부들이 얼마나 많은가. 법정 스님은 아마도 책을 많
이 읽는 부부가 행복하게 살 확률이 높다는 말씀을 하신 것이
아닐까. 그리고 부부간에 갈등이 있어도 잘 이겨낼 힘을 책에서
얻게 되고, 결국, 책을 읽으면서 성찰한다는 것이다.

이혼한 삶도 마찬가지이다. 어쩔 수 없이 헤어졌다면 현
실을 냉정하게 받아들여야 한다. 아프고 슬프고 괴롭겠지만 다
시 예전으로 돌아갈 수는 없다. 그럼 어떻게 해서 이 슬픔을 이
겨 낼 수 있을까. 고전古典 독서를 강력하게 추천한다. 아날로그
(analog)적인 독서를 많이 해서 감성을 가질 필요가 있다. 다시
혼자로 돌아가는 연습을 하면 된다. 책 속에 얼마나 많은 지혜
의 글이 있는가.

이혼했다면 고전 독서에 도전해라. 몇 권을 읽을지 명확하
게 목표를 정하고 시작하라. 한 달에 3권만 읽어도 1년이면 36
권이다. 10년이면 360권이다. 그중에서 좋은 책들이 얼마나 많
은가. 특히 고전에는 지혜가 있다.

시골의사 박경철의 저서 『자기혁명』에서 『주역周易』을 추천

해서『주역』을 읽게 되었다. 주역에서 제시하는 여러 가지 인생의 지혜를 배웠다. 주역은 점서占筮가 아니다. 인생의 변화를 가르쳐 주는 길잡이 같은 책이다.

고전에서는 인생의 지혜와 사람 사는 냄새가 난다.『사기史記』,『논어論語』,『맹자孟子』, 등의 고전과 플라톤(Plato), 세네카(Seneca), 소크라테스(Socrates), 쇼펜하우어(Schopenhauer) 등의 인물이 저술한 각종의 철학서는 인생을 다시 사유하게 해 준다. 고전을 통해 인생을 다시 알게 된다. 이혼하지 않은 여자들도 마찬가지로 고전 독서에 미쳐야 한다. 지금보다 더욱 행복하게 살 수 있는 삶의 지혜를 얻어야 한다. 불행하다고, 희망이 없다고 책을 읽지 않는 여자들이 넘친다. 그렇게 해서는 인생 자체의 변화를 기대할 수 없다. 나는 독서를 강력하게 권한다. 독서를 통해 목표를 달성하는 참맛도 느낄 수 있고 인생을 다시 성찰하는 계기도 된다. 5년간 200권 정도의 고전만 읽어도 인생의 참맛을 알 수 있다. 틀림없이 그렇게 된다. 그러면 스스로의 인생에 변화가 온다고 단언할 수 있다. 독서를 많이 한 사람들은 절대 불행하지 않다.

이혼했다고 해서 시간을 헛되이 보내면 안 된다. 서로 인연이 아니어서 헤어졌는데 남을 의식할 필요가 있을까.

헤어진 배우자와의 상실감과 슬픔을 말로 표현할 수는 없다. 그래도 이혼했지만, 행복하게 사는 사람들이 의외로 많다. 헤어지고 나면 이혼이 홀가분하다고 하는 여자들도 많이 보았다.

여자들이 마음을 힐링하는 방법은 많겠지만, 그중 하나가 독서라는 생각이 든다. 책에는 좋은 삶의 지혜가 얼마나 많은가. 그 지혜가 담긴 주옥같은 문구를 되새기면서 아픈 추억을 잊을 수 있다. 책, 독서는 그런 힘이 있다. 인간의 아픈 상처를 감싸주고, 안아주고, 보듬어 주는 그런 힘이 있다.

책을 읽지 않는다고 모두 불행하게 살지는 않는다. 책을 읽지 않아도 잘 사는 사람들도 있을 것이다. 하지만 인생이라는 것이 좋은 일만 생기는 것은 아니다. 인생이 어떻게 좋은 일만 생길까. 근심, 고민, 번뇌, 슬픔, 아픔, 시련… 이런 문제가 닥치면 어디에서 삶의 지혜를 얻고 답을 구할까? 소장 가치가 있는 좋은 책들을 구매하고 부지런히 형광펜으로 책에 밑줄을 그으면서 지혜를 습득하자. 밑줄 친 명언에서 늘 삶을 깨우치자. 그런 행동을 습관화시키자. 그래서 책에서 힘을 얻어야 한다. 독서에는 힘이 있다. 그리고 고전 독서는 인생의 길을 알려준다. 나는 삶이 힘들면 독서를 하면서 현실을 극복했던 앞서간 선인들을 생각한다. 삶의 고통을 책으로 승화시킨 사마천司馬遷처럼 말이다.

헤어졌다고 지구가 망한 것도, 내 삶의 모든 게 파괴된 것도 아니다. 나는 그 자리에 있다. 태어날 때 혼자였던 것처럼 그냥 다시 혼자가 되었다. 태어날 때처럼 다시 혼자가 된 것일 뿐이다. 결혼해서 사는 부부든, 이혼한 여자든 독서를 많이 해서 위로받고 글로 인생의 상처를 극복하는 지혜를 키우자. 다시 돌아갈 수 없다면 현실을 그대로 직시하고 행복하게 사는 연습을 많이 하자. 그러면 행복해진다. 인생이 다시 가치 있게 느껴진다. 목표도 생긴다. 다시 행복해질 수 있다.

그 방법 중의 하나가 독서라고 나는 감히 말하고 싶다. 지금부터 당장 고전 독서를 실천하자.

04

글쓰기로
행복한 인생을
만들어라

—

소설가 박경리의 『토지(土地)』를 보면 작가의 역량에 감탄하게 된다. 어떻게 그렇게 많은 다양한 인물을 개성이 있게 섬세한 표현을 하는지 감탄사가 나온다. 박경리는 1959년 한국 전쟁 때 남편과 사별死別하였다. 그녀는 남편과의 사별을 뒤로하고 어린 딸을 키우면서 작가로서 한국 문학사에 엄청난 흔적을 남겼다. 박경리에 대한 문학적인 평가는 정말 대단하다. 그러나 내 눈에는 여자로서 힘든 삶을 극복한 게 더 대단해 보인다. 그녀는 남편 사별의 슬픔을 글쓰기로 승화해 작가로서 새로운 인생을 살았다. 글로 역작力作을 만들고 스스로의 삶을 더욱 도약시켰다. 정말 대단하지 않은가. 혼자 사는 삶에 대해 원망도, 자책도 하지 않았다. 스스로 대단한 혼을 지녔다. 그래서 박경리가 대단하다.

이혼한 여자들도 마찬가지이다. 계속 슬퍼하지 말고, 아파하지 말고, 상처받지 말고, 좌절하지 말고, 글쓰기를 하라. 박경리를 타산지석他山之石으로 삼아 도전해야 한다.

아픔의 흔적을 글로 쓰며 자기의 삶을 표현하는 과정은 상처를 치유할 수 있다. 그리고 새로운 것에 몰입하는 재미도 있다. 무언가에 몰입하면서 이혼의 상처를 잊으면 된다. 이혼했다고 방황하고 실패한 인생이라고 자책하면서 살 필요가 없다. 글을 쓰면서 세상을 잊고 자기가 하고 싶은 말을 하며 삶을 가치 있게 살 수 있다. 그러다가 박경리처럼 유명한 작가가 될지도 모를 일이다. 아니, 박경리보다 더 유명한 작가도 될 수 있다. 유명 작가까지는 아니더라도 글쓰기 재주를 발견할 수도 있다.

이혼하면 매일 조금씩 글을 쓰자. 글쓰기에 도전해보자. 그리고 작가에 도전해보자. 작가가 되는 데 무슨 자격이 있는 것도 아니다. 무슨 학벌이 필요한 것도 아니고, 특별한 경력을 요구하는 건 더욱 아니다. 이혼한 여자들에게 진지하게 이야기하고 싶다. 다시 행복해지고 싶으면 글쓰기를 해라. 그리고 작가가 되어보자.

그리고 글쓰기를 통해서 또 다른 자신감이 있는 삶을 살 수 있다.

글을 쓸 때는 아픔, 슬픔, 고통, 상처, 실패, 사랑, 마음의 병이든 자기가 하고 싶은 이야기를 마음껏 도전해 보아라. 직장을 다니는 여성도 퇴근 후에 글을 쓰면 되고 경력이 단절된 여성도 도전하면 된다. 도전하면서 정신없이 바쁘게 살아라. 과거에 집착해봐야 아무런 도움이 되지 않는다. 작가가 되어보자. 자기 삶의 경험을 한 번 책으로 써보는 것도 좋다. 아픈 상처가 있으면 글로 써보자. 어렵지 않다. 도전해라. 박경리 작가의 『토지』같은 역작이 나올지 어떻게 아는가.

소설가 박완서도 나이 40세가 넘어서 글쓰기에 도전하여 박경리에 버금가는 엄청난 작가가 되었다. 박완서와 박경리에 대하여, 감히 나는 어떤 평가를 할 위치에 있지 않다. 다만 요즘처럼 쉽게 좌절하고 포기하는 세대에게 이야기하고 싶다. 이혼했다고 좌절하고 살기에는 인생이 너무 짧다. 과거에 함몰되어 불행하게 살기에는 인생이 너무 빨리 간다. 이혼했다면 더욱 긍정적이고, 능동적으로 살아라. 아픔을 딛고 한국 문학계에 큰 별이 된 박경리, 40대에 새로운 인생에 멋지게 도전하여 한국 문학계의 거대한 별이 된 박완서처럼 글쓰기 작가로 도전하라고 말하고 싶다.

『해리포터 시리즈』의 저자 롤링(Joanne K. Rowling)도 이혼녀였다. 『해리포터』는 전 세계적으로 4억 5천만 부 이상 판매되었으며 지금까지 67개 언어로 번역된 책이다. 역사상 가장 많이 팔린 베스트셀러 책 시리즈이고, 전 세계에서 가장 많은 수익률을 낸 영화 시리즈의 원작으로도 기록되는 책이기도 하다. 바로 이 책을 쓴 롤링도 이혼녀이다. 이런 롤링도 한때는 이혼 이후에 싱글맘(single mom)으로서의 생활고와 가난했던 시절의 우울증으로 자살을 시도했었다. 이런 사실을 해리포터의 독자들은 과연 상상할 수 있을까? 그녀는 경제적인 어려움으로 국가의 생활 보조금을 지원받으면서 『해리포터 시리즈』를 집필했다.

이렇게 뛰어난 상상력으로 세계적으로 유명한 작가도 첫 결혼만큼은 원하는 방향으로 살지 못했다. 그리고 많은 상처도 있었다. 하지만 롤링은 이 시련의 시기에도 작가의 꿈을 버리지 않고 『해리포터 시리즈』를 집필했다. 그리고 세계에서 가장 유명한 작가가 되었다.

이혼했다고 슬퍼하거나 괴로워할 필요는 없다. 아무것도 시도하지 않으면서 불행한 자기의 삶을 원망한다면 그건 자기의 잘못이고 자기 탓이다.

행복해지기 위해서 지금부터 글쓰기에 도전하자. 그리고 박경리가 되자. 박완서가 되자. 롤링이 되자. 자신감을 가지고 힘차게 해보자. 글쓰기는 분명히 당신을 다시 행복하게 할 수 있다. 확신한다.

05

행복한 사람,
좋은 사람 그리고
친구를 멘토mentor로
두어라

행복해지려면 행복한 사람 곁으로 가라고 했다. 실제로 불행한 사람 옆에 있으면 불행해진다. 사회생활에서도 늘 투덜거리고 부정적인 생각을 하는 사람과 같이 있으면 피곤하다. 하지만 재미있고 행복한 이야기를 하는 사람을 만나면 즐겁다. 인생도 그렇다. 나에게 도움이 될 인생 멘토(mentor), 조언자가 많다면 시련이 와도 그들에게 의지할 수 있다. 멘토는 정신적인 위안과 상처를 치유할 수 있는 힘을 준다.

인생 멘토, 행복 강의의 저자들이신 이 시대의 정신 멘토로 혜민 스님, 법륜 스님, 이해인 수녀님 등의 좋은 말씀이 많다. 직접 만나지 않아도 유튜브(YouTube)에서 그분들의 좋은 강의를 들을 수 있다. 그런 인생 멘토의 강의를 지속해서 들으면 힘이 난다. 삶을 다시 열심히 살고 싶어진다. 가슴에 맺힌 응어리도 풀린다. 그래서 멘토가 필요하다. 이혼했다고 비관하지 말고, 이런 분들의 강의를 찾아다니면서 듣자. 그리고 대화도 나누어 보자. 만남을 요청하는 편지를 써보는 것도 좋다. 혹은 외부 강의 일정이 있다면 직접 가서 들어보자. 그런 자리에서 고민을 이야기하면 된다. 그런 분들을 통해서 계속 삶에서 에너지를 찾아야 한다. 상황이 여의치 않으면 온라인 강의를 통해서라도 그분들의 이야기를 반복해서 듣자. 그런 과정에서 새로운 인생의 행복을 찾자. 그러면서 점점 나 자신을 사랑하는, 내가 주인공인 삶을 찾아가자.

남을 의식하면서 사는 삶은 어리석다. 보수적인 우리 부모님 세대로 인해 이혼이 죄인 것처럼 숨죽이고 사는 여자들이 많았던 시절이 있었다. 이제는 그럴 필요 없는 세상이다.

한 번뿐인 인생, 재미있게 살자. 이혼했다고 해서 결혼한 사람을 부러워하고 비교하면서 평생 주눅 들어서 살 필요도 없다. 또 결혼했다고 너무 남편 비위를 맞추면서 살 이유도 없다. 자신감 있게 행복한 인생을 살자. 물론 행복을 위해서 끊임없이 노력해야 하는 건 사실이다. 노력하지 않고 얻는 건 아무것도 없기 때문이다. 그래서 인생의 좋은 멘토는 필요하다. 지금 당장 나의 멘토를 만들어 보자. 그리고 멘토를 통해서 삶의 활력을 얻자. 나의 인생에서 내가 주인공처럼 살 방법을 깨닫자. 그런 조언을 통해서 남을 위한 인생이 아닌, 내가 살고 싶은 진정한 인생을 살자. 중년의 아내들도 "남편의 인생을 살고 있다."고 우울증을 호소하는 경우가 많다. 어떤 방식이든 나의 인생을 살아야 한다. 결혼이 인생의 무덤은 아니다. 이혼이 무조건 나쁜 것도 아니다.

한 번뿐인 인생을 스스로 잘 정리하면서 나만의 인생을 살도록 하자. 상처받지 않고 일생을 행복하고 문제없이 사는 사람은 아무도 없다. 인생에서 아픔이 올 때는 멘토와 함께 잘 극복하는 힘을 키우자.

나는 조용헌 교수가 했던 이 말을 좋아한다.

"한 번밖에 없는 인생 근심만 하고 살 것인가."

지금부터 인생 멘토를 적극적으로 만들자. 삶이 힘들 때는 멘토들과 함께 음악, 명상으로 마음을 다스리면서 힘을 얻자.

꼭 유명인이 아니어도 좋다. 멘토의 대상은 편하게 내 이야기를 들어주는 상담 센터의 심리치료사일 수도 있고, 좋은 심리 서적의 작가일수도 있다. 주변에 찾아보면 많다. 가슴이 따뜻해지는 이야기를 해 주는 인생 멘토를 만들어 보자. 기쁨을 나누면 배가 된다고 했지만, 슬픔을 나누면 반이 된다고 했다. 나의 답답한 마음을 들어주고, 이해해 주고, 함께 아파해 줄 사람. 세상은 의외로 그런 따스한 사람들이 더 많다는 사실을 기억하자.

『감옥으로부터의 사색』의 저자 신영복 교수가 세상을 떠난 지 벌써 몇 년이 되었다. 이렇게 수십 년간 옥중 생활을 했던 분들의 책을 한 권 소장하고 읽는 것도 인생에 힘이 된다. 아픔에 깊이가 깊었던 분들이 고통을 이겨낸 과정을 읽고, 그곳에서 힘을 얻을 수 있다. 이렇듯 책 한 권이 멘토가 되기도 한다. 어떤 방법이든 이혼의 상처를 이해해 주고 아픔을 나누어 주는 멘토를 만들어 보자. 그리고 그런 친구도 만들자. 아픔을 공감해 주고 좋은 말로 나를 위로해 주는 멘토를 만들도록 노력해 보자.

06

버킷 리스트bucket list
10가지를 작성하고
실천해라

—

나는 나이 60이 다가오기 전에 핀란드나 캐나다, 아이슬 란드에 가서 '오로라'를 보겠다는 결심을 했다. 여행을 좋아하기 도 하지만, 우주에 신비함을 더하는 불꽃 같은 환상의 쇼 '오로 라'를 보는 것이 나의 로망이었다. 그리고 기회가 되면 남극이나 북극까지 가겠다는 나만의 몇 가지 버킷 리스트(bucket list)를 가 지고 있다. 잘 알다시피 버킷 리스트는 죽기 전에 꼭 하고 싶은 것들에 대한 목록이다.

예전에 오락 방송에서 MC들이 유명 출연진들을 상대 로 "버킷 리스트가 무엇인가? 뭘 하고 싶나?"라고 질문하는 것 을 방송에서 보았다. 문득 방송을 보면서, '나의 버킷 리스트는 무엇인가?', '나는 그동안 남은 인생에서 무엇을 하고 싶었는가?' 라는 생각이 들었다. 너무 소박하고 소심하게만 살려고 했었던 건 아닌지 후회되었다. 결혼하면 꿈이나 목표를 상실하는 경우가 많다. 이혼해도 마찬가지이다. 자기의 꿈이나 목표를 실천하기보다는 그냥 아무 생각 없이 사는 사람들이 의외로 많다.

2007년도에 잭 니컬슨(Jack Nicholson)과 모건 프리먼(Morgan Freeman) 주연의 코미디 드라마 영화 〈버킷 리스트 : 죽기 전에 꼭 하고 싶은 것들〉이 흥행에 성공했다. 두 말기 환자들이 죽기 전에 꼭 해야 하는 일을 비롯한 그들만의 소원 목록을 작성하여 여행을 떠나는 내용이다. 영화가 흥행하면서 버킷 리스트라는 말이 방송에서 자주 나오는 단어가 되었다. 나도 그 영화를 보고 삶을 너무 목표 없이 살아가는 것 같아서 스스로 반성했다. 누구든지 내일 살아 있다고 장담을 할 수 있는 사람은 아무도 없다. 그런데도 우리는 자기 행복을 위하여 사는 것이 아니라 남의 행복을 위한 삶을 산다.

"결혼하고 자식을 위해서, 남편을 위해서 사느라 나의 인생은 없었다."는 여자들의 이야기를 많이 들었다. 자조 섞인 넋두리에서 인생에 대한 후회가 묻어난다. 그렇게 인생을 살 필요가 없다. 결혼해서 남편이 있는 여자라도 지금부터 자신만의 버킷 리스트를 과감하게 작성해라. 이혼한 여자라도 과감하게 버킷리스트를 작성해라. 너무 많은 목표보다는, 실현 가능한 것 5가지, 실현에 조금 무리가 되는 것 5가지를 포함해서 10가지 정도로 목록을 작성해라. 그리고 실천하라.

자살, 스스로 삶을 마감하는 사람들이 많은 시대이다. 그 원인은 다양하겠지만, 대부분 삶의 목표, 즉 희망이 없기 때문에 자살에 이른다. 내 결혼 생활이 불행하다고 매일 푸념하고 한탄해도 달라지는 건 없다. 그럴 필요 없이 죽을 때까지 해보고 싶은 것 10가지 정도의 목록을 만들어 보아라. 삶에는 활력이 있어야 한다. 이혼하면 삶의 방향을 잃고 몸을 함부로 하는 여자들이 많다. 그런 여자들을 보면 먹고 살기 힘든 경제적인 문제도 분명히 있지만, 인생에 대한 목표가 없다는 것을 알 수 있다. 꼭 그렇게 큰 목표를 세우지 않아도 된다. 실현 가능한 것부터 목표를 두고 실천하면 된다.

나의 아는 지인은 "죽기 전에 한국에 있는 명산 100개를 등산하는 것이 목표다."라고 항상 이야기한다. 그러면서 수시로 등산한다. 이렇게 실현 가능한 것부터 하나씩 실천하자. 꼭 돈이 들어가는 것도 아니지 않은가.

나 역시 삶을 마무리하는 순간까지 5,000권 정도의 책을 읽자는 나만의 버킷 리스트가 있다. 그런 목표가 있어서 2017년도에는 목표했던 100권에는 미치지 못했지만, 90권 가까운 독서를 실천했다. 목표가 있는 삶은 그래서 좋다. 성취감도 있고 삶의 방향도 명확하다.

인생을 돌아보니 너무 빠르다고 느껴진다. 대학 시절의 절친한 친구와 지금도 만나서 하는 말이 있다. "대학 때 세계 배낭여행을 하지 않았던 게 후회된다…". 둘이 만나면 꼭 그런 후회가 깃든 이야기를 하지만, 10년이 지나도 또 똑같은 후회를 할지 모른다. 인생에서 나중은 없다. 지금부터 부지런히 계획을 세워라. 이 책을 읽는 순간 내가 하고 싶은 게 무엇인지 10가지 정도의 버킷 리스트를 만들어 실천하자.

남미의 혁명가 체 게바라(Che Guevara)가 이야기했다.

"불가능한 꿈을 꾸자. 그리고 리얼리스트(realist)가 되자."

그렇게 행복한 목표를 계속 만들어 가자. 불가능한 꿈을 현실로 만들어 보자. 한 번뿐인 인생, 반드시 행복하게 살자.

부록

• 결혼 전 여성의 필독 도서(가나다 순)

1. 법정. (1999). 무소유. 서울: 범우사.
2. 혜민. (2016). 완벽하지 않은 것들에 대한 사랑 : 온전한 나를 위한 혜민 스님의 따뜻한 응원. 일산: 수오서재.
3. Bertrand Russell. 조은문화사편집부 역. (1983). 행복의 정복. 서울: 조은문화사.
4. Helen Nearing. 아름다운 삶, 사랑 그리고 마무리. 이석태 역, (2000), 서울: 보리.

● 인용 도서 - 여성 독자들에게 권하고 싶은 도서(가나다순)

1. 김명철. (2016). 여행의 심리학 : 유쾌한 심리학자의 기발한 여행
   안내서. 서울: 어크로스.
2. 김선경. (2010). 서른 살엔 미처 몰랐던 것들 : 죽어라 결심과 후
   회만 반복하는 그럼에도 한 발 한 발 내딛어 보려는 소심하고 서
   툰 청춘들에게. 파주: 웅진씽크빅.
3. 김승호. (2013). 돈보다 운을 벌어라. 파주: 쌤앤파커스.
4. 김진애. (2015). 사랑에 독해져라 : 현실에 흔들리는 남녀관계를
   위한 김진애 박사의 사랑 훈련법. 파주: 다산북스.
5. 김형석. (2016). 백년을 살아보니 : 인생의 황금기는 60~75세. 서
   울: Denstory.
6. 법정. (1999). 무소유. 서울: 범우사.
7. 법정. (2000). 오두막 편지. 서울: 이레.
8. 알렉스 김. (2012). 아이처럼 행복하라. 서울: 공감의기쁨.
9. 유시민. (2013). 어떻게 살 것인가. 파주: 아름다운 사람들.
10. 윤홍균. (2016). 자존감 수업 : 하루에 하나, 나를 사랑하게 되는
    자존감 회복 훈련. 서울: 심플라이프.
11. 이수정. (2016). 사이코패스는 일상의 그늘에 숨어 지낸다 : 범죄
    심리학자 이수정과 프로파일러 김경옥의 프로파일링 노트. 서
    울: 중앙m&b.

12. 이우경. (2015). 아버지의 딸 : 가깝고도 먼 사이, 아버지와 딸의 관계심리학. 서울: 휴.

13. 조용헌. (2002). 조용헌의 사주명리학 이야기. 서울: 생각의나무.

14. 조용헌. (2005). 방외지사 1-2. 서울: 정신세계원.

15. 최광현. (2013). 가족의 두 얼굴. 서울: 부키.

16. 한비야. (2005). 지도 밖으로 행군하라. 파주: 푸른숲.

17. 한성희. (2013). 딸에게 보내는 심리학 편지 : 30년 동안 미처 하지 못했던 그러나 꼭 해 주고 싶은 이야기들. 파주: 웅진씽크빅.

18. 허영만. (2008-2010). 꼴 1-9. 서울: 위즈덤하우스.

19. 혜민. (2016). 완벽하지 않은 것들에 대한 사랑 : 온전한 나를 위한 혜민 스님의 따뜻한 응원. 일산: 수오서재.

20. 費勇. 허유영 역. (2017). 평생 걱정 없이 사는 법 : 마음이 지치고 심란할 때 읽는 반야심경의 지혜. 서울: 유노북스.

21. 西中務. 최서희 역. (2017). 운을 읽는 변호사 : 1만 명 의뢰인의 삶을 분석한 결과. 서울: 알투스.

22. Arthur Schopenhauer. 홍성광 역. (2013). 쇼펜하우어의 행복론과 인생론 : 소품과 부록. 서울: 을유문화사.

23. Bertrand Russell. 조은문화사편집부 역. (1983). 행복의 정복. 서울: 조은문화사.

24. Erich Fromm. 박병진 역. (1986). 소유냐 존재냐. 서울: 육문사.

25. Ernest Miller Hemingway. 이종한 역. (1994). 노인과 바다. 서울: 교육문화연구회.

26. Fran͵cois Lelord. 오유란 역. (2004). 꾸뻬 씨의 행복 여행. 서

울: 오래된미래.

27. Guy de Maupassant. 박광선 역. (1983). 여자의 일생. 서울: 삼중당.

28. Helena Norberg-Hodge. 양희승 역. (2007). 오래된 미래 : 라다크로부터 배우다. 서울: 중앙북스.

29. Jean Cormier. 김미선 역. (2001). 체 게바라 평전. 서울: 실천문학사.

30. Lucius Annaeus Seneca. 김천운 역. (2007). 세네카 인생론. 서울: 동서문화사.

31. Lucius Annaeus Seneca. 김경숙 역. (2013). 화에 대하여 = On anger : 고대 스토아 철학의 대가 세네카가 들려주는 화에 대한 철학적 사색. 서울: 사이.

32. Lucius Annaeus Seneca. 차전석 역. (2015). 세네카 인생 사전. 서울: 뜻이있는사람들.

33. Malcolm Gladwell. (2016). 블링크 : 첫 2초의 힘. 파주: 21세기북스.

34. Napoleon Hill. 김정수 편역. (2007). 나폴레온 힐 성공의 법칙. 서울: 중앙경제평론사.

35. Nikos Kazantzakis. 강이경 역. (2012). 그리스인 조르바. 서울: 아름다운날.

36. Wendy L. Patrick. 김경영 역. (2016). 친밀한 범죄자 : 옆집에 살인마가 산다! 서울 : RHK(알에이치코리아).